徳川最後の将軍

慶喜の本心

植松三十里

集英社文庫

目次

徳川最後の将軍　慶喜の本心

一章　山城育ち

天保十五（一八四四）年の梅雨の最中、水戸の藩校である弘道館の屋舎から、少年たちが外に飛び出していく。幼年向けの素読が終わり、帰宅するところだった。傘を持つ者は少ないが、堅苦しい時間から解放され、誰もが笑顔で雨の中に走り出る。

七郎麻呂は最後に玄関に向かった。自分が少年たちの中に入ると、周囲が気を使う。それまで楽しそうにしゃべっていたのが、たがいに目配せをし、肘を突き合って、笑顔が尻すぼまりに消えていくのだ。

弘道館は三年前、七郎麻呂が五歳の時に、父であり藩主でもある徳川斉昭が、水戸城の一角に開いた文武両道の藩校だ。親が重臣であろうと、下級武士であろうと、いっさい区別はされない。

だが相手が若君ともなれば、幼くても遠慮する。そのせいで七郎麻呂には、ひとりも友達ができず、大名の子になど生まれたくはなかったと、いつも思う。

誰もいなくなった玄関に至ると、年配の草履取りが土間にしゃがんで、履物を揃える。

玄関から出るなり、また草履取りが軒下で、番傘を広げて手渡す。
ふと見ると、幼い少女が一本の傘を抱え、水たまりもかまわずに、笑顔で駆け寄ってきた。ずぶぬれで息を弾ませ、七郎麻呂よりも先に出ていた少年に向かって、可愛い声をかける。

「今日は、父上が非番で傘を使わないから、持っていっておあげって、母上が」

勢いよく両手で傘を差し出す。どうやら妹のようで、兄の役に立てるのが、いかにも嬉しそうだ。しかし少年は気恥ずかしいのか、余計なことをしたと言わんばかりに、傘を引ったくった。

「どうせなら、おまえが差してくればよかっただろう。そんなにびしょ濡れになって」

たちまち少女の口が、への字に曲がる。

それでも少年は傘を開くと、黙って少女を引き寄せ、傘の下に入れて歩き出した。少女は、また嬉しそうな顔に戻り、兄にすり寄って歩いていく。

傘は破れて穴が空いているが、そんな仲のよさが、七郎麻呂にはうらやましかった。

自分にも妹はいる。でも姉妹たちは江戸の水戸藩上屋敷で暮らしている。「男児は江戸の華美にそまらぬように」という父の主義で、男兄弟だけが水戸暮らしだった。妹が傘を届けてくれるなど、期待すべくもない。

七郎麻呂は傘を差し、水たまりをよけながら歩き始めた。後ろから草履取りが、黙ってついてくる。傘の油紙を通して、雨音が大きく響いて聞こえた。

ほどなくして藩校の正門に至ると、先に飛び出していった生徒たちが、開け放たれた門のところで、足止めを食って騒いでいた。門の番士に長棒で押し止められて、往来に出ていかれないらしい。

七郎麻呂が人垣の後ろに立ち止まった時、疾走する馬の蹄の音が、遠くから聞こえてきた。前の方にいた少年たちが叫んだ。

「早馬だぞッ」

「早馬だッ。江戸からかッ」

少年たちの声よりも蹄の音が大きくなり、騎馬侍の姿が門の先を、すさまじい勢いで通り過ぎた。蹄で飛沫を蹴立て、雨水を含んだ「水戸徳川家御用」という幟旗を、激しくはためかせながら遠ざかっていく。

あっけにとられていた少年たちが、また騒ぎ始めた。

「何だ？　何の知らせだ？」

「何が起きたんだろう」

「きっと一大事だ」

門の番士は長棒を収めて、生徒たちを正門から出ていかせた。

水戸城は小高い丘に築かれた山城だ。武家屋敷は坂下の城下町に広がっており、子供たちは坂道を下って帰路につく。

たった今、目を瞠(みは)った早馬のことなど、もう忘れてしまったかのように、楽しげな声が交わされる。

「後で家に来いよ。五目並べをしよう」

「わかった。行くよ」

「雨じゃなきゃ、川で泳げるのにな」

「馬鹿。まだ寒いよ。泳ぎは梅雨明けからだ」

笑い声が響く。さっきの兄と妹も、ひとつの破れ傘に入って、坂下に向かう。

七郎麻呂は、そんな後ろ姿を横目で見送り、ひとりだけ空堀にかかる大手橋を渡って、わずかな上り勾配を二の丸に向かった。相変わらず草履取りがついてくるが、話し相手にはならない。

二の丸はさっき早馬が通っていったのと同じ方向で、泥道には、くっきりと蹄の跡が刻まれていた。何の知らせだったのか、よくない予感がした。

その夜、七郎麻呂は、父、斉昭の側近である武田耕雲斎(たけだこううんさい)から、本丸の表座敷に呼ばれた。

水戸徳川家は徳川御三家の中でも、特別に参勤交代が免除されており、歴代藩主は江戸屋敷で暮らしてきた。斉昭も普段は小石川の上屋敷に住んでおり、特に用がない限り、国元には帰ってこない。

耕雲斎は、そんな藩主に代わって、たびたび江戸と水戸を行き来している。学者でもあり、水戸に帰ってくれば、たいがい兄たちと七郎麻呂に講義をする。

内容は主に大名になるための心得で、年下の七郎麻呂には難しいこともある。すると、かならず質問を促された。

「七郎麻呂さまは、おわかりになりましたか」

答えに窮すると、いよいよ詳しく聞かれる。

「どこまで、おわかりになり、どこから、おわかりになりませんでしたか」

七郎麻呂が考え考え、たどたどしい言葉で、一生懸命に不明な点を伝えると、ようやく明確に答えてくれる。ただし子供扱いはしない。そんな教え方が、七郎麻呂には好ましかった。

その夜も、いつもの講義かと思い、二の丸の住まいから本丸に出向いた。すると御殿全体が慌ただしい雰囲気だった。昼間の早馬が、やはり何か知らせたらしい。

表座敷に入って、兄たちも来るものと待っていると、先に耕雲斎が現れた。父よりも三歳若く、少しあばたが目立つ細面に、学者らしく髭をたくわえている。それが、いつになく厳しい表情で告げた。

「急なことですが、明朝、鶴千代麻呂（つるちよまろ）さまが江戸に向かわれることになりました。そのまま上屋敷に留（とど）まり、御家（おいえ）を継がれます」

七郎麻呂は驚いた。鶴千代麻呂は五歳上の長兄だ。いずれ兄が水戸藩主になるのだと、前々から心得てはいたが、これほど早くとは思っていなかった。それに代替わりするとなると、父はどうなるのか。そこまで考え至って総毛立った。急病か、もしやして急死もありうる。まだ四十代半ばだというのに。

そんな不安を耕雲斎が読み取って言った。

「殿は、ご息災です」

思わず胸をなでおろした。だが、それも束（つか）の間（ま）、さらに驚くべき言葉が続いた。

「殿は御公儀から隠居謹慎を命じられました」

まさに青天の霹靂（へきれき）だった。父は名君として知られており、幕府から、そんな処罰を受けるなど考えられない。七郎麻呂は身を乗り出して聞いた。

「何故に？」

「理由は、おいおい明らかになりましょうが、鶴千代麻呂さまのご出立は夜明け前ですので、今宵（こよい）のうちに、ご挨拶を」

そう促されて、七郎麻呂は急いで兄の部屋に向かった。

水戸で暮らす兄弟は五人いる。その中で、長兄と七郎麻呂のふたりだけが正室の子で、ほかとは扱いが違う。七郎麻呂は、この特別扱いも嫌だったが、たがいの立場が理解し合えるのは長兄だけだ。友達もいないうえに、唯一の理解者までいなくなるのは心細い。

兄の部屋の廊下に至り、片膝立てで声をかけた。中にいた鶴千代麻呂が気づいて、出発準備に忙しげな守役や近習（きんじゅう）たちに命じた。

「弟とふたりで話したい。明日からは、しばらく会えぬゆえ」

守役たちが出ていくと、鶴千代麻呂が手招きし、たがいに前髪立ちの額を寄せて座った。長兄は小声で聞く。

「父上の隠居の理由を、耕雲斎から聞いたか」

「いいえ」

「これは確かなことではないが、そなたには伝えておく」

七郎麻呂は固唾（かたず）をのんでうなずき、鶴千代麻呂が話を続けた。

「父上は、御公儀から謀反を疑われて、処罰されたのだ」

「謀反？」

「追鳥狩（おいとりがり）を戦支度（いくさじたく）と見なされたらしい」

「されど、あれは異国船相手の備えです」

つい声が高まる。鶴千代麻呂は厳しい表情で、自分の口の前に人差し指を立てた。あくまでも人には聞かれたくないらしい。

鶴千代麻呂が、いっそう声を潜めた。

「江戸は大きな入江の奥にあるゆえ、異国船の姿は見えぬ。それで危うさが、わからぬのだ」

今から二十年前、イギリスの捕鯨船の乗員が、常陸の大津浜という海岸に上陸し、大騒ぎになった。水戸藩領は外海に面した海岸線が長いために、それ以降も異国船の接近は頻発している。

斉昭が水戸藩主の座についたのは、上陸事件の五年後だった。そして異国船との対戦を想定して、国元で追鳥狩を始めたのだ。藩を挙げての大規模な軍事調練で、鳥や兎などを集団で狩る。それを、たびたび繰り返してきた。

しかし七郎麻呂には追鳥狩が、どうして父の隠居謹慎につながるのかがわからない。

長兄は弟の不審顔を読んで言った。

「そのほかにも父上は、家中のしきたりを、いろいろと変えられたであろう。それを恨みに思う者もいるのだ」

斉昭は藩政改革にも熱心であり、門閥に関わりなく、能力次第で人材を抜擢してきた。武田耕雲斎も、そんなひとりだ。それが旧来の重臣たちには面白くない。

弘道館には重臣の息子たちが何人もいるが、七郎麻呂に対して小意地が悪かった。近づくと、いっせいに背を向けられ、すぐ近くで忍び笑いされたことも、一度や二度ではない。

　そもそも弘道館の創設も藩政改革の一環で、もとは重臣たちの屋敷があった場所を、明け渡させて藩校を開いた。それだけでも不満を買った。彼らは門閥派と呼ばれ、耕雲斎らの改革派と対立を続けている。

　鶴千代麻呂は、いかにも悔しそうに言う。

「このたびは門閥派の者どもが、江戸のご老中に、あることないことを訴えて、父上を陥れたのだ。追鳥狩を戦支度とみなされたのも、そのせいだ」

　七郎麻呂は、いよいよ意味が呑（の）み込めなかった。藩の重臣たちが幕府老中と結託して、自分たちの主人を隠居に追い込むなど信じがたい。

「とにかく父上は罪があって、御公儀から処罰されたわけではない。それだけは確かだ」

　そこまで話した時に、襖（ふすま）の向こうで人の気配がした。鶴千代麻呂が慌てて耳打ちした。

「そなたは父上を信じておればよい」

　七郎麻呂は、もっと詳しく聞きたかったが、どこで門閥派が聞き耳を立てているかわからない。そのまま退出せざるを得なかった。

　翌未明、鶴千代麻呂は耕雲斎に伴われ、行列を仕立てて出発した。雨は上がっていたが、水たまりの残る道を江戸に向かっていく。七郎麻呂は取り残される心細さを抑えて見送った。

鶴千代麻呂は江戸上屋敷で元服し、徳川慶篤と名を改めて、十三歳で十代水戸藩主に収まった。

ほどなくして耕雲斎も斉昭に連座し、謹慎処分を受けた。だが改革派の巻き返しも続いているらしい。そんな大人の世界の煩わしさには、七郎麻呂は顔をそむけたい思いがした。

その年の暮に改元があり、天保十五年が弘化元年に変わり、ひと月足らずで弘化二（一八四五）年の正月を迎えた。

一年前までは兄弟揃って、江戸上屋敷に新年の挨拶に出向くのが常で、両親が迎えてくれた。しかし今度の正月は、新藩主の長兄に初めて挨拶した。父の謹慎は旧年中に、いくぶん緩められたとは聞いていたが、いまだに両親とも本郷の中屋敷で暮らしていた。

親に会うこともないまま、明日は水戸に帰るという深夜、七郎麻呂は寝入りばなを起こされた。目をこすると、そこには手燭の灯りを受けた耕雲斎の顔があった。

耕雲斎は小声で言った。

「大殿さまが、お待ちです。今から中屋敷にまいりましょう」

七郎麻呂は寝ぼけ眼をこすって起き出し、言われる通りについていった。

密かに裏門から出ると、駕籠が待っていた。乗り込んで、不安なまま揺られているうちに、本郷の中屋敷に着いた。

夜半にもかかわらず、父も母も、きちんとした身なりで待っていた。

「七郎麻呂、よく来た」

母も大喜びで迎えてくれた。

「大きゅうならはって」

母は吉子（よしこ）といい、京都の有栖川宮家（ありすがわのみや）から嫁いできた。そのため今も京言葉を口にする。いかにも京女らしい色白の美人だが、剛気なところもある。

いちど屋敷奥で大蛇が出たことがあり、奥女中たちが悲鳴をあげて逃げまどう中、みずから長棒を持って立ち向かった。そして棒の先にからませて、蓋つきの籠に投げ入れ、下男に遠くまで捨てに行かせたという。

一方、父は強い意志が、きりりとした目元に表れており、それでいて品格があって、見るからに名君らしい。

七郎麻呂は、両親のいいところを選んで生まれてきた美少年だと、よくいわれる。でも、そんな評判も軟弱な気がして嫌だった。

翌日になっても、七郎麻呂は水戸には帰されず、以来、中屋敷で暮らすようになった。水戸で育てて門閥派に取り込まれるのを、両親が嫌って、留め置かれたらしい。中屋敷は本郷の加賀藩邸の北隣で、江戸の町外れに近かった。そのため江戸の華美など縁遠い。

学問は武田耕雲斎と差し向かいで教わり、武術や馬術にも人いちばい励んだ。ただ剣術や槍術（そうじゅつ）のように対戦相手がいるものより、ひとりで的に立ち向かう弓を好んだ。器用で細かい作業も上手（うま）くこなし、絵も巧みだと誉（ほ）められる。頭を使う遊びも好きで、囲碁は屋敷内の腕自慢を片端から負かした。

すると斉昭が目を細めた。

「囲碁は権現さまも、お得意であった。よき趣味だ」

権現さまとは徳川家康（いえやす）のことだ。七郎麻呂にとって、美男だの器用だのと言われるよりも、そんな誉められ方が何より嬉しかった。

「七郎麻呂は養子には出さず、わが家に留め置こう」

他家に養子に出すのが惜しいという様子だ。以来耕雲斎から、大名としての心得を、ますます教え込まれた。

「大名は、むやみに死を選んではなりません」

七郎麻呂は納得がいかずに反論した。

「でも、武士は死を恐れてはならぬと、弘道館で習いました」

「大名は死を恐れず、それでいて安易に命を捨ててはならぬのです」

戦国の頃、大将が討ち死にした時点で、家中の敗北が決まった。強者（きょうしゃ）揃いの武者たちは、大将の下でこそ結束しており、要役がいなくなったとたんに、たいがいは衝突して離散してしまうからだ。

今でも大名家では、跡継ぎがないまま当主が死ねば、御家断絶の憂き目を見る。家中で何か大きな失策があった場合は、家老が責任を負って腹を切り、当主を生かす。

「身近な者が自分の身代わりになって死ぬのは、自分が死ぬよりつらいかもしれません。それでも安易に死んではならぬのです」

耕雲斎は日本の歴史についても教えた。

水戸徳川家の二代藩主、水戸光圀は学問好きで、「大日本史」という膨大な歴史書の編纂を、藩内の学者たちに命じた。

内容は初代神武天皇から始まり、さまざまな史料を照らし合わせながら編纂された。詳細なあまり、光圀の代だけでは、とうてい完結せず、代々編纂作業を続けて、今も連綿と続いている。

「大日本史」は、学問といえば中国伝来の漢文という常識から外れ、日本ならではの時の流れや文化に誇りを持つ史観だ。そこから水戸藩では、天皇家を尊ぶ尊皇思想が広まったのだった。

「そんな長い歴史の中では、九代続いた鎌倉幕府も、かろうじて十五代続いた室町幕府も、ほんのわずかなものです」

七郎麻呂は聞いた。

「徳川の世も、いつかは終わるのですか」

するると耕雲斎は答えをはぐらかせた。

「それは若君が、お考えください」

なおも七郎麻呂は質問を重ねた。

「もしも朝廷と幕府が戦うことがあったら、どうしたらよいのですか」

今度は、きっぱりと答えが返ってきた。

「朝廷に弓引いてはなりません」

あまりに迷いない即答に、かえってたじろいだ。

「でも徳川御三家のわが家が、幕府に味方しなかったら」

「味方するなという話ではありません。朝廷に弓引かぬ方法を考えればよろしい」

ほかにも七郎麻呂は行儀作法など、さまざまな事柄を厳しく教え込まれた。

何か嫌なことや慌てることがあっても、けっして人前で顔に出してはいけない。たとえば白飯に鼠（ねずみ）の糞（ふん）が入っていたとしても、平然と食べなければならない。それを残せば賄（まかな）い方の責任になり、下手をすれば腹を切る者が出るからだった。

手柄を誇るなとも教えられた。配下の者が失敗を犯したら、命じた自分の責任であり、叱責して追いつめてはならない。逆に自分が手柄を立てたら、それは配下の者が支えたからであり、けっして驕（おご）ってはならない。

七郎麻呂は黙って聞いていたものの、内心、面倒なことだと感じていた。だから大名家になど生まれたくなかったし、この先、大名になりたくもない。

でも今後、大名になる可能性は高くはなかった。藩主である長兄とは五歳しか離れていないし、父は自分を他家に養子に出す気はない。かつて父も祖父に見込まれて、養子に出されず、三十歳まで部屋住みの身だった。ならば自分は生涯、部屋住みでいい。

そう思いながらも、耕雲斎の教えは、七郎麻呂の心と体に、無意識に、かつ着実に蓄積されていった。


七郎麻呂が十一歳になった秋のことだった。急に小石川の上屋敷に出かけることになった。乗りなれない駕籠に押し込まれ、耕雲斎が馬で同行した。

上屋敷に着くなり長兄の裃(かみしも)を着せられ、客人に引き合わされた。それは阿部正弘(あべまさひろ)という幕府の老中だった。

「七郎麻呂どのは弓と囲碁をお好みと聞いたが、どんなところが気に入っておいでかな」

いきなり阿部に問われて、少し面食らったものの、よく考えてから答えた。

「碁は先々まで相手の手を読んで、その通りになった時が面白うございます。弓は相手がおらぬので手加減されることもなく、毎日、どれほど稽古するかは自分との戦いで、それを成し遂げるのが楽しみです」

阿部は感心した様子で大きくうなずいた。

その日、中屋敷に帰ると、耕雲斎が何か報告したようで、すぐに父に呼ばれた。

「七郎麻呂、そなたは御三卿（ごさんきょう）の一橋（ひとつばし）家に、養子に行くことに決まった」

七郎麻呂は驚いて言い返した。

「父上は、私を養子に出さないと仰せでした」

斉昭は平然と答えた。

「事情が変わった」

表情に出してはならないと自戒しているものの、顔がこわばるのをどうしようもない。

かたわらにいた母が口を開いた。

「ほんまに欲のない子ですなァ。部屋住みが気楽でええて思うてはるし」

七郎麻呂は、ぎょっとした。誰にも心の内は話したことがないのに、母には見抜かれていた。

父が両袖の中で腕組みをして言う。

「まあ、御三卿は将軍の近親で、将軍家や御三家の部屋住みのようなものだ」

いよいよ顔がこわばる。将軍家の部屋住みなど、とんでもない話だった。

門閥派に苦労する父らしいことも言う。

「御三卿には、うるさい家来どもがおらぬ。気楽な大名だ」

御三卿には本来の家臣はおらず、家政を取り仕切る者が、幕府から出向してくるという。それでいて家禄は十万石もあり、関東各地や西国に領地が散らばっている。

わずか数日のうちに、養子の縁談は着々と進んでいった。拒む余地など皆無で、七郎麻呂は自分の立場を思い知った。

そんな中、父が、ひとりの偉丈夫を七郎麻呂に引き合わせた。

「平岡円四郎と申す旗本だ。水戸の者たちとも懇意で、今後は、そなたの身近に務める。何ごとも相談するがよい」

平岡は二十代半ばで、声がよく通り、がっしりとした体格だった。頼りがいはありそうだが、七郎麻呂は知らない人物と、知らない家に行くのだと、いよいよ心細さを感じた。

阿部老中に会ってから、わずか十日足らずで一橋家に養子に入った。場所は江戸城の北東の一角で、内堀と外堀の間の一等地に、屋敷地が広がっていた。

御殿に足を踏み入れると、幕府から送り込まれてきた大勢の侍たちが平伏していた。

屋敷奥に行ってみて驚いた。徳信院という祖母に当たる女性がいるとは聞いていたが、それが十八歳の若さで、少年でも気後れするほどの美人だったのだ。

徳信院は母と同じ京言葉を話した。

「よう来てくれはりました。こないに立派な男子（おのこ）が来てくれはって、ほんまに嬉しゅうて、嬉しゅうて」

　手を取らんばかりの歓迎ぶりだった。

　徳信院は伏見宮（ふしみのみや）家の出で、十二歳の幼さで京都から嫁いできたが、今年五月に夫に先立たれた。すぐに末期養子（まつごようし）が必要になり、尾張（おわり）徳川家から乳児をもらう話がまとまった。しかし屋敷に迎える直前に、この子も急逝してしまったという。先々代の当主夫人であるため、系図上は七郎麻呂の祖母だ。

　もうひとつの御三卿である清水（しみず）家でも跡継ぎがおらず、すでに絶家になっていた。三家のうち二家も絶家というわけにはいかず、阿部老中が七郎麻呂に注目し、急いで縁を取り持ったのだった。

　平岡は七郎麻呂とふたりになると、しみじみと言った。

「徳信院さまは、ご不幸続きでしたので、七郎麻呂さまのように優れた方を迎えられて、何より、お心強いのでしょう」

　そこまで喜んで迎えてもらえたかと思うと、さすがに七郎麻呂も嬉しかった。ずっと、この家の当主でいようと覚悟を決めた。

　養子に入って三ヶ月後、江戸城に登城して、十二代将軍の家慶（いえよし）に謁見した。

家慶は五十代半ばだが、もっと年老いて見えた。江戸と水戸の違いや、今まで読んだ本などを問われ、七郎麻呂は思いつくままに答えた。すると阿部老中の初対面の時と同じように、大きくうなずいてもらえた。

ひとしきり話が終わると、家慶は手近にあった半紙に何か書き込んで、三方（さんぼう）の上に載せ、それを小姓が七郎麻呂の前まで運んだ。そこには大きな文字で「慶喜（よしのぶ）」と記されていた。

「これからは、慶喜と名乗るがよい。私の慶の文字を与える。次の将軍を、そなたに譲ることができれば、何よりなのだが」

七郎麻呂は慎んで半紙を受け取り、今後は、たびたび会いに来るようにと何度も念を押されて、ようやく退出を許された。

一橋家に帰ってから平岡にたずねた。

「次の将軍を私に譲るとは、上さまは本気ではあるまいな。そもそも一橋家とは、本当に将軍家の部屋住みなのか」

すると平岡は丁寧に説明してくれた。

「ご存知でしょうが、権現さまがご晩年に、三人のご子息のために分家なさったのが、水戸、尾張、紀州の御三家です。その後、七代までの将軍家は、ご実子か、ごく血縁の近いご親戚が、お継ぎになりました」

ところが、そこで直系の血統が途絶えてしまい、紀州徳川家から養子が入って、八代将軍吉宗となった。幕政改革を行った名君だ。

しかし吉宗は自分の長男が病弱だったこともあり、先行きに不安を覚えて、次男に田安徳川家を、四男に一橋徳川家を分家した。さらに吉宗が亡くなった後に、清水徳川家が加わって、御三卿が成立したのだった。

その後、将軍家では十一代目に、ふたたび血縁が途切れた。今度は一橋家から将軍家へと養子が入り、十一代将軍家斉になった。

「ですから一橋家からは、将軍家へ養子を出した実績があるのです」

譜代大名や旗本は前例を重視するので、実績のない水戸家から将軍家への養子は難しいが、一橋家からなら可能だという。

七郎麻呂は不機嫌が、つい声に出た。

「水戸の父上も、それを望んでおいでか」

「もちろんです。それを期待なさって、ご養子に出されたのです」

平岡は不思議そうに聞く。

「お嫌ですか」

七郎麻呂は言葉を選びながら、遠まわしに答えた。

「御公儀は、父を隠居謹慎に追いやった」

斉昭の謹慎は、だいぶ緩められはしたが、いまだ行動制限は続いている。そのため七郎麻呂は幕府に反感を抱いている。その頂点に立つ将軍など、端から願い下げだった。

すると平岡は首を横に振った。

「お父上の処遇は、当時のご老中が決められたこと。そのような勝手をさせぬためにも、立派な将軍が必要です。その期待が、七郎麻呂さまに向けられているのです」

無性に腹が立って、今度ははっきりと言った。

「私は将軍になる気などない」

すると平岡は一瞬、目を瞠り、それから落胆した様子で、声の調子を落とした。

「そうでしたか。七郎麻呂さまは欲がないとは、うかがっていましたが」

「私は水戸の一藩士の子に生まれたかった。藩校に通い始めた頃から、そう思っていた」

平岡は溜息まじりに言う。

「さようでございましたか。まあ、一藩士の子は、大名の子に生まれたかったと思うでしょうし、出自を恨んでも仕方ありません」

しばし黙り込んでしまったが、ほどなくして明るい声に戻った。

「では先の見通しを、きちんとお伝えしておきましょう。今、将軍家には家定さまという、ご実子がおいでです。十三代将軍は家定さまが継がれるでしょう」

だが家定は病弱であり、おそらく子供は望めないという。家定以外にも男児がいたが、すでに早世していた。

「ですから家定さまの次、十四代将軍を決める際には、七郎麻呂さま、いえ一橋慶喜さまのお名前が、かならずや出ることになりましょう。それは、お覚悟ください」

いつになろうと、覚悟など定まるとは思えない。幕府への嫌悪感も根深かった。

とはいえ現将軍家慶には憐憫を覚える。わが子は病弱か早世。跡継ぎに心を痛めねばならず、孤独に違いない。だが、そう考えると、いよいよ将軍など、お断りだった。

それから間もなく七郎麻呂は、前髪を剃り落として、慶喜と名を改めた。

父の本名は徳川斉昭だが、将軍家である徳川宗家と区別して、水戸斉昭と呼ばれる。それと同じく、七郎麻呂には一橋慶喜が通称となった。

二章　蚊帳の外

一橋家に養子に入った翌々年の嘉永二（一八四九）年三月、斉昭の行動制限が解かれて、とうとう完全な放免に至った。謹慎は五年もの長きに及んだのだ。

謹慎中、斉昭は異国船の来航を、深く気にかけていた。常陸の海への異国船の接近は、いよいよ増加し、江戸湾口の浦賀にもアメリカ船やイギリス船が現れるようになって、退散させるのに苦労し始めていた。

そこで斉昭は自由の身になると、さっそく将軍家慶を上屋敷に招いた。小石川の上屋敷は凝った庭が自慢であり、それを見せるという口実だった。

また家慶の御台所は有栖川宮家の出で、吉子と姉妹だった。そんな縁も駆使して招待したところ、家慶の御成りがかなった。

斉昭は異国船対策の必要性を、将軍に強く訴えた。そんな話を江戸城内ですれば、老中たちの耳に入り、たちまち謹慎に逆戻りしかねない。そのために自邸に招いたのだ。

家慶は義弟の警告に耳を傾けた。その結果、ようやく幕府は江戸近辺の海岸調査を始めた。さらに小石川からほど近い湯島の地で、青銅砲の鋳造にも着手した。

だが嘉永六年の夏、とうとう斉昭が恐れていたことが起きた。ペリーの黒船が来航したのだ。

アメリカ人たちは江戸湾内の水深を勝手に測り、風がなくても進む蒸気軍艦で、江戸前の海まで強引に侵入。おびただしい数の空砲を放って、幕府に恫喝をかけた。そして十日間、浦賀沖に居座った挙げ句に、アメリカ大統領からの開国要求の手紙を残し、翌年の再来を予告して去っていった。

だが、それから十日後、さらに驚嘆すべきことが起きた。将軍家慶が急逝したのだ。心労に暑気あたりが重なったらしい。

今際の床で家慶は、斉昭に日本の海を守らせよと口にしたという。そのため斉昭は、義兄を失った哀しみにくれる間もなく、幕府の海防参与という地位を与えられた。

家慶の死からひと月が経つと、すべての大名に登城が命じられた。新将軍との最初の謁見だった。慶喜は十七歳になっており、若年ながらも一橋家当主として、正装で江戸城におもむいた。

三百人を超える大名たちが、家格の順に広間に居並び、新将軍に謁見した。十三代将軍になった家定は、以前、平岡が話した通り、見るからに弱々しい。始終、痩せた背中を揺らしたり、視線を泳がせたり、将軍としての威厳に欠けていた。

慶喜は父が海防参与に任じられたのも道理だと感じた。よりによって黒船騒ぎの最中、この将軍では頼りなさすぎる。強力に補佐する者が必要だった。

その日、慶喜は城内で人の視線を感じ、振り返ると、知らない大名がこちらを見ていた。面長で肌の色が浅黒く、大きな目に力がある。隣り合った大名と、何か耳打ちし合っており、慶喜は自分の噂(うわさ)をされている気がして少し不愉快だった。

屋敷に帰ってから、そのことを平岡円四郎に聞いた。

「妙な雰囲気だったが、そなた、何か心当たりがあるか」

すると珍しく口ごもる。

「何か知っているのであろう。話せ」

強く促すと、平岡は白状した。

「それは松平春嶽(まつだいらしゅんがく)さまかと存じます」

御親藩である福井の藩主だった。もともとは御三卿の田安家の生まれで、福井藩に養子に出た人物で、慶喜も名前だけは知っている。

「その春嶽どのが、なぜ私を見る？」

「次の十四代将軍に殿をと見込んで、ほかの方にも勧めておいでなのです」

余計なことをと、慶喜は思わず眉をひそめた。

「もしや、父上も関わっておいでか」

「おそらくは」

「知っているのであろう。はっきり申せ」

「関わっておいでです」

つい溜息が出る。すると平岡は気色ばんだ。

「このたびの将軍さまは、ご病弱で、ご実子の誕生は、まず無理と見なされています。おそらくは、ご長寿も。だからこそ、今すぐにでも、ご継嗣を決めねばなりません。どうか、お覚悟を、お決めください」

「それは前に聞いた。でも、なぜ父上だけでなく、春嶽どのまでが」

父の思惑は想像がつく。海防参与の役を得たものの、幕府内には、その強引さに眉をひそめる者も少なくない。だからこそ息子を将軍の座につけて、思うままに異国船対策を徹底したいのだ。でも松平春嶽が頭を突っ込む理由がわからない。

「春嶽さまだけではございません。尾張の慶勝さまも、薩摩の島津斉彬さまも、殿に期待をかけておいでです」

御親藩に御三家、さらには外様の大藩までとは、慶喜には信じがたい。

「なぜ、そのような大大名が、この件に関わる?」

「御老中方には、もはや海防は任せておけぬと、お考えだからです」

老中は定員五人で、譜代大名の中から選ばれる。しかし譜代大名は一万石から五万石の小大名が多く、その程度の収入では、大型大砲を鋳造したり、黒船に対抗できる船を持つのは無理だ。

ならばと御三家や外様の大大名が手を組んで、海防に取り組もうという目論見だった。しかし、それは今までの幕府の軍事体制を、大きく転換することになる。

「その要を、私にということか」

「さようでございます」

慶喜は言葉を失った。

どんな大役であろうとも、自分にはできないとは言いたくはない。でも本人が与り知らぬところで、勝手に周囲が動いているのが、納得がいかなかった。十七歳という若年だから、担いでしまえば文句は言うまいと、軽んじられている気がする。

慶喜は父に手紙をしたためて、平岡に届けさせた。自分を将軍継嗣にという動きがあるらしいが、どうか止めて欲しいと、釘を刺す内容だった。

すると斉昭自身が、一橋家の屋敷に怒鳴り込んできた。

「そなたは日本の危機から、目を背けるつもりかッ。この未曽有の危機に、将軍として国を率いていかれるのは、そなたしかいないと、世に知られる名君たちが見込んでいるのだぞッ。これほどの栄誉を、なぜ受けようとせぬ？」

慶喜は思い切って反論した。

「私には、それが栄誉とは思えぬからです。父上の目指すところは、ご立派です。されど今までのやり方を変えるとなれば、相当な反発が出るでしょう。水戸ですら、そうなのですから」

斉昭が水戸で藩政改革を始めて以来、門閥派の抵抗は今も続いている。

「御公儀には、父上のやり方に反抗する者は、さらに大勢いるでしょう。そんな取りまとめは、とうてい私には向きません」

慶喜は家臣が少ない一橋家だからこそ、当主でいられると自覚している。派閥抗争など、子供の頃から嫌いだった。

しかし斉昭は自信ありげに言う。

「そなたならできる。いや、そなただからこそ、反発する者でも従えさせられる」

慶喜も、きっぱりと言い切った。

「買いかぶりは止めて頂きたい」

「なぜ気概を持たぬ？　男なら上を目指すものだ。わしは部屋住みの頃、悔しくてならなかった。なんとかして世に出て、人の上に立ちたかった。そなたは何故に、それほど後ろ向きなのだ？」

「父上は三十歳まで部屋住みでした。でも私は十一歳で将軍の御前に引き出され、将軍継嗣を匂わされ、どうして上など目指せましょう。大名家に生まれたことこそが、私には子供の頃から悔しゅうございました」

斉昭は一瞬、驚いた様子だったが、すぐに言い立てた。

「誰も生まれてくる家を選べぬ。そなたは水戸徳川家に生まれて、一橋徳川家に養子に入った。そのうえ文武に秀でている。顔立ちもよいし、体も丈夫だ。そなたは選ばれし者なのだ。そこまで恵まれた身を、黒船来航後の苦難の今、生かそうとは思わぬのか」

「思いませぬ」

「そなたは日本を見捨てる気か。そこまで腰抜けとは思わなかった」

「腰抜けと言われようと、なんと言われようと、できぬものは、できません。結果として、できなければ、最初からやらないのと、どこが違うのですか」

斉昭は深い溜息をついてから、力なくつぶやいた。

「そなたを賢く育てすぎた。先を読みすぎる。やってみて駄目でもよいではないか。もっと馬鹿になって泥をかぶれ。火中の栗(くり)を拾え。それが人の上に立つということだ」

慶喜は冷ややかに聞いた。

「ぶらかし術も、馬鹿になられた結果ですか」

ぶらかし術は、斉昭が海防参与として発した外交政策だ。ペリーが再来航しても、はっきりした返事は与えず、できるだけ先延ばしして、その間に軍備を整えるという。だが慶喜には、そんなごまかしが通用するとは思えなかった。

するとと斉昭は片頰で笑った。

「ぶらかし術は、下々にまでわかりやすく伝えるための言葉だ。今、ペリーの言いなりになって国を開くのは、あまりに危うい。軍備に差がありすぎて、対等になれず、この先も言いなりが続く」

だからこそ今まで取り組んでこなかった軍備を、早急に充実させるのが先決だという。

「私が提唱した具体策が、もう実現し始めている。そのひとつが御台場だ。ほかにも黒船を買い入れる相談も進んでいる」

墨田川河口から品川沖まで、十一ヶ所の浅瀬を埋め立てて、大砲を据える工事が早急に進んでいた。同時に長崎では、オランダから蒸気船を輸入すべく、長崎奉行が動いているという。今までの幕府の腰の重さからは、考えられない早業だった。

「やる気になれば、ことのほか短い時間でできるのだ」

その間、なんとかして開国を先送りさせるのが、ぶらかし術だという。

「だが老中に任せていたら、いつまでもできぬ。それゆえ大大名が手を組まねばならぬ。そなたも力をつくせ」

慶喜は黙り込んだ。十七歳の身では、もはや返す言葉がなかった。

翌年早々、ペリーが再来航した。前は四隻だったが、今度は九隻もの黒船を率いてきた。すると老中たちは、あっけなくペリーの要求を呑んで日米和親条約を結んだ。今後は箱館(はこだて)と下田の二港で、アメリカ船に水や燃料を供給すると約束したのだ。

　ぶらかし術が無視されて、斉昭は海防参与を辞任した。まったく意見が受け入れられないのなら、名前だけの地位であり、留まる意味がなかった。斉昭がいなくなると、たちまち御台場普請も打ち切りになった。

　一方、老舗の芝居小屋で「水戸黄門漫遊記」という講談がかかった。「大日本史」の編纂を始めた水戸光圀が主人公で、諸国を漫遊しつつ悪人を懲らしめるという内容だった。これが大人気を博し、江戸っ子たちは歴代水戸藩主を「天下の副将軍」と呼んだ。

　慶喜は妙な噂を耳にした。実は斉昭の側近が講談師に働きかけて、物語を作らせたという。真偽は定かではないが、講談人気とともに、斉昭の人気も急速に高まった。

　それが功を奏したのか、和親条約締結の翌年、ふたたび斉昭は幕府に返り咲いた。今度は海防だけでなく、幕府の政策全体に関われる幕政参与だった。まさに「天下の副将軍」扱いだった。

　それから二ヶ月後の安政二（一八五五）年十月二日、江戸を大地震が襲った。建物の倒壊と大火事で、とてつもない人数が命を落とした。

　一橋家の屋敷は堀に囲まれているため、もらい火もなく無事だった。しかし水戸藩邸では建物が何棟も崩壊した。斉昭は軍事に力を注いでいたために、古い建物の修繕に手をかけられなかったのだ。

圧死した中に藤田東湖という優れた藩士がいた。武田耕雲斎と同様、斉昭の側近中の側近だ。上屋敷内で一諸に暮らしていた母を助け出すために、犠牲になったのだ。

藤田は漢籍の中から、尊皇攘夷という言葉を拾い出し、最初に提唱した人物だった。ぶらかし術が庶民向けなら、尊皇攘夷は武家向けであり、どちらも面倒な説明を、ひと言で伝える工夫だった。

慶喜は生前の藤田から、説明を受けたことがある。

「戦国の頃、徳川家は数ある大名のひとつでした。その中で権現さまが合戦を勝ち進み、最終的には、すべての大名を従えて、帝から将軍宣下を受けたのは、ご存知の通りです」

将軍は武家の頂点ではあるが、本来、日本中を統治するわけではない。将軍は幕府の直轄地を治め、諸大名は自分の国元を治める。軍勢も、それぞれが所有しており、日本という統一国家としての意識は薄い。

だが黒船の来航により、日本全体で対抗せねばという危機意識が生まれた。今のまま幕府諸藩が個別の軍勢を有していると、足並みが揃わなくなり、諸外国につけ入られる隙が生じる。

「古くから西洋の国々は、そうして植民地を増やしてきました。最初に宣教師を送り込み、キリシタンを充分に増やしてから、彼らに武器を与えて既存政権に反旗を翻させる。そうして内乱を起こさせた挙げ句に、国を乗っ取ったのです」

その危険性に気づいたからこそ、幕府は貿易相手をオランダ一国に制限し、鎖国に至った。今はキリシタン禁制が徹底しているものの、西洋との武力格差が大きくなりすぎて、鎖国政策は限界を迎えている。

「今こそ将軍が強力に武家を束ねて、西洋諸国に対抗すべきところなのですが、現状では、それが期待できません。正直なところ、幕府という組織も頼りない。ならば帝の下で武力を結束し直し、日本軍という一枚岩で、西洋に立ち向かおうというのが、本当の尊皇攘夷です」

それは「大日本史」など、水戸独自の歴史解釈に裏づけられていた。

慶喜は疑問を口にした。

「もし帝のもとで結束するとなると、御公儀も諸大名も存在意義を失い、将軍も無用になりましょう。父上は私を将軍にさせたがっておいでのようですが、先のない将軍になって、どうせよと仰せなのですか」

すると藤田は首を横に振った。

「将軍は無用にはなりませぬ。もともと将軍は、北の蝦夷(えぞ)を従えるために、帝から賜ったお役目です。その頃の北の地は都から遠く、異国も同然だったのでしょう。将軍は、その基本に立ち返って、異国対策に徹すればよいのです」

　幕府諸藩の軍勢が、日本軍として統一されたとしても、それを帝みずから率いるわけにはいかない。どうしても将軍は必要になるという。

「ただし、お飾りの人物ではなく、誰もが従うような優れた将軍が必要なのです」

　その期待がかかるのが慶喜だという。またもや買いかぶりだと感じた。

　その説明を受けた頃から、尊皇攘夷という言葉は諸国へと広まっていった。ペリーの強引な砲艦外交への反感や、それに唯々諾々と従った幕府に対する不信感に、水戸の尊皇思想が結びついた結果だった。


　黒船来航と大地震という社会不安の中、慶喜は十九歳で結婚に至った。花嫁は美賀子（みかこ）といい、京都の一条家から嫁いできた。十一月十五日に結納を交わし、十二月三日には輿入れ（こしい）となった。

　慶喜は初めて花嫁の顔を見た時に、人形のようだと感じた。自分より二歳上で、色白の瓜実顔（うりざねがお）。切れ長の目に鼻筋が通り、ちんまりとしたおちょぼ口がついている。たしかに美人顔だが、あまりに整いすぎて、かえって印象に残らない。

　大勢の侍女たちが京都からついてきたため、一橋家の奥は、いよいよ京言葉一辺倒になった。

　しかし、ほどなくして系図上の祖母である徳信院が、心配顔で慶喜に耳打ちした。

「あなたを次の将軍さんにゅう、お話があるそうですけど、聞いてはりますか」

　慶喜は、あいまいに首を振った。

「そんな話をしている大名がいるようですが、私は受ける気はありません。気になさらないでください」

　ふと気になって聞いた。

「どこから、そんな話を？」

「美賀子さんですえ。都では、次の将軍さんは慶喜さんやて、言うてはるそうです」

　そんな噂が京都でも広まっていようとは、いよいよ心外だった。

　すぐに美賀子に真偽を確かめた。すると、おちょぼ口の両端を、三日月のように引き上げて答えた。

「ほんまのことですえ。帝も御所の皆さんも、そう望んではります。お顔立ちもええて、評判ですし」

　慶喜は冷ややかに否定した。

「そんな期待はしないで欲しい。私は将軍になどならぬ」

「そないに遠慮しゃはらへんでも」

「遠慮などしていない。勝手な話はしないでくれと、都の実家にも伝えよ」

「けど」

「今後いっさい、その話は、私の耳に入れてくれるな」

するとと三日月の口元が見るまに下がり、白い肌が青白く変わった。

翌日、また徳信院が耳打ちしてきた。

「美賀子さんのおつきの人が、私のところに来て言わはったんですけど、美賀子さんが、この家に嫁いで来はったんは、御台さまになるためやそうです」

慶喜は呆気にとられた。美賀子が御台所になるということは、慶喜が将軍になるということにほかならない。よもや、そこまで勝手に思い込んでいようとは。

「とんでもない思い違いです。よく話して聞かせます」

「いいえ、美賀子さんひとりが思い違いしてはるのとは違うて、都のお公家さんたちが、慶喜さんをその気にさせるために、美賀子さんを、この家に送り込んできはったそうですえ」

そんな思惑があって嫁いできたとは、もはや鼻白むばかりだ。

「わかりました。とにかく、この件で美賀子が何か言ってきても、耳をふさいでくださ い。けっして関わってくださいますな」

以来、美賀子は、よそよそしくなった。話しかけても答えもしない。その代わり、美賀子についてきた年嵩の侍女が、口出ししてくるようになった。

「徳信院さまは立派なお方であらしゃりますけど、お美しいですし、お若いですし、殿さまは少し距離を置かれた方が、よろしいのと違いますか」

慶喜は意味がわからなかった。しかし、よくよく聞いているうちに、慶喜と徳信院との仲を怪しんでいるのだと気づいた。美賀子は慶喜より二歳上で、徳信院とは五歳しか違わない。そのために嫉妬しているらしい。

「馬鹿な。邪推をするな。距離など置く必要はない」

「とにかく徳信院さまよりも、奥方さまを大事にしてくだしゃりませ。徳信院さまのご実家は、伏見宮さんであらしゃりますけど、奥方さまの一条家は五摂家です。都では宮家さんよりも、五摂家の方が上ですし」

帝の親類である宮家よりも、上級公家の五摂家の方が格上とは、慶喜は初めて聞いたが、そんな上下関係など興味がない。むしろ女たちの見識の高さが不愉快だった。

だいいち美賀子は一条家の出といっても養女だった。当初、花嫁は一条家の実の娘のはずだったが、疱瘡にかかってしまったため、急遽、代わりに嫁いできたのだった。

また年嵩の侍女が言う。

「奥方さまは、えらいお覚悟で、こちらに嫁いで来はったんどすえ」

慶喜を将軍にするという使命を背負い、わざわざ養女に出てまで嫁いできたのに、その意味がないと嘆く。

慶喜は、いよいよ煩わしかった。もはや美賀子や侍女たちの、まわりくどい話し方も耳障りで、夫婦仲は急速に冷えていった。

その後、平岡円四郎から将軍継嗣問題が、いよいよこじれていると聞いた。

慶喜に期待をかける大名や公家たちがいる一方で、譜代大名たちは紀州藩主を推しているという。藩主といっても、慶喜より九歳下で、まだ十歳の少年だった。

いつしか慶喜を推す者は一橋派、紀州の幼藩主を推す者は紀州派と呼ばれ、たがいに水面下で火花を散らした。

一橋派が目指すのは、単に慶喜の将軍就任ではなく、幕府人事の大改革だった。

老中や若年寄は、もとから徳川家の家臣だった譜代大名が務める役目だ。御三家や御親藩は徳川家の親戚であり、家臣ではない。外様大名も、もともとの家臣ではないから、老中にはなれない。一橋派のほとんどが幕政に関われない大名たちだった。

ただし斉昭だけは「天下の副将軍」という風評を作り上げて、幕政参与の地位に就いた。ならば息子を将軍の座につけて、今まで幕政に関われなかった大大名たちで、周囲を固めようという思惑だった。

その後、また慶喜は嫌な話を聞いた。一橋派の島津斉彬が、島津分家の娘を養女にして、将軍家定の後室として嫁がせたという。

目的は大奥工作だった。江戸城大奥に入って、家定を取り込み、慶喜を将軍家の継嗣として認めさせようとしたのだ。一条美賀子が一橋家に輿入れしたのと、まったく同じ目論見だった。

だが家定は今更、後添えと仲睦まじくなるほど壮健ではないだろうし、慶喜は上手くいくはずがないと思った。むしろ逆効果なのは、自分と美賀子の冷え切った関係を見れば明らかだ。美賀子は、夫が将軍継嗣を本気で拒んでいることを、いつまで経っても理解しない。

だが慶喜の本心は、美賀子のみならず、どこからも顧みられない。将軍になりたくない男などいるはずがないと、誰もが思い込んでいる。慶喜が遠慮を装っているだけだと見なされ、本人だけが蚊帳の外だった。

三章　暗き座敷

安政二年冬に美賀子が輿入れしてきた頃から、しばらくは将軍継嗣問題は平行線をたどった。一橋派は相変わらず、慶喜擁立を画策し続けていたが、紀州派も引かない。

その一方で、アメリカとの通商条約の交渉が大詰めを迎えていた。和親条約による水や燃料の提供から、さらに進んで、貿易を始めようという条約だ。

アメリカ公使のハリスは、来日以来、江戸城での十三代将軍家定との謁見を望んでいたが、それを実現させたのだ。通商条約締結に王手をかけたも同然だった。

だが、あの弱々しく落ち着きのない将軍の姿を見て、ハリスが日本を御しやすしと見なさないか、新たな懸念が生じる。

それに斉昭など尊皇攘夷派の大名や、京都の公家たちが、通商条約には猛反対していた。貿易が始まれば、いよいよ西洋との関わりが深くなり、西洋人の来日も増える。

そこで幕府は帝の許可を得ることにした。勅許という形で、帝自身が承諾すれば、尊皇攘夷派も文句は言えないはずだった。

そのため二度にわたって、帝を説得する使者を京都へ送ったが、どちらも失敗し、勅許は得られなかった。帝の異人嫌いを甘く見た結果だった。「嫌だ」という感情論の前には、理論は太刀打ちできない。

これによって一橋派は勢いづいた。いよいよ老中や若年寄には任せておけないとばかりに、条約問題にからめて将軍継嗣問題も蒸し返した。

ところが紀州派が巻き返した。彦根藩主、井伊直弼が大老に就任したのだ。譜代藩最大の石高を誇る大大名であり、紀州派の筆頭だった。

大老の登場で一橋派の旗色は悪くなった。ただし慶喜本人は二十二歳になったにもかかわらず、相変わらず蚊帳の外だった。

そんな状況下で、突然、幕府から全大名に向けて、総登城の命令がくだった。登城日は六月二十五日と指定された。年始以外に滅多にないことであり、諸大名は何事かとざわめき立った。

すると平岡が事情を聞きつけてきて、硬い表情で慶喜に報告した。

「総登城の目的は、通商条約締結と将軍継嗣決定の発表で間違いありません。この件は、すでに水戸の大殿のお耳にも入っており、激怒しておいでです」

幕府は勅許を得ないまま、すでにハリスとの間で通商条約を結んでしまい、将軍継嗣も幼い紀州藩主に決定したという。

こうなったからには、斉昭は一橋派の大名と示し合わせて、総登城前に江戸城におもむくと言い出した。井伊直弼に無勅許条約の責任を迫るというのだ。同時に継嗣問題についても、発表を覆(くつがえ)させる勢いだった。

慶喜は驚いた。指定された日時以外に、大名が勝手に登城するなど、許されることではない。そんなことをすれば、厳しい処罰が待っている。

慶喜は平岡に命じた。

「父の暴走を止めねばならない。すぐに井伊どのに面談を求めに行ってくれ。将軍継嗣の件は、私には、お受けする気はないと伝えよ。さすれば会ってくれよう」

すでに夜になっていたが、平岡は井伊家の屋敷まで走り、戻ってくるなり言った。

「お会いになるそうです。六月二十三日に、お城でとのことでございました」

総登城日の二日前という指定だった。

約束の二十三日、慶喜が裃姿で登城すると、井伊直弼は右筆(ゆうひつ)を伴って現れた。太り肉(じし)の身を、少し前のめりにさせて聞く。

「お話を書き留めさせて頂いて、よろしゅうございますか」

慶喜は小さくあごを引いた。

「もちろん、けっこうです」

わざわざ城中での面談を指定してきたのは、記録を取りたかったからなのだと気づいた。自邸では非公式の会談になり、書き留めても正式文書にならない。

直弼は鋭い目で、こちらを探るようにして聞く。

「一橋さまにおかれましては、将軍家の継嗣さまの件は、お受けにはならないとか」

「いかにも」

慶喜は背筋を伸ばして聞き返した。

「すでに決まっておいでとも聞きましたが」

「その通りです。上さま直々に、紀州さまにと、お決めになりました」

家定自身が、はっきりと意志表示したという。あの弱々しさからは想像しにくいものの、慶喜はうなずいた。

「それは何より」

直弼は右筆の手元に目をやり、きちんと書き留めたかどうかを確認した。慶喜は、もういちど背筋を伸ばして聞いた。

「今日、お目にかかったのは、ほかでもない通商条約の件です。これも、もう調印されたとの噂がありますが」

直弼は、すでに観念していたのか、淀みなく答えた。

「それも、お聞き及びの通りです。去る十九日、神奈川の沖合に停泊中のアメリカ軍艦で、海防目付が調印を交わしました。どうしても早急にアメリカと条約を結ぶ必要がありましたので」

その陰にはイギリス艦隊の動きがあったという。イギリスのアジアにおける無法ぶりは、慶喜も耳にしている。

五十年以上前からイギリスは、インドに軍勢を送り込み、内乱を拡大させて、最終的に全土を植民地化した。その後、大々的に阿片(あへん)を栽培させ、清国に持ち込んで、大儲(おおもう)けをしてきた。

清王朝が阿片の持ち込みを拒むと、また艦隊を送り、蒸気軍艦と鉄製大型砲の力で勝利を収めた。それが阿片戦争であり、慶喜が四歳の時に起きた事件だった。

敗戦の末に清国は香港(ホンコン)を奪われ、イギリスの要求通り、開港場も増やさざるを得ず、いよいよ阿片の持ち込み量は増えた。どれほどの清国人が阿片で廃人になろうとも、イギリスには取るに足らないことなのだ。

そして近年、清国とイギリスとの間で、第二次阿片戦争ともいうべきアロー号事件が起きた。今回もイギリス側が圧倒的に有利で、終結は近いと目されている。

この情報を摑(つか)んだハリスが、幕府に警告してきたという。イギリス側がアロー号事件に勝利を収めて艦隊の手が空けば、次の標的は日本になるのは確実だと。その前に通商条約を結べば、アメリカがイギリスの侵略から日本を守るという。

直弼の説明に、慶喜はうなずいて言った。

「通商条約のことは、調印もやむなしと、私も前々から覚悟しておりました」

直弼は意外そうな顔をして、また右筆が書き留めたかどうか、その手元を確かめた。

慶喜は少し身を乗り出して聞いた。

「ただ、一点だけ、お聞きしておきたい。条約調印のための勅許は頂いたのですか」

直弼は平然と答えた。

「ご報告は致しました」

「ご老中を京都へ送られたのですか」

「とりあえず、書状を」

さすがに慶喜は腹が立った。

「それは帝に対して、あまりに無礼ではありませんか」

本来、外交は軍事の一環として、幕府が独断で決めるべき事柄だった。それを、わざわざ幕府側から伺いを立てておきながら、勅許が下りないとなると、勝手に調印してしまい、さらに報告も手紙一通とは、あまりに礼を失するやり方だった。

「まずは、きちんとした使者を都に送って、帝に誠心誠意、ご説明申し上げて、事情を理解していただき、それから諸大名に知らせるのが筋ではありませんか」

それがすむまで総登城は延期すべきだと主張した。慶喜は一大名にすぎず、本来、大老に物申す立場ではないものの、父の暴走を止めようという一心だった。

すると直弼は慇懃（いんぎん）に答えた。

「お腹立ちは、ごもっともです。まずは上さまにお伝えし、老中とも相談の上、善処いたします」

だが老中たちに諮（はか）らずとも、独断が認められているのが大老という立場だ。慶喜は重ねて聞いた。

「総登城は延期されるのですね」

再確認を促すと、直弼は、あいまいに首を振った。

「今ここで私には決めかねます。やはり上さまのお考えをうかがわねば」

家定は病気が進んで、もはや複雑な判断はできないという噂もある。単に後継者を指名するくらいならまだしも、これほど込み入った外交問題に、まともに応じられるかは疑問だった。

それでも直弼は言い張った。

「とにかく、すぐにご相談してみます。きっと上さまにも、ご理解いただけるでしょうし、総登城は延期することになりましょう」

総登城は明後日に迫っているが、明日、撤回すれば間に合う。慶喜は、そこに期待をかけて引き下がった。

帰りがけに、本郷の水戸中屋敷へと足を延ばした。斉昭は隠居として、今も本郷の中屋敷で暮らしている。そこで慶喜は、井伊直弼との面談のあらましを父に語った。

「聞くところによると、総登城前に、父上が井伊大老を詰問するとの噂がありますが、どうか、お止めください。そんなことをすれば、父上の身も危うくなり、水戸の家中も取り潰されかねません」

すると斉昭は平然と答えた。

「日本を守るためならば、この身がどうなろうとかまわぬ。だいいち、わしは隠居の身だ。隠居が何をしようと、家中の取り潰しになどならぬ」

「されど監督不行き届きで、兄上が罰せられましょう」

兄の慶篤とて、水戸藩主として無事でいられるはずはない。

「そのくらいは、家中こぞって覚悟の上だ」

慶喜は溜息をついた。

「とにかく総登城は延期になります。もし延期にならなければ、諸大名が集まった広間で、声を上げればすむことです。まずは私が無勅許条約について、大老を詰問しますので、父上や一橋派の皆さまに続いていただければと存じます」

かつて斉昭は慶喜に、火中の栗を拾えと言った。大老への詰問の口火を切るのは、とてつもない大勝負であり、まさに火中の栗を拾う役目になる。そこまでして父と水戸家を救う覚悟だった。

するとと斉昭は、ようやくうなずいた。

「わかった。そなたの言う通りにしよう」

だが約束に反して、翌二十四日、斉昭は強引に登城してしまった。福井の松平春嶽と尾張の徳川慶勝などを引き連れて、井伊直弼を詰問に出向いたのだ。

もうひとりの一橋派重鎮、島津斉彬は、参勤交代で薩摩の国元にいて、登城には加わらなかった。

一橋派の登城を慶喜が知ったのは、その日の夕刻のことだった。本郷から使いが来て、登城の様子が知らされたのだ。井伊直弼は神妙な様子で、無勅許条約の非を認めたという。

しかし井伊直弼も約束を反故にした。翌日は予定通り、総登城が行われたのだ。ただし将軍家定は体調不良を理由に、大広間には現れず、直弼が代理で通商条約締結と将軍継嗣決定を発表した。

そして一方的に通告するなり、直弼は退出しかけた。慶喜が反論の声を上げようとしたが、その寸前に、これは将軍の厳命であると大喝されて、散会に至った。結局、二十二歳の慶喜は、老練な大老に負けて、何もできなかったのだ。

一橋派は当然、不満をつのらせ、翌日から、たがいの屋敷を行き来して、今後の対策を練り始めた。だが慶喜は彼らとは距離を置き、直弼が京都に使者を送るのを期待した。

しかし総登城から十日も経たない七月五日、将軍家定の名前で、斉昭を始めとする一橋派に謹慎の処罰が下った。罪状は不時登城とされた。指定の日時以外に、勝手に登城したことが、やはり問題視されたのだ。

それに慶喜までもが巻き込まれた。慶喜自身は直弼との約束通りに登城しただけで、不時登城には加わっていない。それなのに今後の登城が禁じられてしまった。

まったく納得がいかず、ふたたび平岡を井伊直弼の屋敷に走らせた。もういちど面談を求めたが、今度は門前払いだったという。

その翌日、七月六日になると、別の重大事が起きた。十三代将軍家定が亡くなったのだ。総登城にも出てこられなかったほど、病状が進んでいたのは疑いない。そんな状態で、死の前日に、一橋派の処罰など命令できるはずがなかった。

すでに継嗣と決定していた紀州出身の家茂（いえもち）が、十四代将軍の座についた。まだ十三歳の新将軍誕生であり、何もかも直弼の独断に違いなかった。

一橋派の処罰は京都に飛び火した。この頃、尊皇攘夷という言葉に熱狂した諸藩の下級武士たちが、脱藩して都に集まり始めていた。

彼らは公家たちの力を借りて、井伊直弼を引きずり降ろそうと動き出したのだ。いざとなれば異人嫌いの帝も味方につけられる。浪士たちは仲間を増やし続け、幕府にとって厄介な存在になり始めた。

すると斉昭らの処罰から、ほぼ一年後の安政六（一八五九）年八月二十七日、幕府から慶喜にまで厳罰がくだった。今度は登城禁止どころか、二十三歳の若さで隠居謹慎に処された。

京都の浪士たちが、攘夷のために慶喜を担ぎ上げようとする動きがあり、彼らとの関わりが疑われたのだ。慶喜は迷惑なだけであり、何の接点もないと訴えようとした。

しかし間髪をいれず、斉昭が水戸での永蟄居に処された。江戸から追われて、もはや解放が望めない終身刑だ。

自分自身はともあれ、親を力で抑え込まれては、もはや口を閉ざすしかなかった。

明日から謹慎という夕刻、平岡円四郎が行灯の前で、大きな背中を丸めていた。何度も火打ち石で火花を散らすものの、手元の火つけ棒に炎が移らない。

慶喜は近づいて、背中越しに言った。

「私にさせてみよ」

平岡は恐縮しながら、火打ち石を差し出した。慶喜は受け取るなり、軽く火花を散らした。すぐに火つけ棒に赤い点が灯り、そっと息を吹きかけると、ぽっと炎があがった。

それから行灯の障子を持ち上げて、中の油皿の芯に炎を移した。周囲が、ほのかに明るくなる。炎に照らされて、平岡の気まずそうな顔が浮かぶ。

「殿には、何でもかないませぬな」

慶喜は行灯の障子を下ろしながら、静かな口調で言った。

「もう、殿ではない」

平岡が哀しげに目を伏せる。隠居謹慎を命じられたからには、もう一橋家の当主ではなく、殿と呼ばれる身でもなかった。

平岡は哀しみを振り切るかのように立ち上がって、雨戸の方に大股で進んでいった。

「明日からは雨戸は開けられません。一枚ずつの隙間に細竹をかまして、明り取りにいたします」

それが自邸での謹慎の規則だという。

しかし平岡は雨戸を閉めようとして、また四苦八苦し始めた。どうしても途中で突っかかってしまう。生まれも育ちも江戸の旗本で、自前の家臣を持つ。自邸の雨戸の開け閉めや、行灯の点火などは、奉公人の役目に違いなかった。

慶喜はふたたび大きな背中に近づいた。平岡が気づいて振り返ると、退くように手で示した。そして突っかかった戸を軽くたたいて戻した。すべての雨戸が敷居の上で、ぴたりと収まる。

最後に心張り棒をはめながら、平岡に顔を向けた。

「何でもできるゆえ、心配せずともよい。布団の上げ下ろしもできる。子供の頃、水戸で身のまわりのことは、自分でさせられたのだ。父上に感謝せねばならぬな」

平岡はうなずき、神妙な顔で言った。

「門番は表門も裏門も、お城より毎日、交代の者が参ります。賄いと給仕の者も、交代で通ってきます。薪割り(まきわ)や風呂炊きは、下男が致します。ほかに不自由がございましたら、お城から見まわりの者がまいりますので、その者に、お知らせください」

今度は慶喜がうなずいた。

「わかった。特にすることもないゆえ、人手はかからぬ」

普段、登城したり、ほかの大名家を訪ねたりする場合には、相応の衣装を整えるために、小姓の手助けが要る。供侍も駕籠かきも必要になる。だが、これからは毎日、屋敷に閉じこもり、着流しで暮らし、月代(さかやき)や髭を剃ることもない。

小姓をはじめ、わずかな家臣たちは、すでに幕府の役に戻った。明日からは慶喜と奥の女たちだけの暮らしが始まる。しかも奥との行き来も、基本的には禁じられている。

最後まで残った平岡も、すでに甲府に転勤が決まっている。甲府は幕府の直轄地で、城はあるものの、甲府勤番といえば山流しといわれ、脛(すね)に傷を持つ旗本の吹き溜まりだ。

慶喜は平岡と向かい合って座った。罪人と自覚して、座布団も使わない。平岡は両手を前につき、改めて別れの挨拶をした。

「こちらにご養子に入られて以来十二年、おそば近く仕えさせていただきまして、まことにありがとうございました」

顔を伏せたままで言葉を続ける。

「殿には何の落ち度もないのに、このような次第に相成り、まことに無念でございます。まして私は何のお役にも立てず、まことに、まことに申し訳なく」

「いや、そなたの働きは、ありがたく思っている」

常に世の中の新しい情報をつかみ、いち早く教えてくれたのは、平岡にほかならない。

「よく仕えてくれた」

平岡は両手を前についたまま、顔だけを上げた。

「このような理不尽な謹慎など、長く続くはずがありません。一年か、一年半もすれば、お赦(ゆる)しが出るでしょう。さすれば何をさておいても、甲府から駆け戻ってまいります」

声が潤み始めた。

「その時には、ぜひまた、ご奉公させてくださいませ」

深々と平伏する。慶喜は喉元に込み上げる熱いものを呑み込んで答えた。

「わかった。平岡、心待ちにしている」

感情を表に出してはならないと自戒するあまり、それ以上は言葉が出なかった。

平岡も涙を見せまいと、顔を背けたまま立ち上がり、大股で座敷から出ていった。

その勢いで風が起こり、行灯の炎が揺れて、襖や壁の影が動く。平岡の足音が廊下の先へと遠のくにつれて、影の動きは収まり、静寂が訪れた。


翌朝、慶喜は寝床から起き出すと、まず雨戸に近づいた。戸板を少しずつ動かし、わずかに隙間を開けて細竹をかましていく。そこから、明るくなっていく庭をのぞき見た。しきりに小鳥の声がする。

表門の方で、かすかに物音がする。門番の交代の時間かもしれなかった。賄い所の方からも、人の気配が伝わってくるものの、姿は見えないし、話し声も聞こえない。

平岡は見まわりの者が来ると言っていたが、来た様子はない。しばらくして合点した。見まわりではなく、見張り役であり、おそらくは近くにいるのに、気配を消しているに違いなかった。

時間になると廊下に塗り膳があった。給仕の者が黙って置いていったらしい。慶喜は立ち上がって取りに行き、座敷の真ん中に置いた。膳の上は一汁一菜。白米と味噌汁と漬物、それに茶が一杯という朝食だ。食事を終えて、膳を廊下に戻しておくと、いつの間にか消えていた。

昼間は雨戸の隙間近くに、書見台を置いて本を読んだ。だが、もともと読書は、さほど好きではないし、すでに読んだことのあるものばかりで、今ひとつ興味がそそられない。

絵でも描こうかと、筆や硯や紙を探してみたが、どこにも見つからない。どうやら手紙で外部と連絡させないように、筆記用具は、すべて持ち去られたらしかった。

体を動かしたくて、廊下で素振りでもと考えたが、真剣はもちろん、木刀の一本さえ残っていない。当然、槍も弓もない。

夕方になると、風呂場の方から薪が燃える匂いがした。頃合いを見計らって行ってみると、ちゃんと風呂が沸いている。手ぬぐいや浴衣も、きちんと用意されていた。

ひとりで湯に入って座敷に戻れば、今度は夕食の膳が、また廊下に置かれていた。こうして誰とも顔を合わせず、誰とも口を利かないで、毎日を過ごすのだなと合点した。

派閥抗争が起きるような人間関係より、ひとりのほうが、よほど自分には向いているかと思い込んできた。顧みれば子供の頃から孤独だった。でも平岡のように、いつのまにか心許せる側近ができていた。それが去ってしまい、気づけば、今までにない孤独のどん底にいる。

数日も経つうちに、気が滅入り始めた。せめて下男の顔を見たい。見張り役や、賄いと言葉を交わしたい。

廊下に膳を置きに来るのを待ち構えて、声をかけてみたものの、何も答えず、逃げるように立ち去ってしまう。話をしてはならないと、厳命されているらしい。

昔から、謹慎中に亡くなったという話は、いくらでも聞く。その理由が初めてわかった。生きる気力が失われていくのだ。まして病気にでもかかろうものなら、治ろうという力もなくなるに違いない。そして死に至るのだ。自分もくじけてしまいそうで、たまらなく不安になる。

慶喜は頭を大きく振り、自分自身を励まそうと、明るい記憶をたどった。まず思いを馳(は)せたのは、子供時代の水戸だった。あの頃、弘道館で藩士子弟の仲間に入れず、情けない思いをしたはずなのに、今になってみると、美しい景色ばかりが脳裏に浮かぶ。

山城の裾を那珂川(なかがわ)が流れ、対岸には豊かな田園が広がる。城内にも城下にも、いたるところに梅の木が植わっていた。子供の頃は花になど興味がなかったが、思い返すと、芳しい香りや、小さな花の愛らしさが、強く記憶に残っている。

青く輝く千波湖(せんばこ)の記憶も鮮明だ。湖畔に広がる偕楽園(かいらくえん)は、父が皆で楽しめる場所にしたいと、慶喜が生まれる五年前に造営したのだ。広大な梅園があり、三と八のつく日には、下々にまで開放される。

子供の頃、武田耕雲斎が「お忍びで」と、いちどだけ開放日に連れて行ってくれたことがあった。ちょうど梅の季節で日差しも暖かく、城下の町人たちや、近在の農家の者たちが集っていた。家族連れも多く、幼児の笑い声が響き、娘たちの姿が華やかだった。

そんな様子を見渡して、耕雲斎が言った。

「わが殿は、武張ったことに力を注ぎながらも、下々の楽しみにまで、心を傾けておいでです。まさしく名君にほかなりません」

あの時、父の偉業に感じ入ると同時に、楽しそうな下々の様子が、心からうらやましかった。

偕楽園の記憶から、ひとりの少女の姿が脳裏によみがえった。梅雨時の弘道館で、傘を持って走ってきた、あの幼い妹だ。

今さらながら思う。あの頃から庶民に憧れていた。権力者になどなりたくないという気持ちは、生涯、父には理解されまいと思う。野心家の父に対する反発は、いまだに心の隅にくすぶっている。

それでいて父はどうしているかと気になる。今なお水戸には、反斉昭の門閥派は少なくない。彼らの目がある限り、父は自分と同じように、ほとんどの雨戸を閉め、薄暗い座敷で日々を過ごしているに違いない。

そこまで思い至るなり、慶喜は両手で顔をおおった。父の暗い姿や弱った姿など、想像もしたくない。あのむやみな強気は、息子として持て余しつつも、やはり雄々しくあって欲しかった。

思考を切り替えようと、また頭を振ると、今度は平岡を思い出した。あれほど仕事のできる男にとって、山流しの役目など面白かろうはずがない。別れ際の言葉が、ふいに耳の奥でよみがえった。

「このような理不尽な謹慎など、長く続くはずがありません。一年か、一年半もすれば、お赦しが出るでしょう。さすれば何をさておいても、甲府から駆け戻ってまいります。その時には、ぜひまた、ご奉公させてくださいませ」

大の男が声を潤ませて、そう約束したのだ。あの期待に応えなければならない。くじけてなるものか。負けてなるものかと、心が奮い立つ。

慶喜はつぶやいた。

「平岡、待っておれ。かならず元気で、赦される日を迎えるゆえ」

四章　火消し組

頰から顎にかけて髯が伸びた。指先で触れると、もう無精髯とは呼べないほどだが、そう濃くはない。鏡がないから確かめられないが、武田耕雲斎ほどの威厳はない。月代も剃らないから、頭頂部の髪が素浪人のように、つんつんと伸びてきていた。

そんな時、雨戸の隙間で、ふいに影が揺れ、庭先から声がした。

「ごめんなすって」

制止する間もなく、いきなり雨戸が一枚、開いて、見知らぬ男が顔を出した。

年の頃なら六十前後。白髪交じりの大銀杏を結っている。上等そうな羽織の下に、横縞柄の小袖。胸元や袖口からは、鮮やかな色合いの重ね着が垣間見える。小柄ながら目が鋭く、妙に威圧感があって、いかにも堅気でなさそうだ。

どうやって入り込んだのか、とがめようとしたが、ずっと誰とも話をしていなかったせいで、喉がかすれて、声が出ない。

すると相手が腰をかがめて名乗った。

「あっしは浅草の『を』組の火消しで、新門辰五郎と申しやす」

慶喜はつばを飲み込み、ようやく聞いた。

「火消しが、どうやって、ここに入った？」

辰五郎は頰を緩めた。

「門番の方に入れてもらいやした」

「よく入れたな」

「へえ、このままですと、こちらのお屋敷から火事が出かねませんのでね」

「火事？」

すると辰五郎は振り返って、あごで庭を示した。

「このまんまにしておきますってえと、草が立ち枯れて、冬場に火がつきやすくなるんですよ。田舎の一軒家ならまだしも、お城の中ですしね。両隣のお屋敷も気をもんでるってえんで、ちょいと草刈りをさしてもらえねえかと思いまして」

そういわれれば、謹慎になって以来、出入りの植木屋も来なくなり、庭は雑草が生え放題だ。でも、それが危険だなどとは、まったく気づかなかった。

「子分どもを連れてきましたんで、これから刈らせてもらえませんかね」

本来なら見張りの者に話を通すべきだが、相変わらず姿を見せない。黙認ということらしい。子分まで連れてきてしまっているのなら、やってもらうしかない。

「わかった。今は心づけも渡せぬが、近所迷惑になるのなら、刈ってもらいたい」

だが辰五郎は目の前で片手を振った。

「心づけなんて要りませんや。火事を消すだけじゃなくて、町の燃えそうなものを片づけるのも、火消しの役目なんですよ。それに殿さまも、お困りでしょうから、ちったあ、お役に立てればと思いましてね」

慶喜は苦笑した。

「もう隠居したから、殿さまではない」

「へえ、この若さで、ご隠居さんですかい。いったい、おいくつなんですか」

「二十三だ」

「それじゃ、ご隠居さんって呼ぶわけにゃいかねえな」

辰五郎は腕組みをして小首を傾げた。

「旦那さんかな。いや、こんな立派な大名屋敷にお住まいで、旦那さんもねえよな。やっぱり殿さまだ」

「それなら慶喜さんとでも呼んでもらおうか」

それは徳信院が使う呼び方だ。今は同じ屋敷内なのに、行き来もできず、顔を合わせることもない。

辰五郎は腕組みをほどいて、ぽんと両手を打った。

「そりゃいい。慶喜さんですね」

そして、また庭を振り返った。

「それじゃ慶喜さん、さっそくですけど、草刈り、始めさしてもらいますよ」

辰五郎は庭の向こうに声をかけた。すると子分たちが、ぞろぞろと現れた。予想以上の大人数で、手に手に草刈り鎌を持っている。

辰五郎が庭のあちこちに子分を振り分け、さっそく草刈りが始まった。石灯籠(いしどうろう)の後ろでも池の周囲でも、腰をかがめて鎌を振りかざす。人数が多いだけに、あれよという間に、刈り取った雑草の山が築かれていく。

雨戸を閉めるべきだったが、人声を聞くのも、人が立ち働く姿を見るのも久しぶりで、つい見入ってしまう。

しばらくすると庭先から、下男が煙草盆(たばこぼん)と丸盆を持って現れ、慶喜の目の前の縁側に置いた。丸盆には茶托(ちゃたく)つきの湯呑(ゆのみ)が、ふたつ並んでおり、片方を慶喜の膝元まで押し出してから、辰五郎に声をかけた。

「親分さんも一服してください。子分さんたちの分は、今、持ってきますから。どうか、お先に」

慶喜は驚いた。下男の姿を見るのも、声を聞くのも初めてだし、今まで食事の膳以外に茶など出たことがない。だが火消しの親分ともなると、煙草盆まで勧めるとは。

辰五郎は近づいてくると、少し腰をかがめ、片手で拝むような格好をしながら、縁側に腰かけた。

そして懐から煙草入れを出し、さらに中から銀細工の煙管を取り出した。煙草入れは総刺繍で、角からぶら下がった根付は、細密な猿の意匠だった。武家では見ない豪華さで、よほど裕福らしい。

辰五郎は慶喜の視線に気づいて言った。

「あっしは申年の生まれなんでね。そういや水戸のご老公と、同じ歳なんですよ」

「父と同じなら、今年、還暦か」

「さいでさァ。天下の副将軍と同じ歳ってのが、あっしの自慢でね」

雨戸と同じく、本来は話などしてはならない。でも、つい引き込まれる。

辰五郎は煙草盆の火を、煙管の先に移すと、煙たそうに目を細めて吸った。

「そういや、ご老公と慶喜さんが、こんなことになっちまって、水戸のお侍から下々まで三千人が、御公儀に文句を言いに押しかけてきたって聞きましたけどね」

慶喜は眉をひそめて聞き返した。

「いつのことだ？」

「つい先だってですよ」

「それで江戸に着いたのか」

「いや、途中で御公儀に蹴散らされたって噂ですよ。なんだか気の毒な話ですけどね」

辰五郎は大きく煙をはいた。

「ご老公も慶喜さんも謹慎なんて、水戸の連中だけじゃなくて、江戸っ子も腹に据えかねてますすよ」

腕組みをして、片手で煙管を口元に添えたままで話す。

「なんでも慶喜さんを次の将軍さまにしてえってんで、水戸のご家老さまや、お侍さんたちが走りまわったけど、結局、切腹やら打首やらになっちまったでしょう。あれも江戸っ子は気の毒がってますよ」

「切腹や打首？　何のことだ？」

「おや、ご存知じゃありませんでしたか。こりゃ、まずいことを聞かしちまったかな」

「まずくはない。いつ、誰が処刑された？　詳しく話してくれ」

「確か、慶喜さんが謹慎を食らった、ちょいと後ですよ」

辰五郎は指を折りながら、水戸藩の家老や藩士の名前を挙げた。斉昭の手足となって働いた者たちばかりだ。

「水戸のお侍ばっかりじゃねえ。都でも大勢つかまって、片っ端から首を斬られてるって話ですぜ。御大老は、やりすぎじゃねえかって、みんな呆れてますよ」

井伊直弼が、それほどの弾圧に出ようとは衝撃だった。考え込んでしまうと、辰五郎は心配そうに顔を覗き込んだ。

「気が滅入る話をしちまいやしたかね」

「いや、世間のことがわからぬゆえ、聞かせてもらえて、ありがたい」

辰五郎は座敷の中を見まわした。

「いつも、おひとりですかい」

「そうだ」

「それじゃ、お寂しいでしょう。話し相手もなくって」

「まあ、そうだな。正直なところ、これほどこたえるとは、思っていなかった」

「あっしでよけりゃ、また時々、来やすよ」

「ありがたいが、しばらくは草も伸びぬし、そうそう掟を破るわけにはいかぬ」

庭は、すっかりきれいになり、子分たちは、あちこちにしゃがんで、下男の運んできた茶や煙草を口にしている。

辰五郎は笑った。

「草刈りなんて口実がなくたって、いつだって来れますすよ。新門辰五郎の邪魔をできるやつなんて、お武家さんでもいやしねえ」

「そうなのか。町方の者と話したことがないゆえ、何も知らぬ。火消しが生業か？」

また辰五郎は笑った。

「まあ、火消しで食ってけるほど、しょっちゅう火事があったら、かえって困っちまいますよ。祭りの露店の元締めとか、喧嘩(けんか)の仲裁とか。まあ、任侠(にんきょう)ってやつですよ」

「そうか、威勢がいいはずだ」

今までに知らなかった世界だった。

「案外、謹慎も悪くはなかったかもしれぬな。そなたのような者と話ができて」

「そりゃ、ようござんした」

辰五郎は満足そうに笑う。

「そういや、奥方さまたちも、ご不自由でしょう。明日にでも娘を寄越(よこ)しますよ。使いっ走りでも何でも、さしておくんなさい」

「いや、そこまでしてもらうわけには」

「かまやしませんよ。江戸の町娘だから、ろくすっぽ口のきき方も知らねえけど、あっしと似て、肝の据わったところはありますんで」

辰五郎は茶を飲み干すと、煙草入れを懐に戻し、子分たちに向かって声を張った。

「野郎ども、そろそろ引き上げだッ」

「へぇッ」

声を揃え、いっせいに立ち上がる。刈り取った雑草を菰(こも)で包み、軽々と担ぎ上げて、門の方に向かっていく。

辰五郎は首の後ろに片手を当てて、少し腰をかがめた。

「それじゃあ、これで」

慶喜は思わず腰を浮かせた。

「辰五郎、今日は、ありがたかった」

「また来やすよ。かならず」

辰五郎は笑顔を見せると、きびすを返し、足早に立ち去った。一瞬、羽織の裾がひるがえり、真っ赤な裏地が垣間見えた。

ひとりになって気づいた。あれが江戸の粋というものかと。


「慶喜さん」

翌日の午後、明り取りの隙間から、女の声で呼びかけられて振り返ると、また雨戸が一枚だけ開いた。今度は十七、八の、若い女だった。

「新門辰五郎の娘か」

慶喜が聞くと、女は元気に答えた。

「うん。お芳（よし）っていうんだ。よろしくね」

あまりに気軽な口調に、一瞬、面食らったものの、これが江戸の町娘かと合点した。

お芳は遠慮会釈なしに、座敷の中を見まわした。

「おとっつぁんも言ってたけど、雨戸くらい開けたって、文句は言われないだろうに」

それから、しみじみと、こちらの顔を見つめた。

「慶喜さんて、薄暗いとこで見ても、ぞっとするほど男前だね。髷は薄くって、あんまり似合わないけど」

若い女に面と向かって言われると、顔がこわばってしまう。だが、お芳は気にする様子もなく、奥座敷の方を目で示した。

「今朝、奥方さまにご挨拶に行ったんだ。なんか、お手伝いできること、ないですかって。そしたら、ここは町娘の来るとこじゃないって、追っ払われちゃった」

両手で犬でも追い払うような仕草をする。慶喜は話題が変わって、ほっとした。

「そうか。それは悪かったな」

「奥方さまって、いつも、あんな？」

「あんなって？」

「こめかみに青筋、立てちゃってさ。なんだか嫌な感じ」

あまりに率直な物言いで、また答えに窮する。

美賀子との夫婦仲は、相変わらず芳しくはない。それでも大名は世継ぎをもうけなければならず、嫁いできて二年半が経った頃、懐妊に至った。

ちょうど一橋派が不時登城で暴走したり、処罰を受けたりと、たいへんな時期だった。

紀州派が勝利すると、美賀子は衝撃のあまりか、早産してしまった。生まれたのは女児だったが、あまりに小さく、わずか四日の命だった。

その後、慶喜が謹慎生活に入り、美賀子まで不自由な暮らしを強いられて、今や鬱々と暮らしている。もう長く顔も合わせていないし、慶喜としては会う気もなかった。

「あたしね、奥方さまに会った後で、徳信院さまのお部屋にも行ったんだ。慶喜さんのお祖母(ばあ)さまって聞いてたから、びっくりしちゃった。若いし、きれいだし、優しいし。あたしが何でもしますって言ったら、すごく喜んでくだすって。本郷の水戸さまのお屋敷まで、大奥方さまが元気かどうか、見に行ってくれないかって頼まれたんだ」

本郷の大奥方とは、慶喜の実母である吉子だ。夫の斉昭は水戸で蟄居しているが、正室の吉子は本郷の中屋敷に残っている。

「で、行くのか」

「もう、ひとっ走り行って、ついさっき戻ってきたとこ」

早業には驚くばかりだ。

「母上は、お元気だったか」

「うん。あたしが行くと、すっごく喜んでくだすってさ。慶喜さんのこと、気にしてらしたから、元気にしてますって答えといた。昨日、おとっつぁんから慶喜さんの様子は、だいたい聞いてたし」

お芳は肩をすくめて笑う。

「それで今、徳信院さまのとこに戻って、本郷の奥方さまの様子を、お話ししてきたんだ。そしたら、ついでだから慶喜さんのとこにも寄っていきなさいって、徳信院さまが勧めてくだすったんだよ」

話しながら、ひょいと縁側に腰かけた。

「おとっつぁんからも、慶喜さんを、おなぐさめしてこいって言われてたし」

「そうか。それは、すまなかったな」

「すまなくなんかないよ。これっぽっちも」

話が途切れると、お芳は縁側から下ろした両脚を、交互に揺らし始めた。短めに着つけた裾から、下駄履き(げたば)の白い足首が、ちらちらと見え隠れする。

梅雨時の弘道館で出会った幼い少女が、突然、大人になって、眼の前に現れたような気がした。ただ、見たことのない柄の小袖を着ており、黙っているのも気詰まりで聞いてみた。

「町娘は、そういうものを着るのか」

すると、お芳は片袖を広げて見せた。

「これ、黄八丈(きはちじょう)っていって、近頃、人気なんだ。八丈島の織物でね。木綿に見えるけど、実は絹ものでさ。しゃきっとしてて軽いし、何度も洗い張りしても丈夫だし。でれでれした京友禅なんかより、よっぽど洒落てるよね」

黄色い地に、茶色の格子柄が鮮やかだった。武家では見ない華やかさで、素朴な雰囲気もあり、お芳には似合っている。

お芳は、また両脚を揺らしながら、唐突に言った。

「こんなこと言っちゃ何だけどさ。慶喜さんを謹慎させる御公儀なんて、もう、おしまいなんじゃない？」

またもや慶喜は驚かされた。

「ずいぶん思い切ったことを言うのだな」

「だってさ、黒船が来て以来、異国の言いなりじゃないか」

「言いなりは駄目か」

「そりゃそうだよ。任俠の世界じゃ、子分たちは自分の親分が、いちばん強いって信じてるから、おとなしくしてんだよ。もしも、もっとずっと強いやつが現れて、自分の親分が、そいつにぺこぺこし始めたら、いっぺんで見限るよ」

お芳は縁側に腰掛けたまま、こちらに上半身だけ向けた。

「任俠徳川組はさ、黒船組のペリー野郎に、ぺこぺこしちまったからね。子分のお大名たちは、もう徳川親分の言うことなんか、聞きゃしないよ」

「なるほど、面白い見方だな」

確かに徳川家康以来、幕府は圧倒的な力で諸大名を束ねてきた。それは任侠の世界と変わらない。

「力がないってわかったからには、二度と子分は従わないよ。まして黒船組にはぺこぺこしといてさ、文句を言う子分のことは苛(いじ)めるんだから、ひどい親分もいたもんだ」

慶喜や勤王(きんのう)の志士たちへの処罰を、お芳は憤っていた。

「任侠徳川組か」

思わず笑いがこみ上げる。すると、お芳も笑顔になった。

「ようやく笑ったね。慶喜さん、ずっと真面目な顔してたけど」

「子供の頃から、しつけられてきたからな」

「笑うなって?」

「そうだ。特に泣いたり怒ったりはできない」

「へえ、お大名の若君って、面倒くさいもんなんだね」

気がつくと、秋の日が傾いていた。

「そろそろ帰れ。夜道のひとり歩きは危ない」

「新門辰五郎の愛娘(まなむすめ)を襲う馬鹿野郎なんか、江戸中、探したっていやしないよ。だいいち襲われたら、思い切り手首をひねり上げて、金的を蹴飛ばしてやる。これでも武術の心得はあるんだから」

慶喜は笑いをこらえて言った。

「そうか。でも、もう帰れ」

「じゃあ、帰る」

お芳は立ち上がった。

「また、来ていい？」

小首を傾げて聞く様子に心惹（こころひ）かれた。そう美人ではない。鼻は丸いし、唇はぽってりと厚く、美賀子のような整った顔には程遠い。

だいいち謹慎中でなければ、女など望み放題だ。父など何人、側室を持ったか知れない。だが自分は、よりによって蓮（はす）っ葉（ぱ）な口をきく町娘に、心そそられてしまった。かろうじて生真面目を装って答えた。

「来てもよい。ただし」

「ただし？」

「水戸の話は、もう聞かせてくれるな」

「なんで？」

「連絡を禁じられている」

「慶喜さんて本当に真面目なんだね」

「これが謹慎というものだ」

すると、お芳は小さくうなずいた。

「わかった。とにかく、また来るから」

そして女の出入り口である裏門の方に向かった。慶喜は縁側に身を乗り出して、後ろ姿を目で追った。下駄の音が軽やかに響き、黄八丈で包まれた丸い尻に、心そそられた。

つい見惚れていると、お芳は急に振り返って、こちらに向かって片手を上げた。遠目にも白い歯が見える。

慌てて顔を引っ込めた。妻のいる身でありながら、まじまじと若い女の尻など眺めていたのを、当の本人に悟られた気がして、ひどく恥ずかしかった。

それからお芳は、ちょくちょく訪ねてくるようになった。当初は辰五郎も顔を出したが、次第に娘の方が多くなった。

うな丼という新しい食べものが大人気だとか、本所の米倉が四棟、増設されたとか、他愛のないことを話す。そんなことを聞くのが、とても楽しかった。

安政七年が明けて、慶喜は二十四歳になった。正月らしいことなど、ひとつもないなと溜息をついていたら、お芳が餅を抱えて現れた。平然と座敷に上がり込む。相変わらず見張りは黙認らしい。

お芳は火鉢で餅を焼きながら言った。

「近々、咸臨丸っていう御公儀のお船が、アメリカってとこに向かうらしいよ」

幕府はペリー来航の二年後、長崎にオランダ海軍の教官団を招いて、洋式の海軍伝習所を開いた。幕臣のみならず諸藩の藩士たちも入所して、蒸気船の動かし方や大型砲の扱い方を学び始めた。

それから四年が経ち、今や幕府は蒸気軍艦を何隻も所有し、伝習所の卒業生たちは、太平洋を横断できるようになったらしい。かつて父が望んだように、西洋並みの軍備が徐々に整えられていた。

正月が過ぎて、陽気がよくなると、お芳は時折、切り花を持参するようになった。最初は梅の小枝を手にしてきて、一輪挿しで床の間に飾った。香りが水戸を思い出させて懐かしかった。

それが桃の花に代わり、暖かくなったと思ったら、三月三日の桃の節句の朝は、ひどく冷えた。雨戸を細く開けると、一面、銀世界だった。慶喜は美しさに目を奪われつつも、この雪では、お芳は来ないだろうと、少し残念な気がした。

しかし庭先に人の気配がした。慶喜は急いで雨戸を一枚、開けると、お芳が、こちらに向かって走ってくるところだった。黄八丈の裾をからげて、雪の積もった庭を突っ切ってくる。

下駄も足袋も雪でびしょぬれだ。冷たかろうと案じたが、縁側まで駆け寄ってきた時には、激しい息で肩を上下させており、ただごとではない様子だった。

「何か、あったのか」

「御大老が」

お芳は息をつきながら答えた。

「殺されたって」

慶喜は驚いて聞き返した。

「どこでだ？」

「桜田御門の外。お駕籠に乗って、お城に向かおうとして襲われたんだって」

「本当か」

「本当だよ。あたし見に行こうとしたけど、桜田御門の辺りは、すごい人だかりで。でも見た人が言ってた。井伊さまの御家来衆も大勢いたのに、お駕籠から引きずり出されて、めった刺しにされたらしいよ。雪が真っ赤に染まってたって」

慶喜は大きな衝撃を受けた。自分を謹慎に追いやった憎き政敵ではあったものの、幕府大老ともあろうものが、道端で殺されるなど考えられない。咸臨丸の渡米で持ち直すかと思われた幕府の権威が、いよいよ地に落ちてしまった。

翌日になると、お芳は、もっと詳しく聞きつけてきた。

「襲ったのは、ほとんどが水戸のお侍らしいよ。もう脱藩してるって話だけど」

よりによって水戸かと、慶喜は愕然とした。だが、お芳は声を弾ませた。

「けど、慶喜さんには悪い話じゃないよね。敵だったやつが、いなくなったんだから。謹慎だって、なくなるよね」

しかし慶喜は首を横に振った。

「いや、そう簡単にはいかぬ」

斉昭や慶喜を煙たく思うのは井伊直弼だけではない。老中や若年寄、ほかの譜代大名など、いくらでもいる。

だが、お芳も首を横に振る。

「そんなことないよ。きっと、ご放免になる。もうすぐだよ、もうすぐ、お赦しが出るよ。あたし、そう信じてる」


しかし放免の知らせはなく、五ヶ月が経った八月十六日の夕方のことだった。また、お芳が血相を変えて走ってきた。

縁側で下駄を蹴飛ばすように脱ぎ捨てて、四つん這いで座敷に転がり込んだ。前よりも、なお激しい息で言う。

「慶喜さん、水戸の話はしないって約束だけど、今度ばかりは聞いて」

慶喜は何事かと身構えた。

「今日ね、本郷の大奥方さまから、あたしに来て欲しいって、家まで知らせが来たんだ」

何かあった時のために、お芳は浅草の住まいを、吉子に伝えてあったという。

「それで走って行ってみたら、大奥方さまが泣いてらして」

お芳は涙声で続けた。

「昨日、水戸で大殿さまが、お亡くなりになったって」

思わず目を閉じた。親は子よりも先に逝く。それが当然だ。だから、いつかはという覚悟はあった。でも謹慎中であって欲しくはなかった。あれほど藩士にも領民にも慕われた名君が、暗い日々の中で命を終えるなど、あってはならないことだった。

「それからね」

お芳は遠慮がちに声をかけてきた。慶喜は目を開けて聞いた。

「何だ？　まだ何か聞いてきたのなら、何でも話せ」

「大殿さまのご遺言も、うかがってきたんだ。水戸の人からの伝言なんだけど」

「聞かせてくれ」

「あのね。大殿さまが仰せになったのは」

お芳は、ひとつ息をついてから、一気に言った。

「慶喜さんが将軍になれなかったのは、ご自分のせいだから、ご自分が亡くなったら、きっと慶喜さんは将軍になれるだろうって」

慶喜は心に激しい痛みを覚えた。たしかに斉昭の言動が幕府内で嫌われて、慶喜まで警戒されたのは事実だ。だが、それを父が悔いていたとは。

お芳は、なおも遠慮がちに言う。

「ご遺言、もうひとつ、あるんだけど」

「話せ」

「たとえ幕府が幕府でなくなるとしても、大殿さまは、慶喜さんに重い役についてもらいたいって。そうして日本を守り抜いてもらいたいって」

慶喜は、もういちど目をつぶった。そこまで期待してくれていたのに、自分は何も応えられなかった。それどころか反抗し、冷ややかに拒み続けた。

お芳は言葉を続けた。

「大殿さまは慶喜さんのことを話す時だけが、夢を見るようで楽しそうだったって。暗い毎日だったけど、慶喜さんのことだけが、たったひとつの心のよりどころだったって」

斉昭は慶喜よりも先に処罰を下されたため、もう二年以上も謹慎生活が続いている。それほど愛された息子なのに、今際にも駆けつけられなかったし、葬儀にすら参列できない。これほどの親不孝があっていいものか。

深く頭を垂れていると、お芳が心配そうに片手を伸ばし、おずおずと袖に触れた。慶喜は目を開けて、首を横に振った。

「案ずるな。大丈夫だ」

気がつくと、一枚だけ開いた雨戸の外は、もう薄暗くなっていた。

「もう帰れ」

しかし、お芳は袖ごと腕をつかんだ。

「帰らない」

「いや、帰れ」

「ひとりになりたいんだ」

正直に言った。

「帰らない。こんな時に、慶喜さんを、ひとりになんかできない」

お芳は慶喜の腕を両手でつかんで揺すった。

「泣けばいいのに。泣けば楽になるのに」

着物の袖越しに、お芳の手のひらのぬくもりが伝わる。

その時、さっき聞いたばかりの言葉が、耳の奥で、父の声に変わってよみがえった。

「慶喜が将軍になれなかったのは、わしのせいだ。だから、わしが死んだら、きっと将軍になれるだろう。たとえ幕府が幕府でなくなるとしても、慶喜には重い役についてもらいたい。そうして日本を守り抜いてもらいたい」

父の無念が胸に迫り、喉元に熱いものが込み上げる。閉じたまぶたの間から、思いがけなく涙があふれ出た。

お芳の手が、まばらな髯に触れた。指先で涙をぬぐう。

その夜、慶喜は初めてお芳を抱いた。ほんの束の間でも、哀しみを忘れたかった。お芳との交わりによって、深い哀しみを昇華してしまいたかった。

五章　火中の栗

斉昭の死から二十日ほどで、慶喜の謹慎が、いくぶん緩和された。雨戸の開け閉めができるようになり、植木屋や書店の出入りが認められた。

以前は本など、さほど好きではなかったのに、こうなると、書店を呼べるのが何より嬉しかった。店の主人や小僧が、大量の書物を大風呂敷でかついできて、その中から欲しいものを選ぶ。慶喜が西洋関係の本を買い入れると、次には、その分野の書物を、たくさん運んできた。

慶喜は国際条約や国際法の写本を、片端から買い求めて読んだ。さらには輸入漢書で、インドの植民地化の詳しい顛末も知った。

天竺と呼ばれ、仏教の国として馴染みがある国だが、もとはマハラジャという地方領主が各地を治めていた。それが戦乱を経て、勝ち残ったマハラジャが、ムガル帝国という統一政権を打ち立てた。

だが近年、ムガル帝国は弱体化し、マハラジャが反旗を翻して、内乱が始まった。すると帝国側にイギリスが、マハラジャ側にはフランスが加担し、最終的には帝国側が勝利した。ところが、いつしかイギリスに国を乗っ取られ、植民地化してしまったのだ。滅亡したのは一昨年。帝国としての命脈は三百三十二年で尽きた。

ムガル帝国の成立は、徳川幕府の始まりの七十七年前で、統一までの経緯が、よく似ていた。ムガル帝国が幕府で、マハラジャが諸藩だ。政権が弱体化しているところまで同じで、ここで内乱が起きたら、インドの轍を踏む。

かつて幕府が鎖国に至ったのは、キリシタンによる内乱と、それに加担する西洋の国を警戒してのことだった。ただし、それは南アメリカのような遠くか、アジアではフィリピンやインドネシアなど、比較的、小さな国で起きていた。

だが今や、インドのような大国が滅ぼされる時代だった。それも宗教的な理由ではなく、政争から始まる内乱が崩壊を招く。

思えば斉昭は、外国の侵略を恐れて、幕府の中でもがいた。だが慶喜は気づいた。恐るべきは外国そのものではなく、内乱なのだと。国家として結束していれば、そう易々と国を侵されることはない。

それからも慶喜は、熱心に書物を読んだ。書店など商人の出入りは可能になったものの、武家との面会や交流、手紙のやり取りなどは、まだ許されなかった。

謹慎の緩和に、慶喜は、やはり父の死の影響を感じた。斉昭が世を去り、慶喜ひとり残ったところで、たいしたことはできないと、幕府から見なされたのだ。

完全な赦免を心待ちにしたが、期待は虚(むな)しかった。慶喜は二十五歳の正月も、自邸に閉じこもって過ごした。二月になると改元があり、文久(ぶんきゅう)元年となった。

その年の十一月、帝の妹である皇女和宮(かずのみや)が、十四代将軍家茂の正室として、京都から降嫁してきた。条約勅許の件で、こじれてしまった朝廷との仲を修復しようと、幕府が公武合体を唱えたのだ。

かつて慶喜は面倒を毛嫌いしていたのに、今は自分の手の届かないところで、世の中が動いていることが、心なしか寂しい。

インドの歴史を知ったうえで、父の「日本を守り抜いてもらいたい」という遺言を思い出すと、何もできない謹慎の身が、いっそうつらかった。

翌文久二（一八六二）年、慶喜は二十六歳の正月も、暗い座敷で迎えた。

だが四月二十五日、突然、変化が訪れた。二年八ヶ月にも及んだ謹慎が、とうとう完全に解かれたのだ。

髪も髯も伸び放題で、月代の髪も長くなり、もはや髷(まげ)も結えない状態だった。ここしばらくは、首の後ろでひとつにまとめ、こよりでしばっていた。

謹慎解除の知らせに続いて、さっそく小姓役が来て髷を結ってくれた。髯もあたってから、鏡をのぞくと、なつかしい顔があった。頬に手を触れてみると、髯がないのが奇妙だった。

道具を片づけるために、小姓が座敷から下がった時に、ちょうど庭先から、お芳の弾んだ声が聞こえた。

「慶喜さん、慶喜さん、ご放免になったんだって？」

さっそく噂を聞きつけて来たらしい。開け放った縁側の向こうに、息せき切って現れた。

「おめでとうッ。とうとう」

息を弾ませて、そこまで言って、慶喜の変わりように気づいた。目を瞠り、ぽってりした唇を半開きにして、庭先に立ち尽くしてしまった。

「驚いたか」

からかい半分に聞くと、お芳は、しどろもどろになった。

「びっくり、しちゃった。あんまり、きれいな、お顔なんで」

男は顔など誉められても嬉しくないと言おうとした時、お芳の目が潤み始めた。大粒の涙が、ぽろぽろっと流れ落ちる。

「どうした？」

驚いて聞くと、お芳は拳で手荒く涙をぬぐった。

「何でもない」

お芳は泣き笑いの顔になった。

「あんまり、きれいになっちゃったからさ、もう、あたしの知ってる慶喜さんじゃ、なくなっちゃったなって、思って、さ」

言葉尻が潤んだ。

「これからは外に出ていかれるし、きっと大きなお役目も賜るだろうし」

どんどん涙声になっていく。

「もう、あたしだけの慶喜さんじゃ、なくなるんだよね」

もういちど拳で涙をぬぐった。

「ごめんね。何より待ちかねた、ご放免なのに、泣いたりしちゃ、いけないよね」

また無理やり笑顔を作る。

「これで、お殿さまに戻るんでしょう？」

一橋家の当主に返り咲くようにと、幕府から許可がくだっていた。

「お殿さまなんだから、もう慶喜さんなんて、呼べなくなるね」

またもや泣き顔になってしまう。

慶喜は立ち上がって、黙って縁側に近づき、お芳の目の前でしゃがんだ。そして手を取って言った。

「そなただけの慶喜さんだ。これからも慶喜さんでいい。そなたと、そなたの親父（おやじ）どのに、初めてそう呼んでもらえた時に、とても嬉しかった」

水戸の弘道館で、ほかの子供たちの仲間に入れずに哀しかった。でも辰五郎たちが慶喜さんと呼んでくれて、ようやく憧れの仲間入りができた気がしたのだ。

慶喜は、お芳の手をにぎって聞いた。

「この屋敷で暮らすか。辰五郎さえ承知してくれたら、側室として迎えたい」

すると、お芳は急に肩をいからせ、片方の下まぶたを人差し指で下に引っ張って、あっかんべえをした。

「お断りだね。ここの奥方さまと一緒に暮らすなんて、無理ッ」

武家は妻妾（さいしょう）同居が当然だ。

「そうか」

慶喜は少し残念な気もしたが、確かに美賀子と暮らすのは難しそうだった。

「私はね、慶喜さんさえよかったら、今までと同じでいいんだ。ときどき遊びに来たい。これからは、あたしの話なんか聞かなくたって、世の中のことは、わかるだろうけど」

また泣きそうな顔になったが、持ちこたえて続けた。

「もし、どこか遠出をすることがあったら、一緒に連れてって。水戸とか、お国元とか」

　慶喜は首を横に振った。

「わが家は国元がない。小さな領地が、あちこちにあるだけだ」

　一橋家は小規模な領地が各地に点在しており、まとまった国元はない。それでも、ふいに思い出して言った。

「そうだな。いつか飯能に行くか。関東の西にある山際の町だ」

　飯能は自領の中でも、特に林業で潤う町だ。町のただ中に入間川が通っており、切り出した丸太を流して江戸に送る。

「江戸で大火事があると、飯能は片端から木を切り出して、山が丸裸になるそうだ」

「へえ。そしたら火消しは敵だね」

「敵？」

「だって火消しが大火事を食い止めちゃったらさ、飯能の山持ちも木こりも、さっぱり儲からないじゃないか」

「また面白いことを言うな」

　慶喜が笑いだすと、お芳も嬉しそうに笑う。

「とにかく、いつか一緒に行こう。私も行ったことはないが、山と川の美しいところらしい」

謹慎解除の喜びの中、まだ見ぬ町に、ふたりで出かける夢を見た。

翌日から人が引きも切らずにやって来た。あちこちの大名が、祝いの品を家臣に届けさせてくるのだ。

よく知らない大名もいて、なぜ祝いなどくれるのか不審に思っているうちに、小姓が大慌てで駆け寄ってきた。

「殿、また客人がおいでです。お名前を聞いても名乗らずに、怪しい者ではないと」

そう言っているうちに、開け放った襖の逆光の中に、大柄な人影が見えた。一瞬、身構えたが、まるで殺気はない。

目をこらして気づいた。

「平岡かッ」

慶喜は立ち上がって、一歩、二歩と近づいた。

平岡円四郎は座敷の端に入るなり、その場に正座した。両手を前につき、深々と頭を下げた。

「お久しゅうございます。平岡円四郎、ただ今、甲府から戻りました」

思わず駆け寄って、平岡のかたわらに膝をついた。

「よくぞ、帰ってきてくれた」

落ち着こうとしても、声がふるえる。

「待ちかねたぞ」

「ふたたび、お目にかかれて、何より喜ばしく存じます」

平岡は手甲をつけていた。慶喜の視線に気づいて、ふたたび頭を下げた。

「むさ苦しい旅姿のままで、失礼とは存じましたが、一刻も早く、ここにお邪魔したくて」

慶喜は胸が熱くなった。

「ひとりがたまらなかった時に、そなたの言葉を思い出した。このような理不尽な謹慎が長く続くはずはないと。一年か一年半で、お赦しが出たら、そなたは何をさておいても、甲府から駆け戻って来てくれると。その言葉を励みに、つらい時期を乗り越えた」

「もったいない仰せでございます」

平岡は、みたび平伏し、そのまま顔を上げようとしない。肩が小刻みに揺れ、男泣きに泣いているのがわかった。

平岡との再会により、長かった謹慎が本当に終わったと、慶喜は初めて実感できた。

以前の暮らしが戻り、平岡は謹慎が解かれた理由を教えてくれた。

「薩摩の島津久光(ひさみつ)さまが、七百人もの藩兵を率いて京に上られたのです」

慶喜は眉をひそめた。

「御公儀は許されたのか」

大名家が参勤交代以外に、勝手に軍勢を動かすなど御法度だ。

「いいえ、お許しは得ておらず、島津さまは、これは先代のご遺志だからと仰せで」

先代の薩摩藩主、島津斉彬は、一橋派の重鎮のひとりだった。斉昭らが不時登城に出た時には、国元にいて加わらなかった。

その後、斉昭らが謹慎に処されたため、島津斉彬は処罰を覆そうと考えた。薩摩藩では早くから洋式陸軍を創設し、圧倒的な軍事力を誇っていた。それを見せつけて幕府を黙らせ、さらに朝廷を味方につけて、一橋派の一挙逆転を狙ったのだ。

その準備のために斉彬は国元で、大規模な軍事調練を行った。しかし真夏の炎天下で、長時間にわたって閲兵していたために倒れ、そのまま回復せずに亡くなってしまった。

その後、薩摩藩の実権は、斉彬の弟である島津久光がにぎったのだった。

「そして、このたび島津久光どのは、亡き兄上のご遺志を実現すべく、七百人を率いて京に上ったとのことです」

慶喜は怪訝(けげん)に思った。

「されど、何を目的に？　今さら一橋派の逆転もなかろう」

水戸斉昭と島津斉彬の双璧が亡くなって、とっくに一橋派は消滅している。

「今回、島津さまは、御公儀の大改革を求めています。具体的には三点あります。ひとつは将軍の上洛。ふたつめは殿を将軍後見職にして、同時に福井の松平春嶽さまを政事総裁職にすること。三つめは五大老の設置です」

ひとつめの将軍を京都に呼びたいという以外、そもそも意味がわからない。

「その将軍後見職というのは、いったい何の意味があるのだ？」

かつて将軍継嗣問題が争われていた頃、紀州派の弱みは、家茂が若年という点だった。それを批判されないように、幕府が設けた補佐役が将軍後見職だった。いちおう一橋家と同じ御三卿の田安家当主が務めていたが、まったくの閑職だった。

「いえ、このたび島津さまが考えておいでの将軍後見職は、実質的な将軍です。それを殿に、ということです」

まさに今さらながらの一橋派逆転を、久光はねらっていた。

慶喜は迷惑に思いながらも、次の疑問を口にした。

「ならば春嶽どのの政事総裁職とは？」

「いわば大老格です」

福井の松平春嶽は総登城の際に、大きな目で、こちらを見つめていた一橋派の大名だ。

慶喜には島津久光の真意が、少しずつ見えてきた。

「政事総裁職が大老格ならば、三つめの五大老というのは、老中格に相当するのだな」

「まさに、その通りです」

そもそも五大老は、豊臣秀吉が自分の亡き後に、豊臣政権を持続させようと敷いた制度だった。徳川家康や前田利家（まえだとしいえ）、毛利輝元（もうりてるもと）のほか二名、計五名が、豊臣家の大老を命じられたのだ。その先例にならおうというのが、島津久光の思惑に違いなかった。

平岡は指を折りながら説明した。

「このたびの五大老は、薩摩、長州、土佐、仙台、加賀、以上五つの藩から、現当主か先代当主を、島津さまは指名しておいでです」

幕政には関われない外様の大大名ばかりだ。慶喜には島津久光の計画が、すべて呑み込めた。まさに、かつての一橋派のねらい通り、大大名たちで新体制を築こうという腹に違いなかった。それも帝のお膝元の京都で。

「実質的に政権を、江戸から都へと移そうというわけだな」

「仰せのとおりと存じます」

「つまりは老中たちは江戸に置き去りか」

新体制は、外交や軍事などの国家的な事柄を執り行うに違いない。そうなると今までの幕府組織の上に君臨することになり、老中や若年寄は、江戸などの直轄地を治めるだけの存在に成り下がる。

「されど老中や若年寄たちが、そう簡単には納得せぬだろう」

かなりの抵抗が予想された。

「もちろんです。ただし三つの要求を帝からの勅命として下せば、御公儀は拒めません」

まず帝が勅命を出し、それを勅使が江戸に運ぶ。薩摩の七百人の藩兵は、勅使の警護役という名目で江戸に向かう。何もかも帝の命令なのだから、幕府は文句は言えないという筋書きだった。

「そういうことか」

慶喜は半ば納得しつつも、少し考えてから、また訊ねた。

「ひとつ気がかりがある。その新体制の外交策だ。当然、尊皇攘夷を目指すのだろうが、もはや鎖国には戻れまい。外国人を日本から追い払えという感情論は、あまりに子供じみている」

平岡はうなずきつつも、唐突に聞き返した。

「殿は、日本全体の軍事力を、ひとつにまとめて、諸外国からの侵略を防ぐのが、本来の攘夷だと、お考えなのでしょう」

「その通りだ」

それは、もともと藤田東湖から教えられたことであり、最近、書物で実感したことでもある。

「ならば新体制の実質的な将軍として、それを実現なさいませ。帝の信頼を得られれば、本当の攘夷の意味も、ご理解いただけます」

「いや、外国人嫌いの帝から、信頼などして頂けるはずがない」

「いいえ、殿の尊皇は水戸仕込みですし、かならずや帝にも伝わりましょう」

以前から、ふた言目には言われた。慶喜ならできると。そうはいっても今まで何ひとつ実績がないだけに、自信が持てない。それに久光の計画自体は歓迎するし、謹慎を解かれたのはありがたいものの、武力で朝廷や幕府を動かそうとするやり方には、抵抗を覚える。

平岡が退出していくと、入れ替わるようにして、お芳が庭先に現れた。

「悪いと思ったんだけどさ、今の話、聞いちゃったんだ」

いつものように縁側に腰かけた。

「おやりよ。将軍さまの後ろ盾。だって水戸の大殿さまが仰せだったよね。たとえ幕府が幕府でなくなるとしても、慶喜さんには重い役についていて欲しいって」

ああ、そうだったと思い出す。亡き父は、どうあっても息子を将軍にしたかったのだ。もしも実際に将軍後見職を命じられたら、草葉の陰で、どれほど喜ぶだろうか。親孝行をしたかったという悔いが、ふっと慶喜の心によぎった。

久しぶりに新門辰五郎が現れた。

「とんでもねえ人数のお行列が、三田や品川の、薩摩さまのお屋敷に入ったそうですよ」

品川の火消し組が知らせてきたという。

「これからは慶喜さんが将軍さまの後ろ盾になるって、えらい評判ですよ。そのこと自体は、江戸っ子は大喜びなんですけどね」

辰五郎は渋面を作った。

「ただね、薩摩の芋侍が人数を揃えただけで、御公儀に物申そうってとこが、あっしらにゃ気に入らねえ」

江戸っ子は、おのずから将軍家に肩入れする。島津久光が武力で脅しをかけることには、どうも抵抗があるらしい。

慶喜は少し身を乗り出して言った。

「前に、お芳が面白いことを言っていた。任侠徳川組は、もう、おしまいだと」

おおまかな話を伝えると、辰五郎は手を打って笑った。

「御公儀にゃ申し訳ねえが、わが娘ながら、いいことを言う。その通りだ」

だが、すぐに寂しげな顔になった。

「ここで芋侍の言いなりになったら、御公儀の面目は、いよいよ丸つぶれだ。けど、もうしょうがねえんですね」

　さらに情けなさそうに言う。

「そうか、御公儀は、もう、おしめえか」

　江戸っ子の心情を思いやれば、慶喜としては何も言えない。

「で、慶喜さんも将軍さまも、都に行かれるんですよね」

　もう将軍後見職を引き受けるという前提になっている。

「そうだな。帝からのご命令となれば、御公儀は承るしかないし、私も都には行くことになろう」

「そうですかい。それじゃ、あっしもお芳を連れて行ってみるかな。あいつに都を見物さしてやりてえし」

　慶喜は、しばらく前から考えてきたことを、思い切って口にした。

「ならばいっそ、お芳を側室として同行しても、よいか」

　お芳との仲を辰五郎が知らないはずがない。ただ父親に申し出るには、少し気が引けた。

　すると辰五郎は即座に破顔した。

「そいつは願ってもねえことだ。あいつは大喜びだろうし、親としても大威張りですよ。ぜひ、連れてっておくんなさい」

慶喜は胸をなでおろした。その時、ふいに妙案を思いついた。

「辰五郎、もうひとつ、頼みがあるのだが」

「なんなりと」

「そなた、子分たちを引き連れて、都までついてこぬか。当家には家臣がいないゆえ、行列の者がおらぬのだ」

京都行きが決まれば、行列の体裁を整えるために、当然、幕府から警備の幕臣が派遣されてくる。だが慶喜としては、幕府に守られて都入りするのは抵抗がある。自分の心情は尊皇方で、幕府方ではないと、入京の時から示したかった。

辰五郎は目を丸くした。

「江戸の火消し衆が、お行列のお供を務めるんですかい」

「そうだ。一橋家の馬印（うまじるし）を預けるから、それを掲げて歩いてくれ」

「お馬印を？」

いよいよ驚く。

火消しは延焼を防ぐために、火事場の周囲の家を解体する。どの組が、どの家を担当しているのかを、たがいに知らせ合うために、屋根の上で纏（まとい）を振る。だから纏は組の結束の印でもある。それと同じ思い入れを、馬印に感じるらしい。

「一体全体、何人くらい集めたら、よろしいんで？」

「できれば二百人。きちんと手当は出す」

加賀百万石の大名行列は、最低でも二千人だ。一橋家は十万石だから、その十分の一として、二百人ほど揃えれば、いちおうの格好はつきそうだった。

辰五郎は、ふたたび破顔した。

「二百人や三百人なら朝飯前でさァ。江戸っ子の粋を見せつけて、都の連中の度肝を抜いてやりやしょう」

慶喜も楽しくなった。話の流れで、急に思いついたことだが、江戸の火消し衆に囲まれて都入りする姿を思い描くと、少年のように心がときめいた。

島津久光の江戸入りから、ひと月もしないうちに、幕府から将軍後見職が命じられた。

慶喜は久しぶりに登城し、十七歳の将軍家茂に拝謁した。

家茂は面長で目も鼻も大きい。それが緊張で青ざめていた。慶喜は、かつて将軍継嗣問題で対立した相手なので、抵抗があるらしかった。

慶喜は深々と平伏した。

「誠心誠意、お仕えいたします」

将軍後見職を務める限り、それが当然であり、なんとか信頼を得たかった。だが家茂は緊張を解かなかった。

った。

最初に島津久光の計画を聞いた時には、将軍後見職就任に、けっして気乗りはしなかった。

だが今、若き将軍を目の前にしてみると、危うさを感じずにはいられない。先代将軍ほど弱々しくはないものの、この難局を十七歳で背負わされるのは、重荷が過ぎるような気がした。

慶喜が実質的な将軍を務めるという期待には、いまだ抵抗がある。それでも将軍の後見役という本来の役割には、使命感を感じた。自身にできることがあるのなら、支えるべきではないかと覚悟が定まっていく。

かたわらにいた老中の松平信義（のぶよし）が、家茂の代わりに命令を伝えた。

「上さまは来春には上洛なさるので、一橋どのは、その前に都におもむいて、お受け入れに備えて頂きとう存じます」

慶喜としては望むところだった。

しかし松平信義は、かつて安政の大獄で、井伊直弼の手足となって働いた人物だ。その際、水戸藩士に命を狙われたこともあり、水戸出身の慶喜には警戒心が強かった。

三日後には福井藩主の松平春嶽が登城し、政事総裁職を拝命した。さっそく慶喜は将軍の後見人として同席した。春嶽は三十代半ばになったはずだが、以前と変わらず肌が浅黒く、目力がある。

春嶽は政事総裁職を拝命するなり、京都守護職の新設を提案した。だが家茂自身の反応は薄く、かたわらの松平信義も、明らかに気乗りしない様子で言う。

「都の守りとしては、もう所司代も奉行所もございますし」

春嶽は奮然と反論した。

「それでは役に立たぬほど、都では無法がまかり通っているのですぞ」

京都では尊皇攘夷を口実に、人斬りや押し込み強盗などが頻発しており、朝廷が困惑しているという。その取締を大藩に命じて、千人ほどの藩兵を京都に常駐させ、治安を回復すべきだと、春嶽は強く主張した。

「帝のご本心は、公儀を頼りにしておいでです。ここで狼藉者(ろうぜきもの)たちを退治して差し上げれば、帝のご信頼を得られます。それこそが公武合体ではありませんか」

だが松平信義は賛同しなかった。

「されど、そのような難しいお役目を、引き受けるお大名は、おらぬでしょう」

春嶽も負けない。

「嫌がられるかもしれませぬが、会津の松平容保(かたもり)どのなら適役です。ぜひとも引き受けて頂きます」

会津藩は福井藩と同じ御親藩で、藩主の松平容保は慶喜より二歳上の二十八歳だ。家中こぞって武芸熱心で知られる。

慶喜は春嶽の思惑を推測した。京都で新体制を始めるに当たって、まずは軍備を充実させなければならない。このたびの島津久光の七百人による軍事行動が成功したことで、真似(まね)をする藩が現れたら、いちいち振りまわされる。それを防ぐためにも、大軍を京都に常駐させる必要があった。

だが松平信義は、あいまいに首を振る。

「その件は、今すぐ、ここで決めるわけにはまいりません。ほかの老中とも、改めて相談いたします」

とにかく面倒は先送りしたいという態度だったが、仕方なく散会に至った。

将軍御前から退出すると、春嶽は不満顔でつぶやいた。

「なかなか一筋縄ではいかぬな」

政事総裁職は老中の上に位置するのに、何か提言するたびに、老中が審議するとなると、上下関係が怪しくなる。予想以上に難しい立場だった。

それから、ひと月半も経たない夜、辰五郎が駆け込んできた。

「慶喜さん、一大事が起きたみたいですけど、聞いてますかい」

東海道の神奈川宿の手前、生麦(なまむぎ)という地で事件が起きたという。久光が薩摩に帰ろうと、行列を仕立てて江戸から西に向かったところ、騎馬で行列に入り込んだイギリス人男女数人が、無礼討ちにされて死者が出たという。

「いつの話だ？」

「八月二十一日ですよ」

一昨日の出来事であり、その日のうちに江戸城に知らせが来たに違いない。慶喜は毎日、登城しているのに、昨日も今日も何も聞いていなかった。

すぐに福井藩邸に使いを走らせると、やはり春嶽も報告は受けていなかった。

翌朝、登城するなり、春嶽とともに老中の松平信義を詰問した。案の定、事件当日には江戸城に知らせが来ていた。

春嶽が気色ばんだ。

「それほど大事なことを、何故、われらに早く知らせぬ？」

信義は慌てふためいた。

「これは外国との関わりですので、外国奉行が取り扱います。おふた方には、お気づかいは無用でございます」

外国奉行は旗本の役目だ。春嶽は腹立たしげに問いただす。

「何を申すか。何のための政事総裁職だ？」

春嶽は慶喜に賛同を求めた。

「一橋どのは、どう思われる？」

慶喜は、できるだけ落ち着いた口調で答えた。

「このたびの事件は国際問題になりましょう。日本の法に則れば、イギリス人側に落ち度がありますが、国際的に見れば、薩摩側に非がありますので」

行列に騎馬で踏み入れたのだから、明らかにイギリス人に罪があり、無礼討ちは当然だった。

しかし幕府が各国と結んだ通商条約では、外国人が罪を犯しても、日本側に罰する権利はないとされている。領事裁判権といって、相手国に引き渡して、その国の法律で裁くことになっている。

日本では、たとえば、どこかの藩士が江戸で罪を犯した場合、犯人の身柄を、その藩に引き渡して、裁きを任せることが多い。それにならって結んだ一条だった。

「ですから、生麦で問題を起こしたイギリス人は、その場で成敗せずに、イギリス領事に引き渡すべきでした。薩摩人が領事裁判権について知らなかったでは、すまされません」

それは慶喜が謹慎中に、洋学の写本から得た知識だった。

「いずれ公儀も薩摩も、イギリス本国から賠償金を求められましょう。その時に支払いに応じれば、また外国の言いなりになったと批判を浴びるでしょうし、突っぱねれば、イギリスと戦争になりかねません。外国奉行にだけ任せておける事柄ではありません」

諸外国の中でも、もっとも警戒すべき国は、何といってもイギリスだった。

松平信義は、たちまち顔をこわばらせ、反対に春嶽は目を輝かせ始めた。

「その通り。たいへんな国際問題になるぞ」

今まで慶喜は、ろくに発言しなかった。京都守護職の件も、春嶽が言い出したことであり、京都の事情に通じていない自分が、軽々しく口を挟むべきではないと思ったからだ。

だが黙っていたために、春嶽は少々、頼りなく感じていたらしい。なのに今回は理路整然と語る。そのために見直したのか、いかにも嬉しそうに言う。

「さすがに将軍後見職だ。私が前から見込んだだけのことはある」

一方、松平信義は、いよいよ慌てふためく。

「いずれは老中として判断いたしますが、今のところは、外国奉行が調べに当たっておりますので、とりあえず、その結果を待ちたいと存じます」

そして慶喜に向かって言った。

「とにかく一橋さまにおかれましては、ご上洛のご準備を、お進めください」

ふた言目には「とりあえず」や「とにかく」を連発する。幕政に頭を突っ込まれたくないらしい。

その後、春嶽は参勤交代の緩和や、洋式陸軍の充実など、いくつもの改革を推し進めた。京都での新体制構築のための足固めだったが、幕府内部からの批判や妨害が激しい。

生麦事件については、予想通り、イギリス側から幕府と薩摩藩の両方に対して、多額の賠償金が求められた。しかし老中たちと、その相談になると、まったく話が進展しない。

春嶽は腹に据えかねて、就任からわずか三ヶ月で政事総裁職を辞めると言い出した。慶喜が、なんとかなだめて留任させたものの、難関続きの役目だった。

慶喜は年内に京都行きと決まり、準備を進めていると、久しぶりに本郷から、母の吉子が女駕籠に乗ってやって来た。

「このたびは大役のご拝命と、ご上洛、ほんまに、おめでとうございます」

相変わらず柔らかい京言葉で話す。

「大殿さまが生きてはったら、さぞ、喜ばはったでしょうに」

父の思い出を口にしては涙ぐむ。

「謹慎前から大殿さまは、いつか、あなたに水戸の学者をつけてやりたいと仰せでした」

尊王攘夷の助言をさせたがっていたという。

「藤田東湖が生きてたら藤田をと、よく繰り言を仰せでしたけど、そのうち武田耕雲斎がええて言わはるようになって」

武田耕雲斎の名前を聞くのは久しぶりで、懐かしさを感じた。

「耕雲斎は、今は何をしているのですか」

「水戸の門閥派から嫌われて、今は要職から外されてますし、都に連れておいきやす。大殿さまも喜ばはりますえ」

耕雲斎は、諸国の尊王攘夷派に尊敬されており、人脈も広い。京都へ連れていけば、役に立ちそうな気がした。

「それから、こんなことを言わしてもろてええのか、迷いましたけど」

吉子は口ごもりながらも言葉を継いだ。

「都のお公家さんたちは、言わはることと、お腹の中が違うてることがありますし、気をつけておくれやす。平気で嘘もつかはります。けど嘘がわかっても、誰も怒らはりませんし、怒ったらあきませんえ」

慶喜は子供の頃から、けっして嘘は言うなと教え込まれた。卑怯な真似はしないのが武士だとも習った。だから平気で嘘をつき、それを周囲が許すという感覚は理解できない。しかし公家は長い歴史の中を生き抜いてきた。そのために保身に長けているに違いなく、嘘も必要なのかもしれないと、慶喜は漠然と受けとめた。

吉子は、また言いにくそうに口を開いた。

「もうひとつ、差し出がましいことですけど」

「何でしょう？」

「美賀子さんのことですけど、都には連れていかん方が、ええんやないですか」

美賀子が里帰りして、慶喜への不満を言いふらすのではないかと、母は案じていた。

慶喜は、きっぱりと言った。

「美賀子を連れて行くつもりはありません」

「そんなら、お芳を？」

謹慎中、お芳は徳信院との連絡役を密かに務めており、吉子からは、すっかり気に入られていた。

しかし慶喜は首を横に振った。

「いいえ、お芳も連れていきません」

以前は同行するつもりだったが、生麦事件が起きて以来、考えを変えた。あまりに難問が山積みで、女連れは難しい気がし始めていた。

すると吉子は残念そうな顔をし、思い出したように言った。

「もうひとつだけ」

慶喜は母の心配を微笑ましく感じた。

「何なりと、仰ってください」

「あなたは、ご自分のお顔が嫌いかもしれませんけど、そのお顔立ちを生かしなさい」

「顔を?」

「江戸の武家やったら、男の人が顔のことを、あれこれ気にしはるのは恥ですけど、都の人は雅を好みます。今度のお役目は、あなたの持ってはるものを、すべて生かさなあきません。お顔も、そのひとつです」

確かに慶喜は自分の顔が嫌いだ。この見た目のせいもあって、勝手に将軍継嗣にと推されて困惑した。でも今は母の言い分も納得できた。

その日のうちに、慶喜は新門辰五郎のもとに人を走らせて、お芳を呼んだ。そして正直に言った。

「すまぬが、そなたを都に連れて行かれなくなった」

お芳は一瞬、戸惑い顔になり、それから今にも泣き出しそうになったが、すぐに胸を張って、笑顔を取り繕った。

「わかった。慶喜さん、ひとりで行ってきな。あたしは江戸で待ってるから」

このあたりの見栄の張り方は、さすがに辰五郎の娘だった。とはいっても懸命に涙をこらえている様子も見て取れる。その健気さに心を揺さぶられた。

「この埋め合わせは、いつか」

でも、そのいつかが、いつになるのか、見当もつかなかった。

六章　騒擾の都へ

文久二年十二月十五日の早朝、慶喜は旅装に身を固め、表玄関から外に出た。するると玄関前の広場に、新門辰五郎と配下の火消し衆が待ち構えており、大喝采で迎えた。全員、背中に「一橋」と染め抜いた揃いの半纏を着ている。江戸の粋を都で見せつけようと、辰五郎が二百人分を誂えたのだ。

ひときわ大柄な子分が、一橋家の馬印を、しっかりと両手で支えている。徳川宗家の馬印は家康以来の金扇だが、一橋家も同じ馬印を許されている。それが半纏姿に意外なほど似合っていた。

さっそく三頭の馬が引かれてきて、慶喜は一頭に軽々とまたがった。またもや、やんやの喝采が沸く。

もう一頭は平岡円四郎の愛馬で、最後の一頭には武田耕雲斎が乗った。平岡が冗談交じりに言う。

「耕雲斎先生、都は水戸よりも、はるかに長旅ですので、途中でお疲れになりませんように」

「年寄り扱いするな。わしは、まだまだ元気じゃ。都にも何度も行っておる」

耕雲斎も笑顔で応じるが、もはや髷も髭も真っ白で、年が明ければ還暦だった。

あれから慶喜は水戸藩に、耕雲斎を京都に同行したいと申し入れた。すると、すぐに本人が一橋家の屋敷に現れた。

「水戸の者たちは、厄介払いができて、大喜びですわい」

そう笑ってから、少し洟(はな)をすすった。

「こんな歳になって殿に拾って頂けて、心から、ありがたく存じます。大殿さまが亡くなって以来、お役に立つことなど、死ぬまでないと覚悟しておりましたので」

そして残りの命を、慶喜のために捧(ささ)げたいと誓った。

耕雲斎は馬上から、火消し衆を満足そうに見渡した。

「このお行列は衆目を集めますぞ。江戸でも都でも、道中でも」

幕府は警備の侍を五十人ほど出してきたが、二百人もの辰五郎の子分たちの方が圧倒的に目立つ。

それから耕雲斎は手綱を持ったまま、慶喜に顔を向けた。

「殿は何より顔立ちがよろしい。騎馬が、よく似合いますな」

参勤交代の際、大名は塗駕籠に乗るものだが、その慣例を打ち破り、あえて慶喜は騎馬で顔をさらすことにした。これも母の助言に従ったのだ。

すでに二日前、松平容保が千人の会津藩兵を従えて出発した。容保も端整な顔立ちで、華やかな白馬に乗っていった。

江戸でも街道筋でも、ふたり相次いで好印象を与える計画だった。そうすれば、おのずから京都で仕事がしやすくなる。

慶喜が京都で受け入れ準備を整え次第、松平春嶽が将軍家茂とともに品川沖で軍艦に乗り込み、大坂に向かう予定だった。今や軍艦の方が安全であり、旅費も陸路より、はるかに安くすむ。

慶喜は手綱をつかんで、大きく息を吸うなり、力いっぱい声を張った。

「行くぞッ」

すぐさま辰五郎と子分たちが大声で応じた。

「おーッ」

幕府から送られてきた旗本たちは、すっかり呑まれていた。金扇の馬印を先頭に、火消し衆が胸を張って門から出ていく。

慶喜が門の外に出ると、見物人が道端に鈴なりになっており、また歓声があがった。その中に、黄八丈姿のお芳がいて、一生懸命、馬上の慶喜を目で追っていた。

慶喜は心の中で詫びた。お芳、すまぬと。

予想通り、江戸市中でも街道沿いでも、慶喜と容保は大人気を博した。先行する会津藩が千人もの大軍で、後に続くのが火消し衆という意外性も評判になった。

旅は半月ほどの行程となり、年が改まってから、慶喜一行は京都市中の東本願寺に入った。昔から水戸藩ゆかりの寺だ。

会津藩は、すでに入京しており、東山に近い金戒光明寺を宿舎にしていた。

京都の治安の悪さは、聞きしに勝るものがあった。尊皇の志士を自称する浪人たちが、むやみに京都に集まっており、ゆすりたかりが横行している。さらに井伊直弼による安政の大獄の仕返しと称し、幕府系の人物が何人も暗殺されていた。

浪人たちが連携して蜂起し、思わぬ暴挙に出る懸念さえあった。もし御所に侵入されて、帝の身柄を押さえられでもしたら、彼らの言いなりになるしかなくなる。

容保が一月二日に、慶喜が五日に、それぞれ御所に参内した。都大路も騎馬で進み、都の人気もさらった。これで治安がよくなると、下々までもが期待を寄せていた。

参内してみると、御簾越しの対面ながら、帝もふたりを心待ちにしてくれていた。いつ浪人たちの暴走が起きるか不安でたまらないので、とにかく御所と京都の町を守って欲しいという。

攘夷に関しても、外国との戦争は望んでおらず、なにごとも穏便にという意向だった。

政治も武張ったことも、今まで通り幕府を頼りにしており、尊皇という言葉で担ぎ上げられるのを、当の本人が困惑していた。

慶喜は将軍継嗣問題で担ぎ上げられたことがあるだけに、他人事とは思えず、なんとしても期待に応えたいと決意した。いよいよ使命感が増す。

その後、慶喜は二条城を検分に行った。なにぶんにも三代将軍家光以来、二百三十年近くも将軍が入城していない。襖絵は剝げ、畳は黴びており、ところどころ床も抜けている。家茂を迎え入れるには、かなり修繕が必要だった。

平岡円四郎が、大工や植木屋などを急いで手配する一方で、慶喜は容保とともに公家との接触を始めた。特に生麦事件の賠償金の件で、誰が、どう考えているのかを把握しなければならない。

母の実家におもむくと、有栖川宮熾仁親王が大歓迎してくれた。

「何もかも、慶喜さんの思い通りにしやはったら、よろしおす」

その一方で、武田耕雲斎が独自の人脈で、地元の評判を聞き集めてきた。

それによると有栖川宮は、実はイギリスと断固戦争すべしという強硬派だった。賠償金支払いなどとんでもなく、とにかく攘夷決行と、日頃から息巻いているという。

有栖川宮は、かつて和宮の婚約者であり、和歌の師でもあった。和歌は心情の表現が豊かなため、許婚同士、心の奥深くで結びついていたという。そんな大事な人を江戸に奪われて、幕府にはいい感情を抱いていなかった。
　母が釘を刺した通り、公家たちは腹の中で何を考えているのか計り知れなかった。
　薩摩の軍事力に期待を寄せる者もいた。島津久光自身、それに応えて再上洛してきた。
慶喜は初めて会ったが、やや横柄な印象を受けた。それが癖なのか、口をへの字に曲げ、
顎を上げ気味にして周囲を見る。
　亡き島津斉彬は、ふくよかで上品な顔立ちだったと聞いている。あまりに兄が名君と
して名高かっただけに、比較されて軽んじられてはならじと、虚勢を張っているように
も見えた。
　薩摩藩はイギリスから賠償金を求められている立場であり、久光は長く国元を空けて
いられず、早々に離京した。そのうえ帰国前に「即時攘夷決行は回避すべし」と発言し
て、公家たちを落胆させた。
　二月一日の朝になると、武田耕雲斎が厳しい表情で、慶喜の部屋に現れた。
「恐れ入りますが、太鼓櫓(やぐら)まで、お出ましください」
　東本願寺の境内に出てみると、僧侶たちが慌ただしく走りまわり、いつになく空気が
張り詰めていた。太鼓櫓に近づこうとすると、必死に引き止められた。
「ご覧になったらあきません。ひどいもんです」
　慶喜は聞き返した。

「何がある？」

僧侶たちは顔面蒼白で答えない。すでに平岡円四郎が来ており、代わりに答えた。

「生首です」

さすがに一瞬、驚いたものの、ためらいなく太鼓櫓に近づいた。そこには、どす黒く丸いものが転がっていた。

平岡が一枚の紙を差し出した。紙面の半分ほどが血に染まっていたが、大きな文字で「一橋殿に献上」と読み取れた。首のかたわらで、石の重しが乗せられていたという。

こんな時に、けっして慶喜は感情を見せない。ただ内心は怒りが燃えたぎっていた。脅しに屈してたまるかと思う。

平岡は書状も差し出した。奉書紙に包まれており、やはり石が乗っていたという。開いてみると攘夷決行の催促文だった。さっさとイギリスと戦争して、異人を日本から追い払えという。

慶喜は、いよいよ腹が立った。こんな文章を書くやからに、何がわかると怒鳴りたい。わけのわからない者たちに殺されて、目の前の生首が哀れだった。

その後、耕雲斎の奔走で、生首は公武合体派の公家の家来と判明した。和宮の江戸降嫁を推し進めたことで、余計なことをしたと、攘夷浪人たちから恨みを買っていた。

その三日後、春嶽が大坂まで軍艦に乗って来た。予定では家茂も乗船するはずだったが、間際になって老中たちに猛反対されて、将軍は陸路に変わったという。

春嶽は怒りをあらわにして言う。

「また松平信義が余計なことを申すのだ。生麦事件のあおりで、イギリス艦隊に襲われて、将軍の身柄を奪われたらどうするかと。まったく大馬鹿者だッ」

まだ開戦には至っていないのだから、攻撃されることなどありえない。だが春嶽としては老中たちの老婆心には勝てず、ひとりで乗船してきたのだという。

「それに老中どもは、いつ上さまが江戸に帰れるか、そればかりを気にしておる」

京都に長期滞在して、将軍を中心にした新体制を打ち立てるという考えは、いくら説明しても、まったく受けつけられなかったという。

春嶽に遅れること、ちょうど一ヶ月後の三月四日、家茂の大行列が京都に到着し、そのまま二条城に入った。

すぐに慶喜が家茂とともに帝に拝謁したところ、関白の鷹司輔熙が帝に代わって言った。

「まもなく帝が賀茂社に、ご参拝にならしゃります。将軍さんは、お従いください」

関白は幕府との折衝役で、比較的、幕府寄りの人物だ。

「そしたら、ほんまの公武合体を、天下にご披露できますし」

三十三歳の帝に、十八歳の将軍がつき従えば、きらびやかな絵巻のような行列になるだろうし、朝廷と幕府のつつがない仲を、京都中が確認できるという。

慶喜が家茂に目を向けると、慶喜に答えてもらいたそうに、小さくうなずく。慶喜は両手を前につき、御簾の向こうの帝に向かって言った。

「おそれ多いことながら、将軍ともども、お供いたします」

鷹司は、慶喜と容保の人気を引き合いに出して、ぜひ家茂も馬でと勧めた。

その日、宿舎に帰ると、すでに耕雲斎が情報を集めて戻っていた。

「賀茂社の参拝は一日がかりになるそうです」

慶喜は意外に思った。

「一日がかり？　それほど遠いのか」

賀茂社参りは下鴨神社と上賀茂神社の両方に行くものだという。下鴨神社は御所の北東、ほどない距離だが、上賀茂神社は、そこから一里ほど北だった。

「帝のご参拝ともなれば、両方とも大がかりなご祈禱（きとう）になりましょうし、そうとう時間がかかりそうです」

慶喜には二ヶ所ということさえ初耳だった。耕雲斎は、さらにやっかいなことを打ち明けた。

「それに参拝の目的は攘夷祈願のようです」

諸外国との戦争で勝利できるよう、願掛けに行くというのだ。神頼みともなると、簡単にかわすことができなくなる。

とにかく翌日、さっそく容保や春嶽たちも同行して下見に出かけ、出発の時間や列の順番など細かく打ち合わせた。

当日の三月十一日を迎えると、朝から雨が降っていた。雨でも日延べという選択肢はない。慶喜は平岡以下、ごく身近な供揃えで、宿舎の東本願寺から二条城まで騎馬でおもむいた。

予定の時間通りに、長い行列の先頭から、続々と二条城の門を出ていった。慶喜は家茂のすぐ後ろ、さらに後方に春嶽が続き、都大路を進んだ。

しかし御所の、はるか手前で進まなくなってしまった。そこで家茂の小姓が、前方の様子を見に走った。

すると先行した会津藩兵の最後尾が、御所の門前を過ぎたところで、止められているという。公家衆が出発に手間取り、まだ御所から出てこないというのだ。

雨の中、かなり待たされた。すでに青葉の季節だったが、ぬれた着物で、じっとしていれば寒い。

ようやく進み始めた。前方からの知らせによると、公家衆は正装で、それぞれ従者に緋色(ひいろ)の蛇の目傘をささせて歩き、帝はきらびやかな輿に乗っているという。

下鴨神社に至り、本殿に入ると、すでに帝の後ろに五摂家と宮家が、並んで着座していた。家茂と慶喜は本殿からはみ出して、外の席に座らされた。祈禱の間は雨に打たれ通しだった。榊(さかき)の奉納も大人数で、かなり後にまわされた。

下鴨神社から上賀茂神社への移動も、とてつもなく手間取った。沿道には、雅な行列を見ようと、京雀(きょうすずめ)たちが待ち構えていた。

すべての予定をこなして、帰路に差しかかった時だった。沿道から家茂に向かって大声が飛んだ。

「いよおッ、大将軍ッ」

まるで芝居の掛け声のようだった。慶喜が、むっとして声の方に目を向けると、沿道の木立の中を、逃げ去る男の背中が見えた。すぐに追いかけさせたが、逃げ足が早くて、取り逃がしてしまったという。

二条城に帰り着いた時には、すっかり夜もふけていた。家茂は、ぬれた着物を替えようともせず、慶喜と春嶽を呼びつけて、怒声を浴びせた。

「今日のぶざまは何だッ。帝は輿で結構なことだが、私はずぶぬれだッ。さんざん待たされて、そのうえ神社の本殿では末席だッ」

春嶽が恐縮して詫びた。

「その件は、たいへん申し訳ございませんでした。事前の打ち合わせでは、宮司たちが万事、つつがなく取り仕切るとのことで、席次や手順までは知らされておりませんでした」

家茂は、なおも声を荒らげる。

「それに何だ？　大将軍だと？　往来で、あのような恥をかかされたのは、生まれて初めてだッ。まして無礼者を取り逃がしてッ」

大きな目が悔し涙で潤んでいる。

「だいいち何が公武合体の披露だッ。あれでは私が帝の下位にあると、公言したようなものではないかッ」

慶喜は、おやっと思った。将軍が帝の下位なのは事実なのに、それを不服に感じていたとは、存外のことだった。

すると春嶽が一転、強い口調で言った。

「上さまッ、お言葉を返すようですがッ」

慶喜と同じことを感じたに違いなかった。だが、あまりの剣幕に、とっさに慶喜が袖をつかんで制した。そして、あえて、ゆっくりと言葉を重ねた。

「上さま、本日は、あいにくの雨の中、まして準備の至らぬ中、長い時間、ご辛抱を頂きまして、まことに恐縮でございました」

春嶽は熱くなりすぎたと気づいて、正座し直した。家茂もきまり悪そうな顔になる。

慶喜は言葉を続けた。

「おかげさまで今日の公武合体のご披露は、相応の効果がございました」

家茂は、また腹立たしげに言う。

「私が、あれほど恥をかかされて、それでよいと申すかッ」

慶喜は恥うんぬんには答えず、話題を戻した。

「将軍宣下は帝から発せられます。ですので帝との上下関係は、おのずから明らかです。それを確かめ合うことができたのですから、今日の公武合体披露は、よろしかったのではないでしょうか」

それが正論であり、もはや家茂は言い返せない。ただ怒鳴り散らす。

「もうよいッ。下がれ、下がれッ」

下城する際に、春嶽が溜息をつき、低い声で言った。

「それにしても一橋どのにはかなわぬ。日頃から余計なことは言わぬし、何が起きても眉ひとつ動かさぬ。本心が読めずに、こちらが不安になることもある」

もういちど溜息をついた。

「だが、いざとなると淡々と主張する。私にはできぬことだ」

慶喜はうなだれて答えた。

「でも結局、上さまを怒らせただけです」

「まあ、それはしかたない。ご自分の立場を、理解していただかぬことには」

「でも上さまの信頼を得られずして、将軍後見職など務める意味があるのでしょうか」

もう春嶽にも言葉が続かない。たがいに立場の難しさを痛感するばかりだった。

翌月、今度は、帝が石清水八幡宮へ戦勝祈願に行くから、将軍も従えと、朝廷から命令がくだった。

石清水八幡宮は武神を祀っている。場所は京都の南、桂川と宇治川、それに木津川の合流点に近い。上賀茂神社の何倍も遠かった。

だが家茂は、すっかりへそを曲げていた。

「私は行かぬ。また恥をかかされる。神社になど参らずとも、横浜でイギリスと戦えばよいのであろう」

すでにイギリスは賠償金を求めて、横浜と鹿児島に軍艦を差し向けると宣言していた。

家茂は自棄になって言い立てる。

「私は江戸に帰る。帝の仰せの通り、賠償金支払いを突っぱねて、わが海軍の雄々しい戦いぶりを、とくと横浜で見ようではないか。さすれば公家どもも、さぞ満足であろう」

とうとう春嶽が怒りを爆発させた。

「上さま、何を仰せですかッ」

また慶喜が抑えようとしたが、もはや怒声は止められなかった。

「イギリスと戦えば亡国に至ります。清国や天竺でも、かなわぬ相手ですぞッ」

家茂も大声で言い返す。

「戦わぬのなら、軍神への戦勝祈願など、余計に行けぬわッ」

「そこは帝に従わねばなりません」

「黙れッ、何を申しているのか、さっぱりわからぬ。帝に従えだの、攘夷は決行せぬとか、まるで相反することばかりではないかッ」

「その中で日本を守る道を、模索しているのではありませんか」

「もうよいッ。下がれッ」

すると春嶽は頰をひくつかせて言った。

「わかりました。もはや私は何のお役にも立てません。今日を限りに、国元に帰らせて頂きます」

今までも春嶽は何度も辞職願を出しては、許可を得られなかった。

「またか」

家茂は鼻先で笑った。

「役目を放り出して、国元に帰るなど、勝手な真似をしたら、逼塞（ひっそく）に処すぞッ」

「いかようにも、なさりませ。とにかく私は福井に帰ります」

　慶喜が引き止めるのも聞かず、春嶽は席を蹴って御座所から出ていってしまった。家茂は悄然（しょうぜん）としつつも、なおも折れない。

「とにかく参拝は行かぬ」

　慶喜は腹をくくった。

「わかりました。上さまがイギリスと戦うと仰せならば、それに従いましょう。石清水八幡宮には、お出かけにならずともけっこうです。当日、上さまは急病ということで、私が代参しますので」

「勝手にするがいい。だが仮病など、すぐに見抜かれる。将軍は頼りないと嘲られるばかりだ」

「ならば参拝に、お出ましください」

　また家茂は声を荒立てた。

「行かぬと申しているだろうッ」

　もはや将軍との間には、深い溝ができていた。

　三月二十一日、春嶽は本当に福井に帰ってしまった。政事総裁職は罷免となり、さらに逼塞も命じられた。慶喜は相談する相手を失った。

石清水八幡宮への出発は四月十日と決まった。すると松平容保が東本願寺に現れた。江戸から来た時の白馬ではなく、目立たぬように側近だけを連れて、いかにもお忍びといった様子だった。

そして慶喜の前に進み出て声を潜めた。

「今日、帝からお呼びがあって、内々に参内したのですが、実は帝は石清水八幡への参拝は、お望みではないそうです」

「何故に？」

「当日、不穏な動きがあるとかで」

中山忠光（なかやまただみつ）という、まだ十九歳の公家が、京都市中にたむろす浪人たちを指揮して、幕府要人を襲うという。そうして将軍に脅しをかけ、イギリスとの開戦を急がせようという魂胆だった。

「帝は私が襲われることを、何より、ご案じくださっています」

容保は治安回復のために、浪人たちを厳しく取り締まり、恨みを買っている。帝としては、その働きぶりを心強く思っており、心配するのも道理だった。

「でも私が襲われる懸念は、まずないと思います。気がかりは、むしろ一橋どのです」

千人の守りを突破して、容保を襲うのは至難の業だが、家臣の少ない慶喜は危ういという。すでに新門辰五郎たちは江戸に帰してしまったし、幕臣たちでは、もともとの主人でもない慶喜を、命がけで守るはずもない。

「一橋どのの方が危ういと、私が申し上げると、たいそう帝も気にかけておいででした」

それで参拝を望まなくなったというのだ。

慶喜は、きっぱりと言った。

「わかった。そのような計画があるのなら、奉行所に取り締まらせよう」

「されど、その中山忠光という若い公家が、ただ者ではないのです。帝の皇子の叔父に当たるために、誰にも止められぬとか」

忠光の姉が帝の寵愛を受けて、男児を産んでおり、その皇子が今や十二歳になって、次の帝と目されているという。

さすがに慶喜は考え込んだ。

「それは少し厄介だな」

「帝の仰せは、当日、一橋どのは急病ということで、参拝から外れてもよいとのことです」

いよいよ困惑する。家茂が急病で不参加のつもりなのに、自分まで欠けるわけにはいかない。

「まあ、当日、なんとかするしかない」

京都の裏路地あたりで、素浪人に斬り殺されるのは不本意だ。でも石清水八幡宮とい
う大舞台で、名の知れた公家の手にかかるのなら、それも悪くはない気がした。だいち自分の身を護るくらいの武術は、心得ているつもりだった。

四月八日、参拝を二日後に控えて、慶喜は旗本の勝海舟を呼んで意見を聞いた。

海舟は、春嶽が江戸から乗船してきた軍艦の艦長であり、三年前には咸臨丸で太平洋を横断した経験を持つ。前から慶喜は、春嶽から「いちど会ってみるといい」と勧められていた。

海舟は小柄ながら、勝ち気そうな目鼻立ちの旗本だった。

「今、イギリスの艦隊と、横浜で海戦になったら、どれほど勝ち目があろうか」

慶喜がありのままに聞くと、海舟も率直に答えた。

「地の利がありますので、一時は優勢に立てるかもしれませんが、いずれは負けましょう。こちらの軍艦は、まともに戦えるのは四隻しかございませんが、イギリス海軍は、いくらでも援軍を送れますので」

「四隻?　もっとあるのではないか」

「公称は十五隻です。この半年で六隻も増やしましたが、どれも長崎や横浜に入港して

きた中古の外国船を、買い漁っているだけです。たいした砲備もなく、イギリス軍艦と、なんとか戦えるのは四隻です」

「なぜ役に立たぬ船を買う？」

「ご老中の判断でございましょう。とりあえず数を揃えよという」

海舟は妙に突き放すような言い方をする。幕府海軍の現場と、それを統括する老中との間に、どうも齟齬があるらしかった。

「イギリスと互角に戦えるようになるには、あと、どれほどかかる？」

「まあ、早くとも百年。下手をすれば三、四百年はかかりましょう」

そして咸臨丸で渡米した際に見た、造船所のことを熱く語った。

「アメリカやイギリスとは、とてつもない差があります。それを認めない者が、あまりに多くて、話になりません」

海舟は、ほかにもアメリカの大統領が世襲ではなく、入れ札で選ばれるなど、議会政治についても語った。日本では地位の低い商人たちが、向こうでは誇りを持って働いているともいう。

慶喜は興味を引かれる一方で、「早くとも百年。下手をすれば三、四百年」などという言い方が妙に芝居がかっていて、心なしか違和感を覚えた。

石清水八幡宮への出発当日は、賀茂社行きとは打って変わって、さわやかな初夏の陽気となった。予定通り、家茂は急病を理由に参加せず、慶喜が代参として、騎馬で幕府の軍勢を率いた。

石清水八幡宮は遠方のため、到着は夕方になった。当然、日帰りはできず、宿坊で一泊することになる。帝も公家たちも慶喜も、それぞれ別の宿坊に入った。

宮司が説明に来て、戦勝祈願は深夜に行うと告げた。

「お祓(はら)いの時に、帝が攘夷の節刀(せっとう)を、お授けにならはりますから、慎んで、お受けください」

慶喜は眉ひとつ動かさずに聞いていたが、内心は、自分が襲われると聞いた時よりも、動揺していた。

節刀とは古来、帝から特別に将軍にくだされる任命の証(あかし)だ。それほど意味深い刀を、もし慶喜が受け取れば、代参だけに、家茂が受け取ったことになり、イギリスと戦うしかなくなる。だが拒むこともできない。

夕食を済ませてから、身を清め、深夜の参拝に備えているうちに、みぞおちの辺りが、ちくりと痛んだ。

その時、ふと母の言葉を思い出した。

「都のお公家さんたちは、平気で嘘をつかはります。けど嘘がわかっても、誰も怒らはりませんし、怒ったらあきませんえ」

　さらに容保の言葉もよみがえった。

「帝の仰せは、当日、一橋どのは急病ということで、参拝から外れてもよいとのことです」

　すぐに平岡を呼んで言った。

「私は急な腹痛ゆえ、深夜の参拝には、どうしても出られぬと、帝に申し上げてきてくれ。それだけで、ご了承くださるはずだ。もしも詳しく聞かれたら、宿坊のまわりに怪しい人影を見たと申せ」

　平岡は心得顔で、すぐに帝の宿坊に走った。

　自身への襲撃計画を逆手に取り、仮病を装って、節刀の授与を逃れることにしたのだ。たとえ仮病や嘘を見抜かれたとしても、かまいはしない。自分が嘘つきになればすむだけのことだと、もう腹をくくっていた。

　結局、深夜の参拝には出ないまま、都に戻ると、猛烈な批判が待っていた。いよいよ攘夷決行の声が高まる。とにかく開戦の期限を決めろと、あちこちから催促された。

　その一方で、江戸城から早馬が来た。イギリス公使から、賠償金支払いの期日を五月十日に指定されたという。

慶喜は覚悟を決め、参内して、攘夷決行日を五月十日と約束した。御簾越しにも、帝の不安そうな様子は伝わってきたが、今は期日を公言するしかない。

その足で二条城におもむき、家茂に告げた。

「今すぐ、将軍後見職をお解きください。そして老中に、ご任命ください」

家茂は驚いて聞き返した。

「なぜ、そんなことを？」

「江戸に戻り、老中として行動いたします。今の立場ですと、何をするにも、上さまに責任が転嫁されますので」

老中の一存として、賠償金支払いに応じるつもりだった。しかし家茂は拒んだ。

「それはならん。老中の一存でできることなら、今の老中にさせよ。そなたは後見職を続けるのだ」

感情的な溝はあるのに、いざとなると後見職がいなくなるのは心細いらしい。

「とにかくイギリスと戦えばよいのであろう。横浜での海戦に備えて、私は江戸に帰る。そのように帝に申し上げよ」

「いえ、どうか上さまは、このまま都に。横浜へは私がまいります。それこそが後見職の役目ですので」

家茂が江戸に戻れば、膨大な幕臣が勇んで迎える。その数を頼んで、無謀にもイギリスとの開戦に踏み出すに違いなかった。

なんとか京都に残るよう説き伏せて、慶喜は将軍御前から下がった。そして、もういちど海舟を呼んだ。

「私は江戸に向けて出発する。私が留守の間、上さまを軍艦にお乗せして、大坂の海を航海せよ。艦内で蒸気機関などをお見せして、どれほど日本がイギリスやアメリカに遅れを取っているかを、お伝えするのだ」

家茂は若いだけに、軍艦には興味を持つはずだった。

「実際に見聞きなされば、攘夷の無謀さを、ご理解いただけるだろう」

海舟は目を輝かせた。

「それは妙案です。お任せください。艦内は狭いので、膝詰めでお話ができます。かならずや、ご理解いただけるよう務めます」

慶喜が江戸に帰着したのは、攘夷決行の二日前、五月八日のことだった。すぐさま登城して、老中たちに招集をかけた。

以前、力を持っていた松平信義は、生麦事件の後処理を担当していたが、あまりに難題で、体調を崩して寝込んでしまった。ここしばらくは登城していないという。

五人の老中のうち、もうひとりは家茂とともに京都に留まっている。慶喜の招集に、残りの三人が応じた。慶喜は京都での事情を説明した。

「明日、賠償金を支払って、戦争を回避するか。それとも明後日、イギリス艦隊と戦い始めるかだ。戦うなら、私が陣頭指揮をとる」

慶喜が、将軍後見職を返上して老中を拝命したいと上申したが、許されなかったことも打ち明けた。

それだけで老中たちは理解した。自分たちの誰かが、賠償金支払いの責任を負わねばならないのだと。しきりに不安そうな視線を交わし合う。

その中で小笠原長行(おがさわらながみち)が申し出た。

「ならば私の一存ということで、賠償金支払いに応じましょう」

小笠原は九州は唐津の藩主だ。優しげで女性的な容貌ながら、気骨があり、春嶽に見込まれ老中に抜擢された。上洛した経験もあって、京都の事情にも通じている。

「かたじけない。そうしてくれ」

ようやく戦争回避の道が見えて、慶喜は、ほっとした。

しかし小笠原は別の心配をした。

「このままですと、上さまが都で人質に取られたも同然です。なんとか、お身柄を取り戻さねば、今後も公家たちの言いなりです」

「それは心配ない。私が急いで都に戻り、上さまに降りかかる無理難題は、なんとしても跳ねのける」

　慶喜は珍しく熱く語った。

「とにかく都で新しい仕組みを作る。帝を中心に公儀と諸藩が手を結び、日本をひとつにまとめる。それでこそ外国に対抗できる」

　その計画は、すでに春嶽が何度も老中たちに説明してきた。だが理解されないどころか、まったく話題にもならない。

　今回も小笠原は取り合わなかった。

「いいえ、そのような形で、一橋さまが都に戻られるのは、お待ちください。私に策がございます」

「策？」

「今、イギリスとの開戦に備えて、主だった軍艦は品川沖か横浜に集まっております」

　明日、とにかく戦争を回避する。その一方で、急いで幕府陸軍を召集し、幕府軍艦に乗せて、江戸湾から西に向かう。そのまま艦隊で大坂湾に入り、すべての陸軍兵を大坂に上陸させる。それによって京都に圧力をかけ、将軍の身柄を取り戻す計画だった。

「陸軍兵は千五百。それも全員、最新式の小銃で武装しています。万が一、会津藩が朝廷の言いなりになって、こちらと敵対したとしても、圧勝は間違いありません」

　優しげな顔で、とんでもない策を平然と語った。慶喜は即座に反対した。

「会津と戦うなど、帝も上さまも、けっしてお許しにはならない」

「それは万一の話でございます。大坂に上陸した時点で、まず間違いなく、上さまは解放されましょう」

ペリーの黒船艦隊が江戸湾を脅かしたように、幕府艦隊で大坂湾に入るだけでも、朝廷は恐れおののくという。

「下手にこじれることがないよう、都との交渉は、一橋さまにお願い致します」

「私が交渉を?」

「一橋さまの都での人気は、江戸でも知られていますので、海軍の者どもも陸軍も、心強く思いましょう」

「いや、そんなことまでして、将軍を江戸に戻す必要はない。あえて都に留まり、新しい政権を打ち立てるのだ」

しかし小笠原は黙って首を横に振る。

慶喜は深く落胆した。小笠原長行ほどの切れ者でも、京都での新体制計画には、まったく理解を示さない。それどころか下手に京都に関わらない方が、将軍家は安泰だと信じているのだ。

「とにかく準備ができ次第、出航いたしますので、ご乗船をお願いします」

「断る」

武力で朝廷を脅すなど言語道断だった。

「いいえ、乗っていただかないと困ります。将軍後見職が率いるという前提がないと、この計画はまとまりませんので」

幕府では何か事を起こそうとすると、かならず反対が起きる。それを黙らせるために、将軍後見職の権威が必要だという。

「いや、どうあっても引き受けられない」

重ねて拒絶すると、小笠原は冷ややかに言った。

「ならば、例の手を使いましょうか」

「例の手？」

「石清水八幡宮で、一橋さまが使われた手でございます」

腹痛を口実に、参拝を避けたことを意味していた。猛烈に腹が立ったが、それを抑えて言い放った。

「そうか」

そこまで言われたら、もう引けない。

「思う通りにするがいい」

春嶽がうらやましかった。彼は怒って福井に帰って以来、いまだ逼塞に処されている。

いっそ自分も大声で腹の中をさらして、それが通らなければ、何もかも放り出してしまいたい。でも亡き父の言葉がよみがえる。

「たとえ幕府が幕府でなくなるとしても、慶喜には重い役についてもらいたい。そうして日本を守り抜いてもらいたい」

父の遺志を思えば、ここで踏み留まらなければならない。

その父や春嶽のように、いきなり白黒はっきりさせて押すのではなく、若き将軍や頭の固い老中たちと、なんとか折り合いをつけながら、やっていくしかなかった。

文久三年五月九日、小笠原老中の一存という形で、幕府はイギリスに賠償金を支払い、十日に予定されていた攘夷決行を回避した。

五月二十一日には、小笠原が幕府艦隊を率いて、大坂湾に向かった。慶喜は予定通り、突然の腹痛という口実で乗船せず、江戸に居残った。

結局、幕府艦だけでは千五百人もの陸軍兵を運べず、イギリスから蒸気船二隻を借り受けての出航となった。

六月十六日になると、小笠原は家茂とともに、晴れ晴れとした様子で品川沖に帰ってきた。やはり大坂に陸軍が上陸した時点で、将軍は京都から解放されたという。

慶喜は、もろもろの責任を取って、後見職の辞任を申し出たが、またもや許されなかった。

そんな状況下、地方で事件が起きていた。五月十日以来、長州藩が攘夷決行と称して、関門海峡を通過する外国船を、無差別に砲撃し始めたのだ。

七月二日になると、いよいよイギリス艦隊が鹿児島湾に侵入し、武力を背景に生麦事件の賠償金を請求した。幕府では支払いに応じたのに、生麦事件を起こした当の薩摩藩は、いまだに突っぱね続けていたのだ。

以前、島津久光は上洛した際に「即時攘夷決行は回避すべし」と主張して、公家たちを落胆させた。しかし結局は、攘夷決行にいきり立つ家臣たちを抑えきれなかった。

そのため陸上の砲台場と、イギリス艦隊との間で激しい砲撃戦となった。鹿児島城下は艦砲射撃で焼かれたが、たまたま悪天候で海が荒れ、艦隊側にも不利になった。そのため双方被害を被り、講和に至った。

薩摩藩は賠償金支払いを呑むしかなく、事実上の敗北だった。しかし、その点は隠されて、砲撃を交わして攘夷を決行したと、勇ましく喧伝(けんでん)された。

長州藩による関門海峡の砲撃も、京都では絶賛された。その結果、両藩が力を増し、いよいよ攘夷の声は勢いづいた。

薩摩藩の賠償金は、いつのまにか幕府が支払わされていた。もはや慶喜には打つ手がなかった。

七章　事変たびたび

「私は駄目な男だ」

江戸の一橋家の屋敷奥で、慶喜はそうつぶやきながら、同衾するお芳の頬に指先を滑らせた。本心を吐露できるのは、こんな時だけだ。

お芳は微笑んだ。

「そんなことない。慶喜さんは、ちょっと疲れちゃっただけ」

文久三年の秋、慶喜は江戸家敷で空しく日々を送っていた。まるで謹慎に戻ったかのようであり、心情的には謹慎中よりも、なおつらかった。

訪ねてきてくれたお芳を、つい引き止めて、もう何日も帰していない。

「おとっつぁんは、あたしがここにいるって、ちゃんと心得てるから大丈夫」

お芳はそう言うものの、きちんと屋敷に部屋を与えて、侍女もつけ、側室に据えるべきだった。なのに美賀子とのことを考えると、憂鬱で何もできない。

江戸に戻って以来、将軍後見職は見事な閑職になった。家茂の補佐は、老中たちが務めるし、家茂自身、今や後見職など無用と見なしている。慶喜が登城したところで、なすべきことは何もない。

慶喜は自己嫌悪に陥った。自分は京都でも江戸でも嘘をつき、すべての信用を失った。その結果、日本が有史以来の危機に瀕しているのに、何もできない。焦り、いらだち、そして現実逃避と虚無感。後ろ向きの感情ばかりが心を支配する。

お芳の頰に指を滑らせ、またつぶやいた。

「いっそ、そなたと、どこかに逃げたい」

「どこかって？　飯能？」

以前、連れて行くと約束した関東の領地だ。

「いや、もっと遠くがいい。いっそパリにでも」

「パリ？」

「フランスの美しい都だ」

近年、江戸では蘭学や洋学が盛んになり、西洋の文化や歴史関係の写本まで出まわっている。謹慎中と同様、書店主が運んでくるそんな書物を、慶喜は片端から読んだ。

中でも心惹かれたのが、ナポレオンだった。貴族の末端の家に生まれ育ち、軍人として武功を立てて出世を重ねた人物だ。将軍の地位にまで駆け上って国を守り、とうとうフランス皇帝の地位に就いた。

最後はイギリス軍に負け、島流しで死去したが、伝記が漢訳されるほど評価は高い。亡くなったのは四十年ほど前だ。

できることならナポレオンのように、雄々しく生きたいと、慶喜は憧れる。自分は名家に生まれ育ちながら、何の功績も立てられず、空しく生きている。それが、ほとほと情けなく、いっそナポレオンのいたパリにでも逃げてしまいたくなる。

思い返せば、慶喜が江戸に戻って四ヶ月後の八月十八日に、京都で大きな政変があった。ことの発端は帝の大和行幸だった。

帝が京都御所を出て、大和にある神武天皇陵を拝し、奈良の春日大社で攘夷を祈願する計画が立てられた。一見、賀茂社参拝や石清水八幡宮の延長のようであり、つつがなく行幸の準備は進んだ。

だが大和行幸には裏の目的があった。実は過激な公家たちが、幕府の攘夷不履行にしびれを切らせ、とうとう幕府を見限ったのだ。そして天皇親征と称し、帝みずから軍勢を率いて、攘夷を実行するという大胆な筋書きを描いた。

まず帝は、大和の盆地のはるか南に位置する神武天皇陵に詣で、初代天皇陵から諸国の大名たちに向かって、華々しく挙兵命令を発する。そして京都寄りの奈良に戻る。

その間に諸大名が、国元から奈良に馳せ参じる。春日大社周辺には、大きな寺社が多数あり、どれほど軍勢が集まっても滞陣できる。

帝は改めて春日大社で攘夷を祈願し、軍勢が東に向かう。進軍の中心になるのは、関門海峡の砲撃で勢いに乗る長州藩だ。幕府は排除され、事実上の倒幕の挙兵だった。

しかし何ごとも穏便を望む帝には、本来、賛同できない事態のはずだ。なのに過激な公家たちに押されて、大和行幸は八月十八日と、日程まで決まってしまった。

これはまずいと最初に気づいたのが、ひとりの薩摩藩士だった。そこから会津藩に相談が行き、容保が大和行幸阻止を決断。密かに幕府寄りの宮家や公家に呼びかけ、八月十七日の夜に揃って参内し、在京の会津藩兵で御所を押さえた。

翌朝、大和行幸中止が発表された。それまで御所の南門は、長州藩兵が警備についていたが、彼らは任を解かれて国元に追われた。これが八月十八日の政変だった。

過激な公家たちも都から追放され、長州藩を頼って西へと落ち延びた。こちらは七卿落ちと呼ばれた。容保は門の内外のにらみ合いだけで、戦火を交えずに目的を達成したのだ。

この一件が江戸に伝えられると、幕府中が大喝采した。会津藩は幕府が命じた京都守護職だから、幕府が騒乱を制したと思い込んだのだ。

だが慶喜の感覚では、幕府は何もかんでいない。あくまでも容保が帝の真意を汲み、独断で藩兵を動かしたにすぎない。

この政変で薩摩藩は大きな得をした。当時、在京の薩摩藩兵は、わずか百五十人ほどで、会津とは桁が違った。それでも薩摩藩士が最初に奔走したことから、八月十八日の政変は、薩摩藩と会津藩の合同だったと、広く喧伝されたのだ。

この調子では今後、薩摩藩は京都で、いよいよ力を増すに違いなかった。長州藩も、これで引っ込むはずもない。ほかの有力藩も京都に藩邸を設け始めている。そうして朝廷と諸藩が直接、結びつきを深め、いつかは本当に幕府が見限られる。

慶喜としては、朝廷と諸藩の結びつき自体は、悪くはないと考える。しかし、そこに家茂がいなければならない。将軍不在で新体制を築こうとすれば、幕臣たちが納得するわけはなく、大きな内乱が起きるのは必至だ。

今すぐにでも、将軍を京都に戻さねばならない。なのに家茂自身も老中たちも、危機を実感せず、ただただ京都に背を向け続ける。

そんな状況で、慶喜は自身の無力を嘆くばかりだ。

「私は駄目な男だ」

もういちどつぶやくと、お芳が、また微笑んだ。

「大丈夫。慶喜さんは、これで終わる人じゃないから。このご時世だもの、きっと迎えの人が来る。今は、待ってればいいだけ」

慶喜は、お芳の胸元に強く顔を押し当てた。

そして、お芳が言った通り、とうとう一橋家に迎えが来た。それは意外なことに、武田耕雲斎だった。白い髭が畳につくほど、深々と平伏して言った。

「どうか、都へ、お戻りください」

慶喜が江戸に帰ってきて以来、耕雲斎は水戸や各地を奔走してきた。その結果、慶喜を京都に呼び戻す地ならしができたという。

しかし慶喜は首を横に振った。

「私は都でも江戸でも信用を失った。今さら戻ったところで、何もできない」

「いいえ、殿に御所を守って頂きたいと、帝が直々に、お望みなのです」

「御所を守るのは、会津の役目だ。現に八月十八日の政変で守りきった」

「されど松平容保さまご自身も、殿のご上洛を、お待ちかねです」

八月十八日の政変は、会津藩兵が圧倒的に多く、薩摩の人数が少なかったため、容保の采配で上手くいった。しかし今後、複数の藩を動かすことになったら、同格の藩同士では足並みを揃えにくい。やはり諸藩の上に君臨して、采配を振る者が必要であり、帝も容保も慶喜に期待を寄せているという。

慶喜は、なおも首を横に振った。

「いや、前は将軍が都にいたからこそ、老中たちは私に任せていたが、私ひとり上洛したところで何もできない」

今の状況では、将軍後見職の肩書きは無に等しく、幕府代表として働くことはできない。すると耕雲斎は声の調子を落とした。

「御所をお守りするお役目は、御公儀からではなく、帝から賜ります。もう内々に役職名も決まっています。禁裏御守衛総督です。この拝命を機に、将軍後見職は御公儀に返上なさいませ」

思いもよらないことだった。幕府の配下から外れて、朝廷直属の役につけというのだ。

「今や都では、真の攘夷が理解されつつあります。単に外国人を日本から追い出せばいいのではなく、帝を頂点に仰いで、幕府と諸藩が手を結び、外国からの侵略に備える。そんな新体制が、今こそ望まれているのです」

その体制に備えて、まず松平容保と島津久光が朝議参与に任命されるという。朝廷に古くからある重職であり、容保は京都守護職と兼任になる。

「一橋家は御公儀から離れて、一日も早く朝廷の配下に入るべきです」

福井に帰ったままの春嶽も上洛を命じられるはずであり、やはり朝議参与の地位が授けられるという。

慶喜は首を横に振った。

「朝廷直属にして頂くのは、むろん異存はない。だが」

言葉を区切ると、耕雲斎は、いっそう膝を乗り出した。

「何を、ご案じです？」

「もし私が幕府から離れたら、将軍を新体制に迎える道は、ほぼ絶たれるであろう。そうなると内乱だ。それだけは避けねばならぬ」

「ごもっともです。されど、そうなった時こそ、殿の本領発揮です。朝廷と幕府との仲を取り持って、内乱を避けるのです。それができるのは、殿をおいて、ほかにはおりません」

　そういうことかと合点した。公家や勤皇諸藩の尻馬に乗っていれば、すむわけではなかった。もっとも難しいことが自分に課される。いつも、そういう巡り合わせだ。でも難事だからこそ簡単には拒めない。

　耕雲斎が言葉に力を込めた。

「恐れながら、大殿さまがご健在であれば、かならずや同じように思し召したはずです。これは大殿さまのご遺志に、ほかなりません」

　斉昭の側近だったからこその、自信に満ちた言葉だった。

　なおも躊躇していると、耕雲斎は別の案を口にした。

「ならば帝から将軍さまにも、再上洛を命じていただけるよう、もういちど都に行ってまいりましょう。さすれば将軍を囲む新体制が築けます」

　勅命とあらば、老中も反対できない。

「そんなことができるのか」

一介の地方学者に、そこまでの力があるとは、慶喜には信じがたい。

「おまかせください。水戸の武田耕雲斎は、都では案外、信用されているのです」

耕雲斎は頬を緩めた。

「前回の将軍さまの離京は、あまりに力ずくで、朝廷と幕府は手切れになったままです。今の朝廷内には、それを正すべきだという意見もありますし。それに横浜鎖港の件も、将軍みずから釈明に行かれる方が、よろしゅうございましょう」

八月十八日の政変で、幕府方は勢いを取り戻したものの、京都では「横浜港を閉じて、鎖国前に戻せ」という攘夷の声が、なおもかまびすしい。

その件の幕府側の対応は、すでに慶喜の耳にも入っている。

「老中たちは近々、談判の使節団をヨーロッパに派遣すると聞いている。とうてい鎖港など不可能と、結果はわかってはいるものの、都に向けた芝居のようなものだ」

「芝居でもよろしゅうございます。とにかく将軍さまに釈明して頂くことにして、殿も、ご上洛なさいませ」

なんとしても京都に行けという。

耕雲斎が退出するのを待って、慶喜は控えの間に続く襖を開けた。

座敷の隅には、お芳が身を縮めるようにして座っていた。目元に手ぬぐいを押し当てていたが、すぐに外して、こちらに泣き笑いの顔を向けた。

「おめでとう。あたしの言った通り、迎えが来たね」

さらに涙声で言う。

「よかった。あたし、嬉しいよ。慶喜さんが、また都に行けて」

それから背筋を伸ばし、声の調子を上げた。

「あたし、待ってるね。また慶喜さんが帰ってくるまで、江戸で待ってるから」

その時、ふいに慶喜の覚悟が定まった。そして、大股でお芳に近づき、そのかたわらにしゃがんだ。

「待たずともよい」

お芳は戸惑い顔で聞き返した。

「待ってちゃいけないの？　もう江戸には帰ってこないの？」

「今度は長くかかるかもしれない。だから都で屋敷をかまえようと思う」

「そう、そうなんだ」

お芳は目を伏せて、手ぬぐいをたたみ直した。

「それじゃ、待ってても、しょうがないね」

慶喜は、お芳の手を取った。

「待たずともよい。今度こそ、そなたも行くのだ」

いよいよ戸惑い顔になる。

「行くって」

信じがたいといった様子で聞き返す。

「どこに？」

「都だ。フランスの都には連れて行かれぬが、日本の都に行こう。私が先に行って屋敷を定めるゆえ、後から辰五郎と一緒に来てくれ」

新体制のために、都に腰を落ち着けるつもりになっていた。

お芳は驚きで目を瞠った。

「私も、行って、いいの？　都に？」

「もちろんだ」

次の瞬間、いきなり首に抱きついてきた。

「嬉しい、嬉しい、嬉しい」

慶喜の耳元で、何度も何度も「嬉しい」と繰り返す。慶喜は愛しい女を喜ばせられたことが、自分でも意外なほど嬉しかった。

それからしばらくして登城すると、家茂が不機嫌そうに命じた。

「年明けに上洛する。また先行せよ」

それだけで退出させられた。老中たちが慌てて説明する。

「横浜鎖港の件で一橋さまに、もういちど都に同行して頂くことになりました」

耕雲斎の働きが実を結んで、帝から家茂に再上洛が命じられたらしい。慶喜としては予想通りの展開で、何の異存もない。すぐに出発の準備にかかった。

京都に入ったのは、文久三年十一月二十六日だった。参内すると、以前とは雰囲気が一変しており、耕雲斎が言った通り、驚くほど歓迎された。仮病も嘘も、なかったかのような扱いだった。

年末には住まいが定まった。二条城の南隣地に京都町奉行所があり、さらに南側の屋敷が提供されたのだ。

入居に合わせて、お芳が一橋家の塗駕籠に乗り、辰五郎と子分たちに守られて、東海道を都まで上って来た。塗駕籠は徳信院が使わせてくれたという。

駕籠から降り立った姿に、慶喜は目を瞠った。いつもの黄八丈ではなく、華やかな京友禅の打掛けをまとっていたのだ。

お芳は少し照れた様子で聞いた。

「どお？」

慶喜は聞き返した。

「そういう着物は、嫌いではなかったのか」

「着てみたら、そう悪くないなって思って」

まんざらでもなさそうな顔をしている。やはり徳信院が京好みのものをと反物を選び、着替えまで誂えてくれたという。

侍女も気立てがよく、気も利く者たちを選んでつけてくれていた。もともと京都の公家の出で、徳信院が江戸に嫁いだ際に同行した女たちだった。

辰五郎は奥座敷や侍女たちを見て、小さく洟をすすった。

「娘を嫁に出す思いですよ。こんなにして頂いて、本当にありがてえ。こんなやつですけど、可愛がってくださいやし」

慶喜がうなずくと、辰五郎は一転、胸を張った。

「けど、邪魔になったら、遠慮なく、ほっぽり出してくださいよ。こいつは、どうなったって生きてけるように育ててありますんで」

そう言い置くと、少し寂しそうに、子分たちを率いて江戸へと帰っていった。

一月十五日には家茂も上洛してきた。前回、江戸に帰るのに、はからずも軍艦を利用した。そこで実績ができたために、今回は問題なく海路となった。

艦長は勝海舟が務めた。すでに有力諸藩も洋式軍艦を保有し始めている。顔の広い海舟は、そんな軍艦に並走を頼み、堂々たる艦隊で大坂に入港した。

幕府の面目躍如であり、当初は上洛に気乗りしなかった家茂も、上機嫌で入京した。参内すると、慶喜の時と同様の歓迎を受けた。

横浜鎖港の件は、ヨーロッパに談判の使者を送るという話で、あっけないほど簡単に片づいた。幕府としては問題を先送りしただけだが、将軍が再上洛したこともあって、公家たちは公武合体に満足の様子だった。

同じ席で、慶喜に禁裏御守衛総督をという話が出たが、家茂も老中も拒みはしなかった。むしろ徳川御三卿のひとりが、朝廷の役に就くことで、朝廷と幕府の結びつきが強まるという感覚で、将軍後見職は辞任が認められた。

二月になると、ようやく馴染んできた屋敷の座敷で、平岡円四郎が言った。

「雇い入れたい者が、ふたりおります」

関東の中山道沿いに深谷という宿場があり、ふたりとも、その近くの大きな農家の出だという。

「実家は養蚕や染料の藍を生産しており、ふたりとも行商をしていたそうで、算盤が弾けます。なかなか向こう気も強いので、役に立つと存じます」

武家では金勘定をいやしみ、勘定方でもない限り、算盤ができる者はいない。

「行商は店を持たぬため、信用が何より大事だそうで、ふたりとも誠実な人柄に間違いございません」

　ここのところ一橋家では積極的に、直参(じきさん)の家臣を増やしていた。再上洛にあたって、もはや幕府からの出向ではなく、きちんとした家臣を持つことにしたのだ。見どころがあれば身分は問わない。

「そなたが見込んだ者なら任せる。よきにはからえ」

　慶喜が快く応じると、平岡は珍しく遠慮がちに言った。

「本来なら、お目見え頂くほどの身ではないのですが、本人が、ぜひとも殿に直々に、お伝えしたいことがあると申しておりまして」

　会ってみると、ふたりとも慶喜よりも少し若そうだった。従兄弟(いとこ)同士だというが、片方は小柄で小太りで顔がまん丸く、座っているだけで押しの強さが伝わってくる。もう片方は風采が上がらず、とんと姿かたちが印象に残らない。

　丸顔の方が胸を張り、大声で話し始めた。

「私は渋沢栄一(しぶさわえいいち)、隣が渋沢喜作(きさく)と申しまして、正真正銘、勤王の志士でございます。かつて私は江戸で学問をしていたことがあり、その頃から平岡さまの知遇を受けました」

　かなり気負い気味に話す。

「実は去年、私どもは、高崎城を乗っ取る計画を立てました。高崎城で武器を手に入れ、それで横浜の西洋人を襲い、攘夷を決行しようと考えたのです」

帝の大和行幸の挙兵に、関東で連動するつもりだったという。しかし八月十八日の政変により、大和行幸は失敗。高崎城乗っ取り計画も頓挫して、渋沢栄一たちは幕府に追われる身となった。それで平岡を頼って、京都まで逃げてきたのだという。

自己紹介が終わると、栄一は、いっそう勢い込んで話し始めた。もう幕府は終わりが見えているので、慶喜も幕府を見限って朝臣になるべきだという。そのうえで幕府が続かない理由を、熱く語り始めた。

「古く戦国の頃、合戦では槍刀を使ったため、軍勢が多い方が有利でした」

だから最終的な勝利者になった徳川家では、膨大な家臣を抱え、それは今も減ってはいない。

でも今の戦争は、もっぱら銃が用いられ、槍刀では太刀打ちできない。それでいて、ほとんどの幕臣たちは、銃を持とうとしない。かつて鉄砲は足軽の武器だったからだ。

体を鍛えて武術を身につけ、たがいに命をかけて戦ってこそ武士だった。だから遠くから敵を倒す飛び道具は卑怯であり、武士の武器ではないという思い込みが、今も続いている。

ほとんどの幕臣が銃を持とうとしないため、幕府は洋式陸軍を組織する際に、農家の次男三男を新たに徴用した。最新式の銃砲は命中率が高く、少し稽古しただけで戦える。

もはや膨大な数の幕臣は、無用の長物と化した。それでいて幕府は、彼らに家禄を支払い続けている。こんな無駄のまかり通る組織が、これからも続いていくはずがなく、いったん幕府を解体し、少人数で新しい組織を作るべきだと、栄一は強く主張した。

慶喜は黙って聞いていたが、独特の論法に、なるほどと感じ入った。

ペリー来航以来、幕府が批判されるのは弱腰が露呈したからだ。そのため常に精神論で語られる。だが渋沢栄一は経済の観点から、人減らしの必要性を訴える。武家にはない発想だった。

話が終わって、ふたりが退出すると、慶喜は平岡に言った。

「ふたりとも雇うがよい」

特に丸顔の渋沢栄一は、自分とは正反対の熱血漢で、役に立ちそうな気がした。


三月二十五日、とうとう朝廷から禁裏御守衛総督を拝命した。

慶喜としては晴れ晴れとした気分だった。子供の頃から水戸でたたき込まれた尊皇の志を、これからは何の遠慮もなく貫徹できる。心から誇らしい立場だった。

すると平岡が言った。

「規模は大きくなくてもよいので、一橋家独自の歩兵隊を、お作りになりませんか」

禁裏御守衛総督ともなれば、諸藩の軍勢を従えるだけでなく、慶喜の親衛隊が必要になるという。

「その兵の人集めを、この間のふたりに命じては、いかがでしょうか」

兵は幕府陸軍同様、農家の次男三男から徴用することになる。各地に散らばる一橋家の領地をまわって人材を探すには、渋沢栄一たちが適任に違いなかった。ふたりとも農家の出身だし、行商の経験もあって旅慣れている。

「歩兵隊ができた後は、給金の支払いなども任せられますし」

即座に慶喜は同意した。すると栄一たちは、意気揚々と旅立っていった。

その後、慶喜は、平岡に一橋家の家老を命じた。家政の責任者である家老がいて、わずかな用人たちがいて、これで直属の洋式歩兵隊ができれば、大名家としての理想形を天下に示せる。譜代の家臣がいないからこそ、無駄がなくてすむ。

その一方で慶喜は、たびたび御所の下見にも出かけ、今後の警備の具体策を、容保と相談した。

夜になって屋敷奥におもむけば、お芳が待っている。何もかもが順調だった。

五月七日には家茂は二条城を出て、ふたたび軍艦に乗って江戸に帰っていった。朝廷との関係が良好になり、わずか四ヶ月足らずで、離京が認められたのだ。

慶喜は新体制を意識して引き止めたものの、家茂も老中も、今なお江戸にばかり顔が向いていた。

ほどなくして容保が慶喜に小声でささやいた。

「わが家中に、御公儀からお預かりしている新選組という者たちがいるのですが、彼らが捕らえた攘夷浪人が、妙な企てを自白しました」

京都では七月初めから祇園祭が一ヶ月続く。その間の風の強い日を狙って、御所に火を放ち、混乱に乗じて帝を連れ去る計画があるという。

「一橋どのと私は、真っ先に血祭りに上げられる手はずだそうです」

まずは警備の責任者を亡き者にして、御所で狼藉を働くという段取りだった。この計画の裏には長州藩がおり、容保は証拠の手紙も押収していた。

それから、ほぼ一ヶ月後の六月五日の夜、新選組が、さらに大きな手柄を立てた。三条木屋町の池田屋という宿屋で、過激派の浪人たちが密談中のところに、新選組が踏み込んで乱闘になったのだ。

捕縛した浪人の自白によると、密談の内容は、やはり御所への乱入計画だった。長州藩が八月十八日の政変の巻き返しを狙っていた。水戸など各地の過激派とも連動しているという。

万一、帝を連れ去られるようなことになったら、彼らの言いなりになるしかなくなる。慶喜は容保とともに、いよいよ詳細に対策を練った。

六月十六日の夜のことだった。たまたま平岡が外出し、慶喜は屋敷に残っていた原市之進と、新設する歩兵隊について相談していた。

市之進は慶喜よりも七つ上の三十五歳で、もとは水戸藩士だ。学識にも行動力にも優れ、今年、水戸藩から迎えた家臣のひとりだった。眉がきりりと上がり、豪胆な顔つきをしている。

渋沢栄一と喜作は今も領地をまわって、歩兵の募集を続けている。とりあえず隊員は五十人。それに合わせて、横浜で五十丁の輸入小銃を買い入れる。さらに銃の指南役は、どこから招くかなど、早急に決めるべきことが山積みだった。

相談の最中、急に玄関の方が騒がしくなった。小姓が応対に出て、慌てて戻ってきた。隣地の町奉行所から、与力が駆け込んできたという。

小姓が早口で報告する。

「奉行所の前で、人斬りがあったとのことで、どうやら家中の者が斬られたようです」

慶喜は急いで玄関に出た。すると奉行所の与力が硬い表情で告げた。

「斬られたのは、平岡円四郎どののようでございます」

とっさに慶喜が聞いた。

「深手か」

与力は首を横に振った。

「もう、お命が」

衝撃のあまり、しまいまで聞かず、小姓が揃えた草履を履くなり、外に飛び出した。

市之進が先に立ち、門の潜戸から外の様子を確認した。それから往来に出て、慶喜の盾になって北に走った。

ざわめきが聞こえ、町奉行所前には煌々と松明が灯されて、人だかりができていた。

市之進が大声で告げる。

「一橋さまだッ。一橋さまの、お出ましだッ」

ばらばらと人垣が割れた。

人の輪のただ中の地面に、筵が盛り上がっていた。その端から、見覚えのある袴が見えて、さらに、その裾から大きな足がのぞいていた。

「ひ、ら、おか」

かすれ声で呼びかけながら近づいた。

さっきの与力が松明を掲げ、片手で筵の隅をめくった。

そこに横たわっていたのは、まぎれもなく平岡円四郎だった。目を閉じ、わずかに口を開いて、頰の辺りまで血に染まっている。変わり果てた姿だった。

その時、すぐ近くで悲痛な声がした。

「申し訳ございませんッ。それがしがついていながら」

振り向くと川村恵十郎(かわむらえじゅうろう)だった。一橋家の家臣の中でも、特に剣の使い手だ。

慶喜は信じがたい思いで聞いた。

「なぜに、このようなことに？」

「油断いたしました。平岡どのと一緒に、お屋敷の門を出たところ、それがしの目の前で、突然、ふたり組に襲われて」

その場で川村が、ひとりを討ち果たしたという。

川村は激しく返り血を浴びていた。少し離れた道端には、筵のかかった遺体が、もうひとつ横たわっている。

「もうひとりにも斬りつけましたが、惜しくも逃げられました」

だが与力が言った。

「その男は、すぐ先の往来で、喉を掻(か)き切って果てております。深手を負って、逃げ切れぬと観念したようです」

慶喜は平岡の遺体のかたわらに膝をついた。筵から血まみれの手が、はみ出している。そっと触れると、肉厚の手のひらは、すっかり冷たくなっていた。

慶喜が十一歳で一橋家を相続して以来、十七年間、誰よりも信頼してきた家臣だ。謹慎中は平岡の言葉を励みに、暗い日々を耐えた。重い役についてからは、あらゆる相談に乗ってくれた。

それほどの男が、これほど呆気なく、自分のもとから去ってしまおうとは。これからも騒擾が続く中で、ずっと支えてくれると頼っていたのに。

「誰が、こんなことを」

そうつぶやいた時、原市之進が息を切らせて駆け戻ってきた。

「ふたりとも水戸の者です。川村どのが討ち果たしたのが林忠五郎。その先で喉を掻き切ったのは、江幡広光という藩士です」

市之進も元水戸藩士だけに、ふたりの名前まで知っており、もはや疑いはなかった。

「また、水戸、か」

いまだに水戸では藩内抗争が激しい。門閥派に対抗する過激な集団が筑波山で蜂起し、天狗党と呼ばれ始めていた。

市之進が上がり眉をくもらせた。

「水戸では、平岡どのを一橋家の奸臣と、見なす向きもあるので」

彼らは慶喜に過剰な期待をかけており、今なお攘夷決行しないのは、平岡が弱気の助言をしているからだと、勝手に思い込んでいるという。

慶喜の胸に、とてつもない怒りが湧き上がる。それを懸命にこらえて、市之進に命じた。

「平岡を、屋敷に連れて帰ってやってくれ」

今にも涙があふれそうだった。それを人に見られまいと、血の匂いの満ちた場から、屋敷に向かって足早に歩き出した。

平岡の死から一ヶ月後、原市之進が新たな情報をつかんできた。

京都の南、伏見にある長州藩邸や、嵐山や大坂方面の寺社に、多数の長州藩士や浪人たちが集結しているという。すでに祇園祭は始まっており、新選組の手柄で発覚した御所への乱入が、いよいよ実行されそうな気配だった。

七月十九日は風が強かった。慶喜は御所乱入は今夜と見極め、京都に藩邸を持つ、すべての大名家に出動を命じた。

二年前に江戸への参勤交代が緩和されて以来、江戸の大名屋敷は空になり、町には閑古鳥が鳴いていた。だが国元に引っ込んでいるばかりでは、激動の時代に取り残される。そのために諸藩は、京都に藩邸を設けるようになっていた。正式な藩邸を持たずに、豪商の離れなどを借りて、数人の藩士を置いている藩も少なくない。

そういったところにも、慶喜は、ひとりでもふたりでもいいから人を出すようにと命じた。できるだけ多くの藩が、協力する形にしたかったのだ。

御所は高い土塀で囲われており、各方面に外門が設けられている。土塀の内側には公家屋敷が建ち並び、中央に禁裏がある。禁裏には内壁が一周しており、二重の土塀で外敵を防いでいた。

慶喜は各方面の外門に、千人の会津藩兵を分散させた上で、特に西側の守りを厚くした。長州勢の先陣は、まず嵐山などの西方向から攻めてくるはずだった。伏見や大坂方面などは南方向になるが、遠いために到着までに手間取るに違いなかった。

そのため西中央の蛤御門は会津藩に任せ、その北の中立売御門は福岡藩、さらに北の乾御門には薩摩藩を配した。

慶喜自身は禁裏の内門である建礼門前に、少人数ずつ出てきた諸藩の兵を集め、司令として陣取った。各門との伝令役には、会津藩士を用いた。

万全の態勢を敷いたところに、案の定、西方面から鬨の声が聞こえた。伝令が長州勢の襲来を慶喜に知らせた。敵が蛤御門に押し入ろうとして、会津藩と戦闘が始まったという。

まもなく西側の門の外で、火の手が上がった。敵の策としては、御所に火をつけるはずだったが、門が固く閉じられているために、町方に放火したらしい。火の粉が御所に燃え移るのを期待しているのだ。

折からの強風にあおられて、火の粉が激しく舞う。慶喜は消火も徹底させた。だが塀の外の町方には、たちまち燃え広がり、あちこちから半鐘の音が鳴り出す。

続いて福岡藩の苦戦が知らされた。中立売御門が突破されそうだという。慶喜は床几から立ち上がって告げた。

「薩摩藩に援軍を出させよ」

目の前の藩士たちにも大声で命じた。

「第一陣は中立売御門に向かえッ」

寄せ集めでも集団で動けるようにと、すでに第一陣、第二陣と組分けをしてあった。

その後も各門から戦況が知らされ、慶喜は采配を振り続けた。

町方の火事は、いよいよ燃え広がり、熱風が上昇気流となって、さらなる強風が吹き荒れる。その風が、また炎を勢いづかせ、もはや手のつけようがない。御所の周囲の夜空が、真っ赤に染まっていく。

各門から味方の優勢が知らされる。特に圧倒的多数の会津藩は力を発揮した。勢いに乗って、門の外まで討って出ていく者もいると聞いて、慶喜は伝令に厳命した。

「敵が逃げても追うな。守りに徹せよ」

日本人同士の殺し合いは、できるだけ避けたかった。恨みが恨みを呼んで、いつか内乱に発展しかねない。

そうしているうちに、敵の撤退が知らされた。近隣は燃え尽きて、塀の向こうの火の勢いが弱まり始めていた。

慶喜は全軍に勝利を知らせ、勝鬨をあげさせた。味方は沸きに沸いた。

しかし慶喜は町方の火事被害に心を痛めた。夜が明けて門から外に出ると、案の定、見渡す限りの焼け野原だった。真っ黒に焼け落ちた中で、ぽつりぽつりと倉だけが立っていた。

疲れ切って屋敷に帰ると、二条城から南は焼けずに残っていた。お芳は慶喜の顔を見るなり、駆け寄ってきた。

「よかった。無事で」

慶喜も、お芳を見て安堵した。

「そなたも」

そして気がかりを口にした。

「町の者たちは、無事に逃げただろうか」

「大丈夫だよ。大きい町の人たちは、みんな火事には慣れてるから。ちゃんと半鐘で、火元の見当もついたし」

慶喜は、そうであって欲しいと願った。

翌日から慶喜の采配が絶賛された。それが期せずして、諸藩の侍たちの口から全国へと拡散した。

当日、できるだけ多くの藩に声をかけたのは、長州藩に味方させないためだった。圧倒的に多数の藩が、過激な動きには反対したという実績を、争乱の中で一気に作ったのだ。

建礼門前の司令で、少人数の藩士たちを自分の目の前に置いたのは、寄せ集めで分散させては、効率的に動かせないからだ。戦後の評判を狙ったわけではない。

慶喜としては御所を守りきれたのは嬉しいし、誇らしい。町方の火事にしても、禁裏御守衛総督の守備範囲ではないし、そもそも放火したのは長州側だ。それでも広範囲の町を焼いたという後味の悪さは残った。

ほどなくして二条城に呼ばれた。登城してみると、老中の板倉勝静（いたくらかつきよ）が言った。

「長州に征討軍を出すことになりました」

慶喜は即座に反対した。

「その必要はない。長州勢は都を追われたことで、充分に痛手を被っている」

長州藩内でも過激派と穏健派が、しのぎを削っていると聞いている。今回の敗戦で、過激派は失速したに違いなかった。

板倉は、やや面長に鼻筋が通り、大きな二重まぶたが印象的だ。いかにもな大名顔で、深くうなずく。

「それは心得ております。ただ」

「ただ？」

「上さまが、なんとしても、長州をたたきのめせと仰せなのです。禁門の変の勢いに乗るべきだと」

あの時の攻防は禁門の変とか、蛤御門の変などと呼ばれ始めていた。町方では、火事がどんどん燃え広がったことから、どんどん焼けとも呼ばれている。

「それに一橋さまは、権現さまの再来と評判で、このまま一気に長州に攻め込もうと、江戸の者どもの鼻息が荒いのです」

慶喜は、はっきりと首を横に振った。

「畏れ多い評判だが、私は御公儀のために働いたわけではない。あくまでも朝臣として御所を守っただけだ」

そんな評判は、むしろ迷惑だった。

「それも重々、承知しているつもりでございますが」

板倉は幕府の中では、かなり朝廷寄りであり、家茂や、ほかの老中たちの有頂天ぶりを、なんとか抑えようとはしていた。

慶喜は、なおも反対した。

「長州は諸外国からも恨みを買っている。御公儀が長州を攻めるとなれば、それに合わせて、諸外国の軍艦が出動するだろう」

去年の攘夷決行以来、関門海峡の砲撃は収まらない。これに対して、イギリス、フランス、オランダ、アメリカの四カ国が連合艦隊を結成し、長州への報復の機会を狙っていた。

「長州藩が抵抗して、四カ国艦隊に完膚なきまでに負ければ、下関が香港になりかねぬ」

慶喜の猛反対を前に、板倉は目を伏せて、苦しげに言った。

「それでも、こちらとしては征討軍を出して、長州藩に謝罪させるなり、責任を取らせねば収まりません。上さまからの厳命ですので」

それも今回の慶喜の方法にならって、できるだけ多くの大名家に出動させるという。

「ここは、圧倒的な力を見せつけて、戦わずして勝利します。そこで諸外国とも話をつけます」

それから板倉は片手を前につき、やや遠慮がちに聞いた。

「その総大将を、引き受けていただくわけには、まいりませぬか」

「長州攻めの軍勢を、私に率いろと？」

慶喜には信じがたい申し出であり、即座に断った。

「私は禁裏御守衛総督の任にあって、都を離れられぬ。だいいち総大将は、上さまがなさるべきであろう」

家茂が長州を討ちたいというのだから、将軍みずから出陣すべきだった。

「いいえ、上さまがお出になりますと、長州を滅ぼすまで戦われましょう。戦わずして話をつける道が絶たれます」

確かに、それは避けるべき事態だった。

「それに、もしも一橋さまがこのお役目をお断りになれば、上さまは紀州さまにお命じになりましょう」

家茂の実家である紀州徳川家が主導するとなると、やはり厳しい攻撃が予想される。

慶喜は考えをめぐらし、別の人選を勧めた。

「御三家がよいのなら、尾張の慶勝どのがよかろう」

かつて徳川慶勝は、将軍継嗣問題で一橋派に属し、斉昭らとともに不時登城で隠居謹慎に処された。その時以来、藩主の座から離れているが、今もって尊皇派だと聞いている。それだけに長州藩に対しては寛大な態度が期待できる。

板倉は賛同し、結局、征討軍の総大将は尾張藩の徳川慶勝に決定した。軍勢は三十五藩から、十五万の兵が繰り出された。

慶喜は大軍による合戦が、これで最後になるだろうと予想した。

長州藩は外国嫌いのあまり、西洋砲術の導入が遅れている。一方、会津藩は千人を京都に常駐させるのに費用がかかって、輸入銃砲の買い入れができない。ほかの諸藩は、洋式軍備の必要性さえ認識していない。

だが四カ国艦隊が出動すれば、その威力に圧倒され、どの藩も、急いで洋式軍備に舵(かじ)を切るはずだった。これからは洋式銃砲の有り無しで勝敗が決まり、槍刀による大軍の出動は、意味をなさなくなるに違いなかった。

長州征討が進む中、九月になると渋沢栄一と喜作が、五十人の歩兵志願者を連れて、京都の一橋家に戻ってきた。全員、立派な体格の若者たちだった。

すぐに新式のライフル銃を、それぞれに持たせて、集団訓練に入らせた。その調練を、慶喜自身で検分した。

思えば、父が水戸で追鳥狩を始めたのは、二十四年前だった。島津斉彬が鹿児島で軍事調練を検分中に、暑さで急逝してからも、六年の歳月が経つ。

そして慶喜は今、自前の歩兵隊を持って、ようやく彼らと同じような立場に立てた気がした。それが「権現さまの再来」などと持ち上げられるよりも嬉しかった。

寒さが本格化する頃、原市之進が報告した。

「水戸から、よくない知らせがまいりました」

「天狗党か」

慶喜が聞き返すと、市之進はうなずいた。

「さようでございます」

天狗党は筑波山で挙兵した後、日光山の寺社に五十日も居座った。そこに続々と馳せ参じる者があり、一時は六百人にも膨れ上がったと聞く。

しかし急激な増加のために、狼藉者も混じってしまった。中には軍資金の調達のために、行きずりの町人を斬ったり、家々に押し入って金品を強奪したり、さらに町を焼き払ったりする一派も現れた。

水戸藩では手がつけられなくなり、幕府に援軍を求めて、藩と幕府の連合軍で天狗党を攻撃した。もはや天狗党は賊軍に成り下がったのだ。

京都で禁門の変が起きたのは、そんな時だった。天狗党は長州藩との連携を狙っていたため、長州敗退の知らせに、一挙に勢いを失った。

すでに慶喜は、そこまでは耳にしていた。

「それで天狗党が、いかが致した?」

話を促すと、市之進は言いにくそうに口を開いた。

「関東に居場所を失って、残党が西に向かって逃げたそうです。今も捕まっていません」

「まだ藤田が率いているのか」

それは亡き藤田東湖の四男、藤田小四郎(こしろう)のことだった。安政の大地震で死んだ父に似て秀才と評判であり、一時は一橋家にいたこともあった。しかし今年、天狗党を立ち上げた張本人だ。

「いいえ、藤田どのは若年という理由で、大将は別の者に譲ったようです」

藤田小四郎は二十三歳だ。

「大将は、私の知る者か」

「はい」

市之進は、ひと呼吸、置いてから言った。

「武田耕雲斎どのです」

慶喜は思わず目を閉じた。

武田耕雲斎は、慶喜に二度目の上洛を勧めた後、水戸に戻っていた。それからは藤田小四郎など過激な若者たちの、抑え役にまわっていたはずだった。なのに大将に担がれてしまったとは。

「街道筋の噂ではありますが、耕雲斎どのが率いるようになってからというもの、天狗党の悪行は鳴りを潜めたようです」

市之進は耕雲斎に同情的だが、放火や人斬りの事実は消せない。慶喜は呆然（ぼうぜん）とつぶやいた。

「いったい耕雲斎は、どこへ行こうとして」

途中で答えに気づいた。西に向かったということは、目指すは京都に違いない。

「耕雲斎は、私に助けを求めて？」

するとと今まで歯切れが悪かった市之進が、きっぱりと否定した。

「いいえ、殿が天狗党をお認めにならぬことは、耕雲斎どのは百も承知でしょう。おそらくは」

また言いよどんでから続けた。

「おそらくは、死に場所を探しているのではないかと」

慶喜は即座に聞き返した。

「私に命じろと言うのか。耕雲斎に死ねと」

市之進は黙り込んでしまった。肯定にほかならない。

「なぜ耕雲斎は今さら、天狗党の大将を引き受けたのだ？　行き場もなく、もう末路はわかっているのに」

市之進は苦しそうに答えた。

「断り切れなかったのでしょう。藤田どのから頼まれて」

思わず声を荒立てた。

「断ればよいであろうッ。さもなくば水戸で揃って腹を切れば、よかったではないかッ」

拳を握りしめてつぶやいた。

「私は平岡を失った上に、今度は耕雲斎まで」

平岡円四郎の死を、耕雲斎も知っていたはずだ。四ヶ月半前の事件であり、水戸で話題にならなかったはずがない。

あれほど自分のために尽くしてくれた耕雲斎を、救ってやることができない。その情けなさと、天狗党への苛立ちが入り混じり、立ち上がって、床の間の柱に顔を向けた。

そして右の拳を固め、力いっぱい柱をたたいた。背後に市之進がいるのに、もはや感情を抑えられない。何度も何度も、柱に苛立ちをぶつけるしかなかった。

慶喜は天狗党鎮圧の勅命を得て、十二月三日に京都を出た。新設したばかりの一橋家歩兵隊と、会津藩、桑名藩、加賀藩など各藩兵を従えての出陣だった。一行は琵琶湖畔に至り、そこで滞陣した。

天狗党は雪深い中山道を通り、途中から北上して、今は越前の敦賀辺りにいるはずだった。追いかける幕府軍とは、すでに信州を通過する際に刃を交えている。

慶喜が出陣したことで、拒絶の意志は、武田耕雲斎に伝わったはずだった。いよいよ天狗党は行き場がなくなった。

すると耕雲斎は降伏状を、加賀藩宛に送ってきた。本来なら慶喜宛に差し出すべきものだが、受け取ってもらえないと判断したらしい。会津は幕府に絶対服従だし、桑名は容保の実弟が藩主だ。この二藩では幕府軍に降るも同然であり、消去法の末に加賀藩を選んだに違いなかった。

さっそく慶喜は、率いていた加賀藩の軍勢を敦賀に赴かせた。しばらくすると、天狗党全員の身柄を確保し、敦賀の寺社に収容したと、早馬で知らせが来た。ほぼ同時に、幕府軍も敦賀に追いついたという。

慶喜は心を鬼にして早馬の伝令に告げた。

「加賀の者たちに申し伝えよ。天狗党は全員、幕府軍に引き渡せと」

幕府軍に身柄が渡ったら、待っているのは紛れもなく極刑だ。朝廷に対しても幕府に対しても、逆賊として死んでいく。慶喜としては、それは覚悟の上だった。

慶喜は寒風吹きすさぶ琵琶湖畔に立ち、北に連なる白い山並みを見つめてつぶやいた。

「敦賀は、どれほどの雪だろうか」

耕雲斎以下の天狗党全員が斬首されたと聞いたのは、慶喜が京都に戻ってからだった。

それから間もなく、尾張藩主導による長州征討が決着した。当初の思惑通り、長州の国元を諸藩の大軍が取り囲んだ時点で、全面的に降伏したのだ。

同時にイギリス、フランス、オランダ、アメリカの四カ国が艦隊を組み、あっという間に下関を落とした。その結果、長州藩内では過激派が失脚し、穏健派が取って代わった。

八章　天保山沖

天狗党の降伏から九ヶ月あまり後の慶応元（一八六五）年九月二十五日、天保山にそびえる物見櫓の階段を、慶喜は駆け登っていた。頂上に設けられた見晴台まで登りきると、眼下に朝凪の大坂の海が広がった。

天保山は天保年間に、淀川などの川底の土砂をさらって、盛り上げた海辺の小山だ。高さはないものの、手前の岸辺には、たくさんの帆掛け船が帆柱を倒して浮かんでいるのが一望にできる。漆黒の幕府軍艦も数隻、寄り添って停泊していた。その先の青い海面には、無数の小舟が行き来する。

先に登った原市之進が、最新鋭の双眼鏡を慶喜に差し出した。

「戌の方角が、兵庫沖になります。異国船が居座っているのが、ご覧になれます」

慶喜が目に当ててみると、ふたつの円が重なって、ひとつに見えた。言われた通り、正面から少し右に向くと、山並みの手前の海域に、洋船が何隻も重なって見えた。

慶喜は双眼鏡を目から離して聞いた。

「何隻いる？」

「イギリス船が四隻、フランス船が三隻、オランダ船が一隻、ぜんぶで八隻です」

「兵庫沖から、ここまで、どれほど離れている？」

「五、六里と聞いています」

「異国船が、ここまで来る時間は？」

「蒸気を焚いて、錨を抜けば、ほんの半時もかからぬかと」

異国船が兵庫沖に錨を下ろしたのは九月十三日のことだった。去年、下関を攻撃した四カ国艦隊の中から、アメリカ以外の三カ国が新たな艦隊を組んで、大坂湾に侵入したのだ。

だが、その事実を慶喜が耳にしたのは、十日も経ってからだった。

慶喜は禁裏御守衛総督と同時に、摂海防禦指揮という役職も、朝廷から賜っている。摂海とは大坂湾のことであり、もし外国船が湾内に侵入してきた場合に、幕府と諸藩の海軍を束ねて追い払う立場だ。

ここのところ慶喜は、幕府との間に距離を置いている。長州征討に反対し、ちょうど天狗党の件と時期が重なったこともあって、まったく征討には関わらなかった。

だから慶喜が摂海防禦指揮として命令を発したところで、おそらく幕府の軍艦は動かせない。幕府海軍は諸藩の海軍を、はるかに凌ぐ規模だ。それを従わせられないとなると、摂海防禦指揮といっても名ばかりだった。

それでも三カ国艦隊侵入の事実を知るなり、すぐさま慶喜は原市之進を大坂に先行させ、来航の意図などを調べさせた。

慶喜自身は一橋家歩兵隊の精鋭を従えて、京都の屋敷を出て、伏見から川船に乗った。そして昨夜のうちに宇治川と淀川をくだって、今朝方、大坂までやって来たのだ。

物見櫓の上で、慶喜は双眼鏡を原市之進に返した。

「異国船来航の目的は通商条約の勅許か?」

かつて井伊直弼が勅許を得ずに通商条約を結んだために、あらゆる外交がもたついている。とっくに貿易は始まっているのに、まだ無勅許の問題を引きずっていた。その事実に諸外国が気づき、それなら早く勅許を得ろと、幕府をせっつき始めている。

市之進は双眼鏡を受け取って、首を横に振った。

「いいえ、条約の勅許ではなく、どうも兵庫の早期開港を、御公儀に迫っているようです」

「兵庫の?」

井伊直弼が結んだ通商条約では、横浜とともに兵庫開港が約束されていた。だが京都に近いため、特に朝廷の反発が強く、兵庫開港は延期されてきた。しかし開港の期日まではには、あと二年あるはずだった。

「何故に早めようというのだ？」

「はっきりとはわかりませんが、この春、アメリカで南北戦争という内乱が終わり、そこで使われた武器を、売り込もうという魂胆とも聞きました」

「それなら長崎や横浜に持ち込めば」

すむ話だと言いかけて、慶喜は悟った。武器を長州に売りさばくつもりに違いなかった。

今や長州藩も新型銃砲の価値に気づき、大量に買い入れたがっている。だが長崎は幕府の直轄地で、昔から監視が厳しく、長州藩は輸入銃砲を手に入れられない。横浜も江戸に近くて、長州まで運ぶとなると目立つ。でも兵庫ならば、密かに瀬戸内海を通って運べそうだった。

「やはり諸外国は、あちこちに武器を売りつけて、大きな内乱を狙っているのだな」

「そうだと思います」

「幕府海軍の現場は、どう考えている？　勝海舟に話を聞いたか」

「海舟どのは江戸で謹慎に処されています。海舟どのだけでなく、軍艦の艦長など、主だった者たちが、いっせいに海軍から追われたようです」

「なぜだ？」

「こぞって長州征討に反対したようです。幕府海軍は諸外国に対抗するためのものであり、長州を攻撃するのは、わが身を傷つけることになると」

もし出動命令が出ても、従わないと公言したという。

長州征討は尾張の徳川慶勝が大将を務め、諸藩の連合軍が出陣したために、結局、幕府は自前の海軍も陸軍も出さずにすんだ。だから艦長たちの主張は表沙汰にならず、慶喜の耳にも入ってこなかったらしい。

「それにしても」

慶喜は言葉を失った。わが身を傷つけたくないという理屈はわかる。だが海軍がこぞって主家の命令を拒むとは、もはや幕府は身内すら制御できていない。

ましてや幕府海軍は強大だ。これが暴走したら手がつけられなくなる。もはや帝直属の日本海軍として、できるだけ早く編成し直さなければならなかった。

慶喜は市之進に聞いた。

「兵庫開港について、三カ国艦隊への返答期限は、いつだ?」

「今月いっぱいです」

九月は小の月で二十九日までしかない。あと四日で、開港問題を片づけなければならなかった。

「わかった。すぐに大坂城にまいろう」

慶喜は物見櫓から駆け降り、下で待っていた歩兵隊の精鋭を率いて、天保山から大坂城へと急いだ。

　思い返せば、慶喜は外国との関わりの荒波の中で生きてきた。

　八歳の時が最初だ。父が追鳥狩と称して、異国船対策の軍事調練をしたために、幕府から謹慎を命じられた。

　二十二歳の時には将軍継嗣問題が起き、井伊直弼の通商条約調印にからんで、その渦中に巻き込まれた。

　二十七歳になると、生麦事件の賠償金支払いのために、攘夷決行すると嘘までついて、イギリスとの戦争を回避した。

　その次が横浜鎖港問題だった。幕府は談判の使節団を、ヨーロッパに送り出して一段落ついたものの、案の定、交渉の難航が現地から伝えられてきた。

　同じ頃、慶喜のほかに、容保や島津久光など四人が、朝廷から朝議参与という地位を拝命した。その顔ぶれで御所内に集まり、鎖港について話し合うことになった。

　慶喜は、この朝議に大きな期待をかけた。鎖港問題を機に、以前から理想としていた新体制が、実現するかと胸を高鳴らせたのだ。

　だが始まってみると、深く失望した。大名たちは些細(ささい)なことに固執して、話し合いが進まない。それどころか島津久光に至っては朝議を牛耳って、幕府に取って代わろうという野望さえ見え隠れした。相変わらず口をへの字に曲げ、横柄な態度で押し通す。

この体制に、むしろ慶喜は危険を感じた。そこで久光ひとりを攻撃するのではなく、酒席で酔ったふりをして、四人の参与全員を罵倒した。あえて傍若無人を演じたのだ。

その結果、久光らは嫌気を覚えて帰国し、新体制は、わずか四ヶ月で崩壊した。

これには、もうひとつねらいがあった。有力諸藩が集まったところで、横浜鎖港など不可能だと、帝や攘夷派の公家たちに強烈に印象づけたのだ。以来、横浜鎖港問題は誰も口にしなくなった。事実上、開港したままの現状維持で収まったのだ。

しかし、まだ重大な問題は残っている。それが兵庫開港だった。ただし二年も先の話で、よもや外国の方から圧力がかかろうとは、予想外のことだった。

慶喜は自覚している。自分は策士だと。この力を用いて、今度の荒波も乗り越えるのだと、改めて決意した。


天保山の物見櫓から大坂城におもむき、慶喜は家茂の御前で、老中たちから話を聞いた。家茂は四ヶ月前に三度目の上洛をしており、以来、大坂城に滞在していた。

老中の松前崇広(まつまえたかひろ)が、額にうっすらと汗をにじませて言う。

「一昨日、阿部どのとふたりで、兵庫沖の異国船におもむきまして、各国の代表と話をしてまいりました」

阿部どのというのは同じ老中の阿部正外だ。やはり硬い表情で、松前の隣に座っている。

「特にイギリス公使のハリー・パークスが、強硬に兵庫の早期開港を求めております。返答の期日は今月いっぱいです」

原市之進が聞いてきた通りだった。慶喜は探るようにたずねた。

「あと四日で、どうするつもりか」

松前は言いにくそうに答える。

「今さら帝に、お伺いを立てている余裕はありませんので、公儀として開港に応じるしかございません」

幕府の独断という形で、諸外国の艦隊に屈するという。井伊直弼のやり方を踏襲することになる。だが、あの強引さが、そもそもの騒擾の原因だった。

慶喜は、きっぱりと首を横に振った。

「それはならぬ。そんなことをしたら、また長州が逆上して暴走する」

だが松前も負けじと言い返した。

「そうなる前に、もういちど長州を攻めます。すでに長州の国元では、妙な動きがありますので、早めに芽を摘んでおく方が、よろしいかと」

長州藩内で過激派の巻き返しが始まっており、そのために幕府では、二度目の征討を検討しているという。

慶喜は驚いた。前回は禁門の変の懲罰という理由があった。その罪状は赦されたわけではなく、長州藩は今なお入京を禁じられている。そんな状況で過激派が巻き返すのは、確かに危険ではある。それでも何も起きないうちに再討とは、大義名分がない。

「そのような理由なき出兵など、従わぬ大名が現れるであろう」

慶喜は口調を強めた。

「それどころか、長州に追従して、公儀に刃向かう大名も現れるかもしれぬ。それらが勢いづけば、大変なことになる」

三カ国艦隊の要求に応じて、兵庫を早期に開港すれば、いよいよ幕府の弱腰が批判され、諸藩に見限られる。それでいて幕府も無力ではないし、大規模な内乱が起きかねない。

「だいいち再征討といっても、尾張どのは大将を引き受けぬであろう」

前回大将の徳川慶勝が断るのは明白だった。すると松前は、ここぞとばかりに胸を張った。

「再征討の大将は、どなたにも任せませぬ。上さまご自身が采配を振るわれますので。このたび江戸から、お出ましになられましたのも、そのためでございます」

家茂の三度目の上洛は、通商条約の勅許を得るためだと、慶喜は思い込んでいた。だが長州再討のためだったとは。まして、そこまで長州征討が具体化していようとは。そうなると出陣の時期も、そう先ではない。

松前は、なおも余裕の表情で言う。

「上さま直々のご出陣となれば、諸大名は従わぬわけにはまいりません」

将軍は、すべての武家に君臨する立場だ。それは朝廷から保証されている。将軍自身の出馬による再征討は、その立場を天下に示す効果はありそうだった。

慶喜は半信半疑で、直接、家茂に聞いた。

「上さまは、それでよろしいのですか」

家茂は一段高い御座所に正座している。だが顔色の悪さは、はっきりと見て取れた。

「本当に采配を振るわれるのでございますね」

もういちど慶喜が答えを促すと、一同が息を呑むことが起きた。家茂は、ぽろりと涙をこぼしたのだ。

「もしや上さまは、お気が進まぬのでは」

すると松前が声高にさえぎった。

「一橋さま、ご無礼でありましょう」

慶喜が言い返そうとした時だった。家茂が涙目で席を蹴って立ち、控えの間に駆け込んでしまったのだ。

将軍ともあろう者が人前で涙を流し、まして大事な相談中、結論も出ないうちに逃げてしまうとは、驚くばかりだ。

この時、慶喜は初めて痛感した。かつての将軍継嗣問題の時に、自分は積極的に出るべきだったと。幕府始まって以来の難局を、とうてい家茂は対処できない。斉昭をはじめ一橋派は、この日を予測できていたのだ。

家茂がいなくなった座敷は静まり返った。松前は、いかにも慶喜が悪いと言いたげで、恨みがましい表情だ。

沈黙を破ったのは、もうひとりの老中、阿部正外だった。

「実は、パークス公使が求めているのは」

言いかけたのを、また松前が制した。

「阿部どの、それは」

阿部は穏やかに言った。

「いえ、一橋さまにも、きちんとご理解いただきましょう。実はパークスは、通商条約の勅許を求めているのです」

慶喜は、やはりと思った。阿部は勢い込んで話す。

「兵庫を早期開港せぬのなら、イギリスは今後、外交交渉は、直接、朝廷と行うと申しております。条約の勅許も、自分たちが取ると。そんなことをされたら、公儀の存在意義がなくなります。ですから兵庫開港に踏み切るしかございません」

　慶喜は内心、朝廷と諸外国が直接交渉するのであれば、それも悪くないと思った。だが一歩間違えると、外交窓口がふたつになってしまい、国家的な混乱を招く。

　慶喜は思い切って申し出た。

「わかった。では私が京都に戻って、通商条約の勅許を頂いてまいろう。帝みずから条約をお許しになれば、諸外国も文句はあるまい」

　松前は鼻先で笑った。

「勅許が頂けるのであれば、苦労はありません。井伊大老による条約調印から七年。その間、どれほど苦労を重ねても、勅許は下されませんでした。それを、あと四日では」

　慶喜にも確固たる自信があるわけではない。それでも冷静を装って答えた。

「確かに、あと四日では難しい。それゆえ期日を延ばすよう、パークスに申し入れよ。あと十日あれば、きっと勅許を頂いてまいる」

　すると阿部正外がうなずいた。

「かしこまりました。まずは期日を十日だけ延ばして、あとは一橋さまに、お任せします」

　やれるものなら、やってみろという態度だった。

慶喜は京都に帰り、宮家や公家の屋敷を奔走して、個別の説得にあたった。通商条約勅許もやむなしという雰囲気を、あらかじめ作ってから、朝議に挑まねばならない。

だが、そんな最中、とんでもない知らせが大坂城から飛び込んできた。家茂が江戸に向けて出発したというのだ。

すぐさま慶喜が大坂に戻りかけたところ、ちょうど伏見で、東に向かう一行と行き合った。家茂は目を伏せ、言葉少なに語った。

「もう私には将軍は無理だ。後は、そなたがやるがいい」

慶喜は怒鳴り出したい思いをこらえて、必死にかき口説いた。

「お待ち下さい。かならずや私が帝から条約勅許を頂きますので」

家茂が落涙した時に、自分が将軍を務めるべきだったかと、一瞬、思いはした。だが今、こんな混乱のさなかに、将軍辞職などと言われても、困惑するばかりだ。

「いや、もう帝には、お伝えしてきた」

すでに家茂は条約勅許と兵庫開港、それに自身の将軍職返上を、書面で朝廷に願い出たという。慶喜は、その点を逆手に取って説得した。

「ならば、そのお返事を待たねばなりません。どうか、このまま二条のお城に」

結局、なんとか一行を二条城に入れることができた。

そうしているうちに日は過ぎていき、条約勅許か兵庫開港かの朝議が、十月四日に開かれることになった。三カ国艦隊への回答期限は十月七日まで延長したものの、朝議から三日しかない。

こうなったら何が何でも、十月四日に勅許を得なければならない。慶喜は追いつめられたことを自覚した。

さらに大坂城から知らせが届いた。パークスらは艦隊を兵庫沖から、大坂の天保山沖に移したという。いよいよ武力で脅しをかけてきたのだ。

十月四日当日、慶喜は朝議の場で、状況を公家たちに説明して、通商条約への勅許を求めた。すると内大臣の近衛忠房が首を横に振った。

「そないに大事なことは、私らには、よう決められません。諸侯を集めて、話し合うてもらわへんと」

以前、慶喜が崩壊させた有力藩による会議を、復活させろという。近衛は薩摩との関係が深い公家であり、発言は島津久光の意向に違いなかった。

ほかの公家衆も、あらかじめ根まわしした段階では、悪くはない感触だったにもかかわらず、誰も慶喜に味方しない。これが公家というものかと、内心、歯がみした。それでも、ここで引く訳にはいかない。

「諸侯を集めるためには、半月はかかりましょう。でも外国艦隊は、これ以上、待ちません。七日に返答しなければ、天保山沖から上陸してまいりましょう」

近衛が気色ばんだ。

「それを追い払うのが、摂海防禦指揮のお役目やないですか」

慶喜は、その指摘は予想済みだったが、突然、話題を変えた。

「イギリスにはアームストロング砲という最新鋭の大砲がございます。少々、面倒な説明になりますが、どうか、お聞きください」

聞きかじりの知識だったが、堂々と語った。

「今までの大砲は、火薬も弾も砲口から奥に差し入れます。一発撃つと、中に火薬の灰が残りますので、砲口から水を入れて中を洗い、砲口を下げて水を流し出さねばなりません。そして毎回、狙いを定め直すのです。でもアームストロング砲は、砲身の手前、尻の部分が開け閉めできます」

だから火薬も砲弾も、手元で装着できるし、排水のために砲口を下げずにすむ。そのため、いったん狙いを定めたら、そのまま連射できる。画期的な武器だった。

「一昨年の薩英戦争でも、イギリス軍艦はアームストロング砲を使ったそうです。でも、きわめて精密な大砲で、艦上で爆発事故が起き、それで艦隊の旗色が悪くなったと聞いています。でも、あれから二年が経っており、今のイギリス軍艦は改良したものを載せています」

公家たちは大砲の話など、興味なさそうにしている。それでも慶喜は話を続けた。

「アームストロング砲の弾は半里は飛び、確実に的に当たります。残念ながら幕府や諸藩の持つ大砲では、とうてい届かぬ距離です」

そこで、いったん言葉を切り、一同を見まわしてから続けた。

「それでも戦えと仰せでしたら、もちろん戦います。命は惜しみません。でも敵は私どもの屍(しかばね)を越えて、かならずや都に向かってまいりましょう」

近衛が苛立たしげに言った。

「何を弱腰なことを言わはります。異人が上陸しようとしたら、それを片端から斬り殺せば、すむことやないですか」

それは攘夷派たちが、たいがい口にすることだった。日本中の武士が水際で待ち構えて、鋭い槍や刀で襲いかかれば、かならずや上陸を阻止できると。

慶喜は片頬を緩めた。

「申し訳ございませんが、太刀打ちはできません。敵の軍艦が淀川をさかのぼってきたら、大坂城は完全に破壊されます。都の外れまで迫られたら、御所も集中砲火を受けます。禁門の変の時のようにはまいりません」

御所が直撃を受けると聞いて、さすがに公家たちの顔色が変わった。

慶喜は切り札を出した。

「パークスは、もう幕府を相手にしていません。朝廷と直接交渉したいと申しています」

　家茂が辞職を願い出たことを、ここでも逆手に取った。

「将軍も力及ばず、辞めると申しています。今後、われらが死に絶えて、異人たちが都まで進軍してきましたら、どなたかが交渉に、お立ちくださいませ」

　また一同を見まわすと、誰もが下を向いていた。慶喜は手応えを感じつつ、言葉を続けた。

「今、兵庫を開港するのは、皆さま、ご心配でしょう。ですから、その件はさておき、まずは、すでに結ばれている通商条約に、勅許をお願い致します。さすれば今、天保山沖に迫っている艦隊は、すぐに追い払えます」

　気がつけば夜が明けていた。夜通し話し合いが続いており、公家たちは疲れ切っている。それを見極めて、もうひと押しした。

「どうか、条約勅許の件を、帝に、お願いして頂きとうございます」

　ここまで来ると、もはや反対する者はいなかった。

　その朝、慶喜は帝に拝謁し、同じ説明を繰り返して、とうとう条約勅許を得た。すぐに二条城に急ぎ、大坂城に早馬を出して、結果を知らせた。七日の回答期日には間に合ったのだ。

　慶喜が自邸に戻ると、お芳が待ち構えており、おそるおそる聞いた。

「どうだった？」

そこで初めて破顔した。

「うまく、いった」

お芳にもたれかかると、そのまま畳に倒れ込んだ。もう立っていられないほど疲れ切っていた。

思えば通商条約調印から七年。その間、誰にもできなかった勅許獲得を成し遂げた。世の騒擾の大元を、とうとう取り除けたのだ。それが慶喜には嬉しくて嬉しくて、たまらなかった。

勅許が下された翌年六月七日、長州への再征討が始まった。家茂は現地入りこそしないものの、大坂城で指揮を執る形で総大将を務めた。

だが、その翌月、老中の板倉勝静が、きわめて硬い表情で現れた。

「まだ秘しておりますが、七月二十日に」

いったん言葉を切ってから続けた。

「上さまが、みまかられました」

慶喜は信じられなかった。

「将軍が亡くなられた？　まさか」

一瞬、自殺ではないかと疑った。兵庫開港の時にも涙を流したり、将軍を辞めると言い出したりと、不安定だっただけに、考えられないことではない。

しかし板倉は別の死因を告げた。

「衝心でございました」

衝心とは脚気（かっけ）が悪化し、急に呼吸困難に陥り、心肺停止に至る病気だ。

板倉は硬い表情を崩さずに言った。

「一橋さまにおかれましては、どうか将軍家を、お継ぎください」

慶喜は即座に首を横に振った。

「できぬ」

自分が将軍になっていればよかったと、かすかに悔いたことはある。だが家茂は自分よりも九歳も下で、まだ二十一歳の若さだった。よもや、これほど早くに亡くなって、お鉢が自分にまわってこようとは、夢にも思っていなかった。

板倉は平身低頭した。

「なにとぞ、お引き受けください。これは老中全員の総意でございます」

慶喜は、なおも突っぱねた。

「ほかに頼めばよい。田安にでも」

御三卿の田安家当主は、わずか四歳の男児だ。それでも子供の将軍の方が、老中たちには都合がいいはずだった。

「一橋さま、本気で仰せですか。幼すぎて務まりません」

「ならば、水戸に私の弟で、まだ養子に行っていない者がいる。十四歳だ。ちょうどよかろう」

するとと板倉は腹立たしげに言った。

「十四歳でも無理でございます。みずから判断できなくては、この難局を乗り越えられません。今すぐ長州征討を引き継がねばなりませんので」

今回の再征討にも、慶喜は前回同様に距離を置いてきた。そのため冷ややかに答えた。

「私は最初から、長州を討つのは反対だった。今、もし私にできることがあるとすれば、即刻、兵を引く。それだけだ」

すると板倉は、待っていたとばかりに食いついた。

「それで、けっこうです。どうか長州と講和して、戦を終えていただきたい。今は討つにも引くにも、命令を下す方がおらず、どうすることもできぬのです」

「ならば私は一橋家当主のまま、総大将の代理として講和をする形でもよいのか」

「とりあえずは、それだけでも」

「だが、将軍から総大将を引き継ぐための、表向きの理由がない。下手をすれば将軍の死が知れ渡り、いちじるしく講和が不利になるぞ」

「そう思われるのであれば、総大将の代理ではなく、どうか将軍職そのものを、お引き受けくださいませ」

結局、慶喜は口をつぐんで、何も答えなかった。

しかし、たちまちのうちに、慶喜が長州問題を穏便に収めるらしいという噂が広がった。帝も期待を寄せているという。板倉は喪は秘すと言っていたが、それも、すでに漏れている気配があった。

さすがに慶喜は慌てた。歴代の将軍は徳川家から願い出て、帝から将軍宣下がなされてきた。だが今の様子では、先に帝が動く可能性もある。そうなれば拒否できなくなる。

急いで板倉を呼んで言った。

「総大将代理として長州の決着だけはつけよう。ただし条件がある」

板倉は目を輝かせて聞いた。

「何でございましょう」

「私が長州の件を収めている間に、徳川宗家の跡継ぎを決めよ。子供でもよい。そして、もう朝廷に将軍宣下を願い出るな。帝の下で一大名となり、諸大名と同格になるのだ」

さすがに板倉は言葉を失った。徳川家の当主になるということは、将軍になることと等しいと、誰もが思い込んでいる。慶喜は初めて、それを分けて考えたのだ。

「それでよければ、長州の決着に関しては、責任を持とう。私が将軍の代わりに現地に出陣すると、諸大名に知らせよ。大打込(おおうちこみ)とでも称するがいい」

穏便な措置になることが、あらかじめ長州側に知られたら、講和が不利になる。そのために、まず大上段に構える必要があった。あえて大打込と称するのは、かつてのぶらかし術や尊皇攘夷のように、ひと言で伝えるためだった。

もう一点、念のために釘を刺した。

「誤解なきように、もういちど申す。私は将軍は引き受けぬ。私が引き受けるとしたら、長州征討を終えるだけでなく、徳川家そのものも大幅に縮小する」

かつて渋沢栄一が人減らしの必要性を、慶喜に訴えたことがある。徳川家として無駄な旗本を抱えている限り、新しい時代は迎えられない。

「かしこまりました。すぐに、ほかの老中に伝えます」

板倉は当惑顔ながらも、大坂城に帰っていった。

その日、慶喜は原市之進に相談した。

「ここのところ公家の間で、王政復古という言葉が使われる。まだ幕府がなかった時のように、帝が直々に政治を執り行うという意味だ。そなた、どう思う？」

「殿は、それでよろしいと、お考えなのでございましょう。私も同感でございます」

「そうか」

もうひとつ別の質問をした。

「幕府がなくなったら、だれが代わりに役目を果たせるかと案じる向きもあるが、その点は、どうだろう」

　かつて慶喜は有力諸侯による新体制を夢見た。だが島津久光などとともに朝議参与を務めて、うまくいかないことを痛感した。結局、大名家では自分の御家大事で、そこから抜け出せないのだ。ならば誰が政治を司るかとなると、答えが見つからず、不安が残る。

　市之進は少し考えてから答えた。

「身分を問わずに、能力次第で抜擢すれば、できる者が現れましょう。渋沢栄一を見ていると、そう思います」

　それは慶喜も気づいていた。栄一は農家の出ながら、学識も実行力も出色だ。一橋家歩兵隊を組織した後は、一橋家の家政に関わっている。各地に散らばる領地の産物を売り出すなど、次から次へと新しい仕事を探し出しては、格段に収益を上げている。

「あのような者こそ、これからの時代に力を発揮するのだろうな」

　この先、幕府が倒壊するとしたら、膨大な数の浪人が世に放たれる。そんな時にこそ、栄一に期待したかった。栄一なら、いくらでも新しい分野を見つけては、浪人たちに仕事を振り分けられそうだった。

　栄一のような人材は、きっと諸藩にもいる。かならずや政治も任せられると、慶喜は信じることにした。

家茂の死から九日後の七月二十九日、一橋慶喜のままで総大将代理を引き受けた。八月八日には参内し、禁裏御守衛総督と摂海防禦指揮を返上した。将軍の喪は秘したまま、慶喜が大打込に出ると広く布告した。

その一方で、長州へ停戦交渉役を派遣することにした。ただし秘密裏に行動させなければならない。幕臣たちに知れたら、和議などとんでもないと、暗殺されかねない。危険な役目だった。

誰か適任者がいないかと、内々に探しているうちに、幕府方の小倉城が落ちたと知らせが来た。関門海峡を隔てて下関の対岸、九州側の城だ。今回は幕府海軍も出動しているはずだったが、関門海峡は潮の流れが複雑で、地の利のある長州側が有利だったという。

さらに九州の諸大名が、長州征討に及び腰なことも明らかになった。小倉の近くまで進軍してきても、そこで滞陣してしまう。原因は薩摩藩だった。まっさきに出陣してくるはずの九州最南端の大藩が、国元から出てくる気配がないのだ。おのずから、ほかの藩は様子を見る。

旗色の悪い時の講和は不利になる。だが慶喜は、もともと終戦のために総大将代理を引き受けたのであり、今さらためらう必要はない。大打込の宣言によって、表面上は勢いを見せておき、水面下で和議を結ぶ心づもりだった。

そんな時に原市之進が言った。

「長州への密使ですが、勝海舟どのは、いかがでしょう」

あれから謹慎が赦されて、軍艦奉行に復帰したという。海舟の海軍術の弟子たちには、脱藩浪人たちが多く、そこから長州にも顔が利く。今は京坂に来ていた。

慶喜はふたたび参内して、征討軍の撤兵を願い出た。万事、穏便策を好む帝は、すぐに了承した。

その夜、慶喜は海舟を屋敷に呼んで、本人に交渉役を打診した。すると即答だった。

「お任せくださ い。なんとしても和議を結んでまいります。軍艦で行けば、日数もかかりませんし」

翌朝には和議の条件を、箇条書きにして持ってきた。かなり長州藩に甘い内容ではあったが、海舟は自信満々で言う。

「譲歩する時には、思い切って譲歩すべきです。そうでなければ戦い続けるかです」

慶喜は海舟の態度に、今度も違和感を覚えた。どことなく反りが合わない。しかし急いで派遣しなければならず、ほかに適任も見つかりそうにない。遅くなれば、将軍の崩御や撤兵の噂が広まって、長州側が勢いづく。

「わかった。そなたに任せる。すぐに出かけよ」

命令を下すと、海舟は深々と平伏した。


翌日、さっそく板倉勝静が屋敷に現れ、また平身低頭した。

「徳川宗家を継いで頂く方を、八方手を尽くして探しました。でも、どなたにも、どうしても引き受けて頂けません」

特に小倉での敗戦が知れ渡り、いよいよ引き受け手がいないという。確かに今、徳川宗家を継ぐのは、明らかに貧乏籤だった。

「宗家の当主が決まらぬ限り、喪は公にはできませぬ。一日も早く、上さまの御遺体を軍艦で江戸にお戻しして、葬儀を執り行って差し上げたいのです」

家茂が亡くなって、かれこれひと月が経とうとしている。まだまだ残暑の厳しい日もあるのに、遺体はどうしているのか。罪人のように塩漬けにされているのか。それとも棺桶の中で腐敗するに任せているのか。聞くのさえはばかられる。

家茂とは、はからずも将軍継嗣問題で対立して以来、とうとう最後まで相容れなかった。警戒され、嫌われている自覚もあった。でも亡くなって、ひと月も葬ることができないのは、さすがに哀れだった。

板倉は目に涙を浮かべて哀願する。

「どうか、早く江戸にお連れできるように、一橋さまに、お願いするばかりです」

そう言われると心が痛い。でも宗家を引き継げば、次は将軍という話が、かならず出る。それを思うと、どうしても承諾できなかった。

その夜、慶喜は燭台に火を灯し、ひとり座敷の上座で考えた。いったい自分は何をしたいのかと。

禁裏御守衛総督は帝から拝命したこともあって、やりがいがあったし、誇りの持てる役目だった。摂海防禦指揮は思うようには務められなかったが、名目としては幕府諸藩の軍艦を、すべて従える立場だった。

守る対象は、御所と大坂湾という限られた場所ではあったものの、禁裏御守衛総督は幕府諸藩の陸軍の束ね役であり、摂海防禦指揮は海軍の束ね役だった。

今後、帝の下で、日本陸軍と日本海軍を組織する必要がある。幕府と諸藩の軍備の垣根を取り払って一本化し、諸外国に対抗するのだ。軍がひとつにまとまれば、内乱の心配はなくなり、外国の侵略から日本を守れる。それこそが本当の攘夷だった。

できることなら自分は、その束ね役を務めたい。今までの延長として、守るべき地が御所や大坂湾から、日本全体へと拡大されるのだ。これほど誇らしい役目はない。務め上げる自信もある。ほかに任せられる者がいるとも思えない。父の遺言にも応えられる。

「でも」

慶喜は、また基本に立ち返った。

「日本陸軍と日本海軍の頂点と、今の将軍とは、どこが違うのか」

そもそも将軍は、日本のすべての武士の束ね役を、帝から託される立場だ。ならば今、慶喜が憧れる日本陸海両軍の頂点と、同じなのではないか。かつて藤田東湖からも、そう教えられた。

慶喜は首を横に振った。

「いや、違う」

板倉から頼まれている将軍は、あくまでも徳川将軍であり、旗本八万騎という無駄な集団がついてくる。そこを切り離すわけにはいかない。やはり自分は一橋家当主のままで、直接、帝の臣下になりたい。もう末路のわかっている徳川家になど、関わりたくはない。

「やはり引き受けられぬ」

そう口に出した時、かたわらの燭台の炎が、ゆらりと揺れた。座敷全体の影が動く。

なぜか急に武田耕雲斎を思い出した。

耕雲斎のことを思うたびに、今でも悔しさがよみがえる。どうして天狗党の大将などを引き受けてしまったのか。もう末路はわかっていたはずなのに。

あの時、原市之進が言った。

「断り切れなかったのでしょう。藤田どのから頼まれて」

そこまで記憶をたどり、慶喜は愕然とした。

「もしかしたら自分は、あの時の耕雲斎と同じ立場に、いるのではないか」

口に出してみて、いよいよ、それが真実に思えた。あの時、武田耕雲斎は藤田小四郎から、そして今の自分は板倉など老中たちから、先のない立場を懇願されている。

ずっと不思議だった。なぜ耕雲斎は水戸で腹を切らなかったのか。なぜ、わざわざ雪の遠路を旅してきたのか。自分が甘えを受け入れないことなど、わかっていたはずなのに。

でも、たった今、謎が氷解した。武田耕雲斎は見越していたのではないか。一橋慶喜に、この日が来ることを。そして慶喜に教えたのだ。たとえ悲惨な末路がわかっていても、引き受けなければならないことがあるのだと。

水戸でなくとも、中山道のどこででも、腹を切って、武士として誇り高く死ぬことはできた。なのに慶喜への甘えを装って、おめおめと生き残り、そして打首になって死んだ。

耕雲斎にとって切腹するのは、無駄死にだったのかもしれない。自分の命のみならず、天狗党の命すべてを賭けて、一橋慶喜に伝えようとしたのだ。先のない徳川将軍家を引き受けろと。そんな言葉なき遺言に、慶喜なら気づくと信じていたに違いない。

人に話せば、深読みが過ぎると笑われるだろう。でも自分には、そうとしか思えなかった。そう考えなければ、武田耕雲斎の死に方に説明がつかない。徳川家を背負って立つということは、天狗党すべての命を捧げるほど、重い意味があるのだ。

かつて耕雲斎は自信ありげに言った。

「恐れながら、大殿さまがご健在であれば、かならずや同じように思し召したはずです。これは大殿さまのご遺志に、ほかなりません」

耕雲斎の遺言は、確かに父の遺志でもある。父もまた、息子にこの日が来るのを見越していたのかもしれなかった。

また燭台の炎が大きく揺れた。とうとう覚悟を決め、慶喜は眩しい光源を見つめて、はっきりと言った。

「耕雲斎、しかと、わかった」

慶応二（一八六六）年八月二十日、慶喜は徳川宗家を継いだ。同時に家茂の喪が発せられ、死後ひと月を経て、ようやく軍艦に載せられて、江戸へと旅立った。

それからも慶喜は将軍就任を先送りにした。たとえ宣下を受けたところで、いずれは将軍職を返上する意志に変わりはない。徳川家は一大名として生き残るのが、最良の方法だと信じている。だから、できることなら最初から一大名で通したかった。

十一月になると、渋沢栄一が不満顔で現れて、いきなり切り出した。

「お役目を辞めさせていただきます」

今の栄一の役目は、幕府陸軍奉行支配の調役だ。

慶喜は徳川宗家を引き継ぐ際に、一橋家の歩兵隊を幕府陸軍に組み入れた。歩兵隊は五百人に膨れ上がっており、一橋家に置き去りにするのが忍びなかったのだ。

同時に栄一も幕府陸軍に異動させた。それから二ヶ月しか経っていない。なのに辞職を願い出るとは予想外だった。

「何が気に入らぬ？」

理由をただすと、重い口を開いた。どうやら幕臣の中に入ると、農家の出であるために軽んじられるらしかった。いかにも、ありそうなことだった。

慶喜は、ふと妙案を思いついた。

「栄一、そなたヨーロッパに行ってみぬか」

栄一は呆気にとられて聞き返した。

「私が、ヨーロッパに？」

「そうだ。水戸にいる昭武(あきたけ)という私の弟が、来年早々にパリに行く。その従者を務めよ」

　パリで万国博覧会という国際的な催しが開かれ、日本も参加するので、その使節として二十人ほどが渡欧する。そこに会計担当として加わらせようと考えたのだ。

「万国博覧会は半年で終わるが、その後も昭武は、ヨーロッパに残って見聞を広める。そなたも長く滞在してくるがいい」

　昭武は十四歳であり、慶喜としては留学に近い渡欧にさせたかった。

　だが栄一は喜ぶ様子がない。怪訝に思って聞いた。

「嫌か。まだ攘夷に凝り固まっているのか」

　栄一は丸顔を激しく横に振った。

「とんでもない。まいります。喜んで行かせて頂きます。されど何故に私を？」

「そなた、幕府には人減らしが要ると、ずいぶん前に申したな」

「確かに申しました」

「ならば、人減らしで出る浪人の受け皿を、考えてきてくれぬか。西洋では商人も誇り高く生きているというが、そんな働き方が日本でもできぬものか、学んできてもらいたい」

　商人の地位の高さは、かつて勝海舟から聞いていた。

「まことで、ございますか」

なおも半信半疑の様子に、慶喜は頬を緩めた。

「嘘など申すか」

ようやく実感が湧いてきたのか、栄一は目を輝かせ、全身をふるわせ始めた。

「かしこまりました。一生懸命、務めさせていただきます」

すぐに関東に帰した。渡欧は何年にもなる。そのために兄弟や親戚に、しばしの別れを告げに行かせたのだ。そのまま横浜から旅立つことになる。

従兄弟の渋沢喜作は、奥右筆の役を得て、なんとか上手く務めているが、久しぶりに一緒に里帰りさせた。

出発の朝、慶喜は旅姿の栄一に言った。

「命を大切にせよ。無事に帰ってまいれ。そして新しい世を切り開くのだ」

朝廷は今も諸侯会議に固執している。以前の朝議の延長だ。しかし慶喜は彼らが、そもそも話し合いに向かないと感じていた。

幕府は昔から合議制だ。五人ほどの老中たちは、譜代大名の中から相互推薦で選ばれ、江戸城内で話し合いで政策を決定してきた。議題によっては現場の奉行などを呼んで、意見を聞いた。

だが雄藩と呼ばれる外様の殿さまたちは、家臣の上に君臨するばかりで、話し合いの経験がない。だから持論を主張するばかりで、人の話を聞こうとしない。

必要なのは諸侯会議ではないと、慶喜は確信していた。それぞれの藩から、身分にかかわらず優れた者を選出して、諸藩会議にしたかった。そうなったら徳川家からは、栄一のような者を出したいと、慶喜は見果てぬ夢を見た。

慶喜が将軍宣下を受けたのは、それから間もない慶応二年十二月五日だった。帝の望みだけに、受けざるを得ず、とうとう十五代将軍になったのだ。

だれでも権力の座につきたがると、世間は信じて疑わない。だから慶喜が遠慮を装い、周囲から何度も何度も推されて、嫌々ながら引き受けたという形を取りたいのだと勘ぐる。「二心殿」などという陰口も耳に入ったが、しょせん自分の本心は理解されないのだと、とっくに諦めがついていた。

将軍になったために、奉行所南側の屋敷を引き払い、二条城に移ることになった。すると、お芳が戸惑い顔で聞いた。

「あたしなんかが、お城で暮らしてもいいの？」

慶喜は笑って答えた。

「将軍側室が城の奥で暮らして、何が悪い？」

「本当に？」

「ああ、そなたを江戸城の大奥には入れたくはないが、二条城には誰もおらぬ。そなたが奥の主だ」

慶喜は将軍継嗣問題が起きた頃、一方的に大奥の女たちに嫌われたことがある。慶喜自身も大奥のような形式張った組織は嫌いだ。それに女たちの妬みが渦巻く場だとも聞く。少なくとも大奥は、お芳のような性格の女が、暮らせる場ではなかった。


将軍として真っ先に取り組むべきは、兵庫開港だった。以前に問題になった頃には、まだ二年も先だったが、いよいよ開港の勅許を得る時期が来ていた。

そのために朝議の開催を願い出ようとしたところ、またもや愕然とすることが起きた。帝の崩御だ。三十六歳の若さで、死因は天然痘と発表されたが、毒殺説もささやかれた。もしも毒を盛られたのなら、慶喜としては自分と無関係とは思えない。将軍宣下から、わずか二十日しか経っていないのだ。それが原因かもしれないが、禁裏の中の出来事を糾弾はできない。

誠心誠意、慶喜が仕えた帝は、孝明天皇とおくりなされた。新しい帝は十六歳。亡き帝の外国嫌いには手を焼きはしたが、慶喜は大きな後ろ盾を失った。

九章　二条城と大坂城

早春の空気が、うっすらと朱色味がかる。慶応三年一月二十七日の夕暮れが近かった。

慶喜は二条城の天守台への石段を登っていた。一段ずつの段差が大きく、袴を軽く持ち上げて登る。後ろからは、お芳が息をはずませてついてくる。

最後の段を登りきると、十間四方ほどの四角形の敷地に至る。二条城の内堀に面した南西角に、ほかよりも高く石垣がそびえる一角だ。かつては天守閣があったが、百年以上前に落雷で焼失し、以来、再建されていない。

隅々まで敷かれた玉砂利を踏んで、敷地の端まで進むと、京都の眺望がひらける。三年前の禁門の変で焼けた町並みは、もうすっかり建て直されて、銀鼠色の瓦屋根が美しい。

彼方には東山、北山、西山と三方に山並みが連なり、南だけが伏見方面に開けている。

「夕焼けが、きれい」

お芳が指さす先は、ちょうど西山の稜線に夕日がかかり、空が薄桃色に染まっていた。

二条城で暮らすようになって、まだ二ヶ月足らずだが、ふたりで何度も、ここに登った。特に、このひと月は頻繁に来ている。

孝明天皇が崩御し、今日の大喪を迎えるまで一ヶ月間、京都中が喪に服した。そのため慶喜は動きが取れず、城内に留まっていた。

「お芳、明日から忙しくなる」

お芳は小さくうなずいた。

「また大坂に？」

「そうだな。たびたび行き来するだろう」

「気をつけて」

今度は慶喜が小さくうなずいた。

この一ヶ月間、すっかり滞ってしまった兵庫開港問題に、まず着手しなければならない。無事に開港ができて、諸外国との約束を果たしたら、次は政権を朝廷に返上して、江戸に戻る。それから、できるだけ穏やかに幕府を解体、あるいは縮小するつもりだった。

幕府の総石高は四百万石といわれている。だが先ごろ調べ直させたところ、直轄地の収入は二百万石にすぎなかった。朝廷は収入がない。だから新政権が発足したら、幕府の直轄地を、いくらかは差し出すことになる。その分は、やはり人減らしをしなければならなかった。

そこまでは自分の手で成し遂げたい。だが、とてつもない抵抗が待っているのは明らかだ。反幕府の大名たちからも、朝廷からも、さらには幕府内部からも、邪魔立てされるのは疑いない。その間に、自分は命を落とすかもしれない。それでも仕方ない。こんな時にこそ、命を惜しんではならなかった。

そう思いをめぐらせていると、背後にお芳が近づいて、そっと慶喜の手に触れた。指先が冷たい。気づけば夕日は西山の向こうに没していた。夕焼けが色を増し、上空は青味が強くなって、急に肌寒さを感じた。

「寒くないか」

慶喜が振り向いて聞くと、お芳は笑顔で首を横に振った。

「平気」

お芳との暮らしも、この先、どうなるか定かではない。限りある時間かもしれないと思うと、いっそう愛しかった。

慶応三年二月、慶喜は原市之進と渋沢喜作を連れて、大坂城の広間に入った。畳に敷物が敷き詰められ、ゆったりとした西洋椅子が置かれている。

レオン・ロッシュというフランス公使が、部下のフランス人外交官たちと、いっせいに椅子から立ち上がった。胸元に右手を当て、上半身を傾げて、丁寧に慶喜を迎える。

フランス通詞で幕臣の塩田三郎（しおださぶろう）が仲介し、慶喜は、ひとりずつと挨拶を交わした。

ロッシュは立派な体格で、たっぷりとした茶色い髭を蓄えていた。胸元に金糸が分厚く刺繍された筒袖を着ており、それが西洋の正装らしい。

すでに全員、渋沢喜作とは顔見知りで、双方から手を伸ばして、親しげに握手を交わしている。先月、慶喜の弟の昭武や渋沢栄一の一行が、パリ万博に向けて出発した。その際にロッシュたちと一緒に、喜作も横浜港で見送ったのだ。

大坂城の広間に、大きな平箱が運ばれてきた。ロッシュの言葉を、塩田が訳す。

「ナポレオン三世から上さまへの献上品です」

ナポレオン三世は、慶喜が尊敬するナポレオン・ボナパルトの甥（おい）に当たり、現在のフランス皇帝だった。

フランス人たちが、うやうやしく木箱の蓋を開けると、そこには白い薄紙に包まれた洋服と、羽根つきの帽子が入っていた。

「フランス陸軍の軍服です。どうぞ、お体にお当てください」

勧められて手に取り、広げて胸元に当てた。木箱には白い筒袴や長靴、肌着類まで入っている。

慶喜は、さすがに戸惑った。もらっても着られるとは思えない。するとロッシュが一枚の写真を差し出した。そこにはロッシュが奇妙な服を身につけて写っていた。

「アラビアの衣装でございます。公使はアラビアにも長く赴任されましたので」

ゆったりとした白い服に、白い布を頭にかぶり、その上から輪のようなもので押さえている。抵抗なく異文化を取り入れることを伝えたいらしい。

慶喜は、なるほどと納得できた。

「わかった。私も頂いた服を着て、写真を撮ろう。フランスに持ち帰って、ナポレオン三世に、お見せしてほしい」

するとロッシュが破顔し、それで場の雰囲気が和んだ。渋沢喜作も口を開いた。

「ロッシュ公使はフランスの大きな農家の生まれで、家では蚕を飼っているそうです」

喜作や栄一と同じ境遇で、横浜で会った時から話が合ったという。

「公使が来日されたのは、生糸の貿易を盛んにしようという目的があるそうです」

するとロッシュが詳しく説明し始めた。

近年、ヨーロッパでは蚕の病気が蔓延(まんえん)しており、生糸不足が深刻だという。特にフランスは服飾の国であり、絹製品の生産に支障をきたしていた。

そのため通商条約が結ばれて以来、日本の生糸が横浜からフランスに輸出されている。しかしフランスに届いた品物の中には、しばしば粗悪品が混じっており、日本人は嘘つきだと、評判が急落しているという。

塩田がロッシュの言葉を訳した。

「もしよろしければ、フランスの援助で、蒸気機関を利用した大型製糸場を建てて、技術指導もしようと、公使が仰せです」

すでに幕府はフランスの支援を受けて、横須賀に大規模な造船所を建設している。日本の海軍の発展に欠かせない施設だ。それと同じような形式で、製糸場も建てたいという。

ここのところ輸出のせいで、生糸の国内価格が高騰し、呉服の産地である京都が打撃を受けている。それで京都では、町人たちまでもが貿易に反対し、攘夷を主張していた。

しかし西洋式の大規模工場ができれば、生産量が増えて国内向けが足りるだけでなく、輸出で大きな収益を得られる。蚕を育てる農家も増えて、日本中が豊かになれる。悪い話ではなかった。

ロッシュは経済的な面だけでなく、政治的にも軍事的にも支援を惜しまないという。

塩田が訳す言葉に力を込めた。

「今やイギリスが薩摩と手を結んでいます。このままでは薩摩が力を持ちます。御公議はフランスと手を組んで、薩摩を抑えるべきでしょう」

将軍が日本中の軍事力を掌握して、中央集権国家を目指すべきだという。

慶喜は黙っていた。技術的な支援は歓迎したいが、政治や軍事には介入してもらいたくなかった。

慶喜の目指す中央集権国家は、幕府中心ではなく、あくまでも朝廷中心だった。徳川幕府は十五代も続いており、室町幕府と同じく、もはや垢(あか)が溜まりすぎているのは確かだった。

それからロッシュは声の調子を改めた。フランス語の中に「ヒョウゴ」と聞こえた。いよいよ兵庫開港の話題に違いなかった。

案の定、塩田が言った。

「西洋の暦で、来年の一月一日に、かならず兵庫開港を、お願いしたいと、公使が申しています」

西洋の来年一月一日は、日本の暦では慶応三年十二月七日に当たる。それが開港の期日で、あと十ヶ月しかない。

それでも慶喜は深くうなずいた。

「その件は、来月、各国公使に集まってもらい、改めて知らせよう。期待を裏切るようなことはない」

そして三月二十八日に、ふたたび大坂城に来るようにとの招待状を、ロッシュに手渡した。

同じ内容の招待状を三通、用意しており、すべてロッシュに託した。イギリス、オランダ、アメリカの公使館や領事館宛だ。ロッシュ一同は、天保山沖に錨を下ろしているフランス軍艦で横浜に戻るため、早馬を出すよりも早い。

慶喜は、その日までに、兵庫開港の勅許を得ておくつもりだった。

ナポレオン三世からもらった軍服を、さっそく身につけてみた。そして写真師を呼んで、立ち姿を撮影させた。

仕上がってきたのを見て、そう悪くはない気がした。写真師も似合うと誉める。

三月に入ってから京都に戻り、二条城の奥で、お芳に軍服を見せた。

「わあ、きれい。着てみせて」

子供のように目を輝かせる。

小姓の手を借りて着替える間、お芳は奇妙な顔をしていたが、帽子までかぶると、急に笑顔になって、両手を打った。

「似合ってる。慶喜さんって何を着ても似合うけど、西洋人の服も、けっこう似合う」

慶喜は面映(おもは)ゆさを感じつつも、先帝が見たら卒倒しそうだなと苦笑した。

先帝の崩御は、慶喜にとって後ろ盾の喪失ではあったが、徹頭徹尾、外国を嫌う感情には打つ手がなかった。その点には一種の解放感がある。

その後、慶喜は参内して、十六歳の新帝に拝謁し、改めて兵庫開港の勅許を求めた。帝を補佐する関白は二条斉敬（にじょうなりゆき）といって、慶喜の父方の従兄弟に当たる。斉昭の姉が、水戸から京都の二条家に嫁いで、二条斉敬を生んだのだ。

将軍継嗣問題の頃、二条斉敬は京都で一橋派の支援にまわった。公家社会の中では、おのずから幕府寄りだ。今は五十二歳になるが、色白で上品な容貌を持つ。衣装に香を焚きしめており、近づくと、ほんのり甘い香りがする。

この関白が新帝のそばにいる限り、兵庫開港の勅許は手堅いと、慶喜は期待していた。しかし参内してみると、勅許は四侯会議の意見を聞いてからという。四侯とは松平春嶽と島津久光、それに土佐藩の山内容堂（やまうちようどう）、宇和島藩の伊達宗城（だてむねなり）の四人だった。

慶喜は面倒なことになったと感じた。以前、酔ったふりをして崩壊させた朝議参与と、ほぼ同じ顔ぶれだったのだ。あの時と違って、今回は会津の容保が入っていない。その点にも意図的なものを感じる。

まず四侯会議を開き、その結果を将軍である慶喜に上申する。そこで武家としての意見をまとめ、それを朝議にかけて賛同を得たうえで、ようやく帝に勅許をお願いする。四段階も経なければならず、気が遠くなるほど手間のかかる段取りだった。

それに、これから四人を京都に集めるとなると、鹿児島からは軍艦を使うとしても、三月二十八日の外国公使との会合には、とうてい勅許は間に合わない。

御前から下がるなり、二条斉敬が慌てて後を追ってきた。そして扇で口元を隠してささやいた。

「堪忍しておくれやす。私の力不足で、面倒なことになってしもうて」

上品な顔をしかめていう。

「実は困った人が、いてはりますのや」

中山忠能（なかやまただやす）という公家が、以前から過激な攘夷派で、今は、かなり長州寄りだという。忠能の息子は中山忠光といって、かつて石清水八幡宮で、慶喜の命を狙いかけた若い公家だ。

中山忠能の娘が新帝の生母であり、新帝は生まれて五歳まで中山邸で育った。当時から外祖父に懐いており、帝になった今も、中山忠能を信頼しきっているという。いわゆる外戚の台頭だった。

四侯会議の件も、どうやら中山忠能からの入れ知恵らしく、急に新帝自身が言い出したという。

慶喜としては一日も早く、開港準備に着手したい。海岸に石垣を築き、外国人居留地を整備しなければならない。貿易を管理する幕府の運上所や奉行所も、建てておく必要がある。

だが着工には勅許が必要であり、さらに手前には、四侯会議という厄介な段取りが待ちかまえていた。

慶喜は三月二十二日に大坂城に入った。まず成すべきは、各国公使たちの攻略だった。いまだ勅許を得られていないことで、不審感を抱かせてはならない。

そのため会合の雰囲気を重視して、西洋料理で持てなすことにした。成島柳北（なるしまりゅうほく）という外国奉行の手配で、横浜から西洋料理の料理人を呼び寄せ、食材も西洋野菜や豚肉を用意した。

迎える座敷は、ロッシュの時よりも、なお西洋風なしつらえにした。テーブルという大卓を中央に置き、腰かけも人数分、用意した。従者用の部屋も洋風に整えた。

ロッシュのほかに、イギリス公使のパークスと、オランダ領事のポルスブルックから出席との返事が来た。アメリカは、ちょうど新任者との交代次期で、副公使が代理で出るという。

当日は各国とも夫人同伴で、軍艦の艦長や、写真師まで引き連れてきた。一同は大坂城の石垣の巨石に驚嘆しながら、座敷に入ってきた。

慶喜は各国代表夫妻とテーブルを囲んだ。それぞれに通詞がつく。ロッシュの通詞は、前回と同じく、幕臣の塩田三郎が務めた。

食事が始まる前に、慶喜は全員に向かって宣言した。

「兵庫の開港時期は、今までに何度も問題になったが、今度こそ、そちらの暦で来年一月一日に開港する。期待していてもらいたい」

するとパークスが、すぐに勅許の有無を聞いた。充分に予測できた質問であり、慶喜は淀みなく答えた。

「有力諸侯の意見を聞き、日本全体で足並みを揃えた上で、改めて勅許を頂くことになっている。私は一年半前に通商条約の勅許を頂いた実績もあるし、これ以上、遅れることはない」

そこまで話すと、小姓たちに手早く紙焼き写真を配らせた。慶喜の軍服姿を、焼き増ししたものだ。

あちこちから感嘆の声や褒め言葉があがった。ロッシュが軍服はナポレオン三世からの贈り物だと得意げに話す。それで兵庫開港の話題は逸(そ)らすことができた。

食事は予想以上に好評を博した。慶喜は豚肉には抵抗があったが、思い切って口にしたところ、驚くほど美味だった。

食事中、ロッシュがパリ万博に出かけた一行のことや、横須賀の造船所の建設状況などを話した。一方、オランダ領事のポルスブルックは、日本人留学生たちの近況を披露した。

五年前に幕府は、若い幕臣の榎本武揚(えのもとたけあき)など七人をオランダに留学させ、同時に世界最大級の軍艦を発注した。すでに軍艦は完成して開陽丸と名づけられ、そろそろ留学生たちを乗せて、横浜まで帰ってくる頃だという。

和気藹々の雰囲気で食事が終わり、珈琲が出て、散会になろうかという時に、パークスが兵庫開港について蒸し返した。英通詞が、たちどころに訳す。

「通商条約締結から、もう九年も待たされているのだから、これ以上の延期は、国際的に認められません。イギリスとしては日本を信頼して、これからも友好関係を築いていきたいと思っています。どうか軍艦の大砲を使わずにすむよう、お願いします」

明らかに恫喝だった。これを口実に、侵略戦争に持ち込みたいという目論見も見え隠れする。

ひとたびイギリス軍艦からの攻撃が始まれば、フランスが幕府に味方するだろうし、もはやインドの二の舞は明らかだ。

慶喜はきっぱりと言い切った。

「さっきも言った通り、延期はない。かならず開港する」

するとパークスが念を押した。

「でしたら勅許が下った時点で、知らせていただきたい。こちらも準備があるので」

「わかった。知らせる」

一同が帰ってから、フランス通詞の塩田が、ひとりで戻ってきた。

「パークス公使も、ほかの者たちも、上さまが高貴な顔立ちで弁も立つことを、感心していました。ただロッシュ公使が気になることがあると申しますので、お伝えにまいりました」

慶喜は話を促した。

「聞こう」

「ロッシュ公使は英語も堪能なのですが、パークス公使が上さまをお呼びするのに、ハイネスという言葉を使っていたそうです」

イギリス人以外の三カ国は、マジェスティと呼んでいたという。

「マジェスティは最高級の呼びかけですが、ハイネスは一段、低くなります。パークスが上さまを軽んじている証拠です」

パークスにとってマジェスティは帝で、将軍はハイネスに当たるらしい。慶喜としては当然の呼び方だ。

「わかった。知らせてくれて礼を言う」

塩田が帰っていく後ろ姿を見ながら、思わず溜息が出た。

ロッシュにしても、表面は親しげにしているものの、実は幕府とイギリスとの決裂を狙っている。だから、わざわざ塩田に注進にこさせたのだ。慶喜は外交とは、こういうものだと思い知った。そして兵庫開港への覚悟を、改めて固めた。

この件は将軍である自分に、すべての責任がかかっている。今まで以上の難関であり、この件を解決するためにこそ、自分は将軍になった気がした。

五月になると、四侯会議の四人が続々と上洛してきた。

松平春嶽とは、かつて将軍後見職と政事総裁職を務めた間柄であり、四人の中では、もっとも気心が知れている。酔ったふりをして罵倒したこともあったが、それが島津久光ひとりに対するものだったことは、とうに見抜いていた。

春嶽は入京するなり、真っ先に二条城に挨拶に来た。

「とにかく四人の意見をまとめた上で、そなたに伝える。今度こそ決裂は避けたい」

慶喜が将軍になっても、ふたりだけの場では、相変わらず気さくな口調だ。人柄のせいか、それが自然だった。

「そなたを将軍にと見込んでから、かれこれ十五年だ。あの頃の夢がかなったと思うと感無量だ。この姿を斉昭どのにも見せたかった」

そして四侯会議が始まると、進捗状況を知らせてくれた。

まず五月四日に春嶽の福井藩邸で、四人が顔を合わせたという。しかし関白がいなければ意味がないということになり、翌々日の六日に二条斉敬の屋敷で再会した。

だが案の定、話はまとまらず、十日に、ふたたび二条斉敬邸に集まったが、今度は土佐藩の山内容堂が顔を出さなかった。島津久光の強引さに、へそを曲げてしまったらしい。

仕方がないので、十二日に土佐藩邸に押しかけ、ようやく十四日の将軍謁見を決めたという。

十四日当日、慶喜が二条城の黒書院で待っていると、二条斉敬が四人を連れて現れた。さっそく話し合いの結果を、慶喜が聞こうとしたところ、島津久光が予想外の発言をした。

「兵庫開港の話の前に、長州の件を片づけるべきと存じます」

第二次長州征討は、慶喜が勝海舟に停戦交渉を命じ、海舟は予定通り、穏便な条件で停戦を成立させた。

その最中に孝明天皇から、停戦の勅命が発せられた。いったんは慶喜に任せるという話だったのに、どこかから横槍が入ったらしい。停戦条件は「諸侯会議の意見を聞いてから」とされた。そのため海舟の講和は、なかったことにされてしまった。

その後、孝明天皇自身の崩御も重なって、諸侯会議は開かれないままになった。長州藩主も藩士たちも、国元に追放されたきり、今もって朝敵の扱いだ。

八月十八日の政変から数えれば、もう四年も京都に出て来られないでいる。それを島津久光は、そろそろ赦してやりたいというのだ。

慶喜は眉をひそめた。

「なぜ今、その話を決めねばならぬ？」

理屈はわかるものの、差し迫った兵庫開港を後まわしにするわけにはいかない。

「兵庫の件は、開港すると決めれば、そのひと言ですむ。だが長州の件は、いつ、どの程度まで許すか、それぞれの考えもあろうし、決めるのに手間取る。だいいち、このたびの四侯会議は、兵庫開港のために集まったのではないのか」

それでも久光は主張を曲げない。春嶽と宇和島藩の伊達宗城は黙り込んでいる。いちおう、これが四侯会議の結論らしい。

二条が見かねて割って入った。

「まあまあ、今日のところは、顔合わせゆうことで」

春嶽も、しきりに目配せしてくる。とにかく決裂は避けろという意味らしい。そのまま解散になり、春嶽が帰りがけにささやいた。

「もういちど四人で話し合って出直す」

慶喜も声を低めた。

「時間がない。とにかく早くしてもらいたい」

「わかっている」

それから、また土佐藩邸で話し合いがあり、十九日に再登城すると連絡が来た。

だが十九日当日になると、山内容堂が来なかった。慶喜は、やはり彼らは話し合いには向かないと痛感した。

話の内容も十四日と変わらず、久光が長州の件が先だと言い張る。春嶽と伊達宗城は、その強引さに引きずられていた。山内容堂は久光に反対しきれないために、出てこないらしい。

慶喜は根本的な質問に戻った。

「兵庫開港と長州は別問題だ。なぜ、そこまでこだわる?」

答えはわかっている。久光は長州を入京させ、四侯会議に加えて、五侯会議にしたいのだ。そうして薩長で、話し合いの主導権を握るつもりに違いなかった。二度目の長州征討の時から、薩長は手を握っている。

慶喜としては誰が加わろうと、論争で負ける気はしない。だから五侯会議になってもかまわない。ただし今から五侯会議として仕切り直すには時間がない。長州が国元から出てくるのを待っていたら、本当に兵庫開港の期日に間に合わなくなる。

「とにかく今は兵庫開港が是か非か。それだけ決めてもらいたい」

だが久光は聞く耳を持たない。

「四年は長すぎます。もう赦すべきです。今を逃せば、また、この件は棚上げにされるでしょう。だから今、決めるべきなのです」

そして伊達宗城に同意を求めた。

「伊達どのも、そう、お考えでしたな」

伊達宗城は頭の回転が速く、開明的な名君として名高い。それが意外なことに、久光に賛同した。

「長州の者たちは都に出てこられないので、世の中の様子がわかりません。そうなると、また勝手なことをしでかしかねないので」

八月十八日の変と禁門の変に続く、三回目の暴発を案じていた。

慶喜は勘ぐった。伊達はパークスと親しいという噂がある。去年、イギリス軍艦が宇和島に入港し、その際に歓待したという。となると、伊達はパークスからの押しで、久光に味方した可能性もある。

あまりに面倒で、もう投げ出したくなったが、なんとかこらえた。

「わかった。長州に関しては、穏便にしよう。ただし、これだけは聞いておきたい」

顔を伊達に向けた。

「伊達どのは、兵庫開港を、どう思われる？　もしや開港はせずに、諸外国と戦えとでも？」

「いえ、もちろん期日通りに開港すべきです」

慶喜は久光にも同じように聞いた。すると久光は少し自信なさげに答えた。

「開港は必要だと、思います」

続いて春嶽にも聞くと、同じ返事だった。そこで慶喜は二条斉敬に告げた。

「お聞きの通り、兵庫開港は賛成と決まりました。朝議の開催を、お願いしたい」

これで、ようやく次の段階に進める。だが久光が血相を変えた。

「お待ち下さいッ。長州が先ですッ」

慶喜は冷ややかに言った。

「たった今、兵庫開港は必要だと申されたであろう。長州の件は穏便にということで、できるだけ早く討議しよう」

その日は解散になったものの、すぐに二条斉敬が使いを立ててきた。明後日、もういちどだけ会ってくれという。慶喜は、うんざりだったが、ここで投げ出すわけにはいかなかった。

二十一日も山内容堂は現れなかった。久光は前言を撤回した。

「私は、兵庫開港を認めるとは申しておりません」

慶喜は爆発しそうな怒りを、かろうじてこらえ、まず春嶽に聞いた。

「島津どのが一昨日、兵庫開港は必要だと言ったのを、聞かれたか？」

「しかと聞きました」

伊達にも聞くと、うつむき加減ながらも同意した。

「聞きました」

だが久光は引かない。

「必要だとは言いはしたが、認めるとは申していません」

もはや屁理屈だった。薩摩藩には、大久保利通という策に優れた家臣と、西郷隆盛という人望のある家臣がいると評判だった。久光は、そのふたりの言いなりに違いなかった。

そこで慶喜は、あえて煽り立てるように言った。

「島津どのは、いちいち家臣に、おうかがいを立てて、前言をひるがえすのか」

すると久光は真っ赤になって怒り出した。

「いくら将軍とはいえ、無礼であろうッ」

慶喜は、いよいよ冷静に告げた。

「そのように感情的になっては、話し合いはできぬ。とにかく兵庫開港は必要ということが、四侯会議の結論だ」

すると二条斉敬が、また割って入った。

「そんなら、こうしませんか。今の結論と、長州の件は穏便にということで、両方を一緒に朝議にかけはったら、どうですか」

もはや春嶽も伊達も話し合いに疲れて、一も二もなく賛成した。久光はうなだれて言葉もない。

慶喜は内心、喝采していた。二条の話は折衷案のように聞こえるものの、慶喜の望みは完全に通っていた。

改めて決意を固めた。面倒ではあるが、とにかく諦めなければ何とかなる。四侯会議も何とかなったのだから、朝議も大丈夫だ。そう自分自身を励ました。

御所での朝議は三日後の二十四日だった。

だが公家たちは予想以上に手ごわかった。とにかく兵庫は京都から近いから、開港してもらっては困るの一点張りだ。

とっくに収まったはずの横浜鎖港問題を、蒸し返したりする。それどころか、十三年も前にペリーと交わした和親条約にまで、さかのぼって幕府を非難する。薩摩の尻馬に乗って、長州の件が先だと主張する者もいる。

慶喜は辛抱強く話に応じた。だが結局、公家たちの主張は「嫌だ」「嫌いだ」という感情論か、「日本人には大和魂がある」といった精神論につきる。もはや理論では勝てない。

ただし公家には、ひとつだけ弱みがあるのを、慶喜は知っている。堪え性(こらえしょう)がないのだ。時間が経つにつれて、居眠りを始める者が出てくる。そういう公家を、わざと指名して意見を聞いた。とことん眠らせないつもりだ。

二条斉敬が何度も「また日を改めて」と言いかけるのを、慶喜は断固阻止した。

「今日こそ決めていただきます」

ひと晩中、だらだらと話し合いを続けているうちに、雨戸の隙間から朝日が差し込んできた。もう全員が疲れ切っている。それを見計らって提案した。

「ならば、こうしては、いかがでしょう。長州の件は穏便にということで、兵庫開港と両方一緒に、帝に、おうかがいしては」

三日前に二条が使った手だった。

もう全員、頭が働かない。折衷案のように思えて、賛成の声が相次いだ。もはや誰もが屋敷に帰って眠りたいばかりだ。

二条斉敬が確認した。

「それで、よろしおすか」

もう反対は出ない。

「そんなら、それで」

二条斉敬が言い渡すと、ばらばらと立ち上がって帰っていく。

帝の起床を待って、二条斉敬が拝謁した。

しばらく慶喜が別室で待っていると、二条斉敬は白木の三方を掲げ、満面の笑みで戻ってきた。そして慶喜の前に正座した。

「おめでとうさんでございます。兵庫開港の勅許をいただいてまいりました」

三方の上には、勅許状が載っていた。

慶喜は飛び上がりたいほどの喜びで、いったん二条城に駆け戻り、一睡もしないで大坂城に向かった。

そして江戸や横浜の各国公使館宛に「兵庫開港に勅許が下り、予定通り港を開く」と、手紙をしたためた。それを天保山沖に錨を下ろしている幕府軍艦に託して、江戸や横浜の各国公使館に運ばせた。

待ちに待った港と居留地の建設が、とうとう始められる。慶喜は今までにない達成感を覚えた。

だが兵庫開港は諸藩はもとより、幕臣たちにも不評だった。慶喜は原市之進に聞いた。

「何が気に入らぬのだ」

原は少し考えてから答えた。

「今や世界最大級の開陽丸が手に入り、幕府海軍は東アジア最大の艦数を誇るに至りました。それなのに、なぜ諸外国と戦わないのかと不満なのでしょう」

オランダで建造した開陽丸が、とうとう横浜に入港した。オランダ留学生たちも乗船して帰国し、これからの大きな戦力になると期待されている。

しかし慶喜は長い溜息をついた。

「幕府艦すべてを兵庫沖に集結させれば、少しは格好がつくだろう。だが長崎や箱館が手薄になって、たちまち狙われる。箱館を香港にしたいのか。イギリス一国と戦った薩英戦争とは、規模が違うのだぞ」

今回、条約の履行をめぐって戦うとなれば、相手は通商条約を結んだイギリス、フランス、アメリカ、オランダ、ロシアと、その後に条約締結したイタリアの六カ国になる。

慶喜は国内の無理解には、ほとほと困惑し、また溜息が出た。

「こんな状況では、大政奉還や王政復古など論外であろうな」

大政奉還は、ずいぶん前に幕府の旗本から出た策だった。王政復古という言葉も、以前から耳にしており、そういう手もあるかと認識していた。

そんなふうに原とふたりで相談をした直後、八月十四日のことだった。渋沢喜作が血相を変えて、慶喜のもとに駆け込んできた。

「上さま、実は」

おろおろとうろたえている。

「何が起きた？」

慶喜が促すと、驚くべき言葉が続いた。

「原市之進どのが、こ、殺されました」

呆然とした。毎日のように顔を合わせ、側近くで意見を聞いていた原が、よもや殺されようとは。

「下手人は？」

「原どのと顔見知りの幕臣ふたりです」

原は町中に屋敷を借りていた。そこで朝、髷を結っていたところに、ふたりがやって来たので、気軽に招き入れた。すると突然、抜刀して襲われたという。

「ふたりは、その場で原どのの家臣に返り討ちにあったか、自害したか、よくわかりません。とにかく私が駆けつけた時には、原どのの屋敷は大騒ぎのただ中で、本人も下手人も、もう」

そこまで話すと、喜作は号泣した。

三年前の平岡円四郎の死を、慶喜は思い出した。平岡は慶喜の奸臣とされて殺された。だが誰もがわかっているはずだ。慶喜は家臣に操作されるような主人ではないことを。

ただ奸臣と称して家臣を殺すのは、主人に対する脅しであり、嫌がらせだ。平岡の時も、今回も。ならば堂々と、徳川慶喜を殺しに来いと、大声で叫び出したい。

平岡の場合と大きく違う点がある。あの時は慶喜は自身で現場に駆けつけた。だが今は大事な側近の死を見舞えない。出かけようとすれば、大勢の警護をつけなければならない。それに将軍が見舞ったとなれば、いっそう妬みを受けて、今度は原の家族が無事ではいられない。

もう辞めたかった。将軍職など一日も早く返上したい。でも今はできない。兵庫開港の準備は進んではいるものの、まだまだ横槍が入る懸念がある。少なくとも実際の開港を見届けるまでは、将軍として責任をまっとうしなければならなかった。

四侯会議後に土佐に帰った山内容堂から、丁寧な手紙が届いた。読んでみると、大政奉還を勧める内容だった。奉還後の政治のあり方まで提案してある。

慶喜が特に興味を持ったのは、議会を上院、下院の二院制にするという点だった。上院は公家や大名家などで構成し、下院は一般の武士から庶民まで、優れた人物を入れ札で選ぶという。

漠然と抱いていた政治の形が、具体的に示された気がした。たとえば薩摩藩で評判の大久保利通や、慶喜が将来を期す渋沢栄一などが、下院議員として活躍できるのなら、日本の未来に不安はない。

それが現実的なのかどうか確かめたくて、江戸から西周（にしあまね）という幕臣を呼んだ。

西周は津和野の出身だが、学才に優れ、若くして江戸に出て幕府の洋学研究所に入った。その後、榎本武揚らと一緒にオランダに留学し、西洋の法律や政治を学んで、ひと足先に帰国していた。

慶喜は前々から、いろいろ諮問してみたかったが、西が江戸で暮らしているため、先送りになっていた。だが大政奉還を前に、どうしても意見を聞きたくなったのだ。

そんな時、二条斉敬と松平春嶽から、内々の知らせが届いた。大久保利通たちは久光に見切りをつけ、帝から直接、薩摩藩への倒幕の密勅を引き出そうとしているという。急がなければならなかった。

西周が幕府軍艦で大坂に上陸し、二条城に現れたのは十月十三日だった。さっそく山内容堂からの手紙を見せ、提案が実現可能かどうか、意見を求めた。すると西は手紙を熟読してから言った。

「よく考えてある意見書だと存じます。議会を上院と下院に分ける二院制は、西洋では、よく行われている政治形態です。二院制については、私も開成所で教えたことがありますので、その辺りから見聞きした者が、この提案に関わったのかもしれません」

慶喜は深くうなずいた。

「わかった」

ここは山内容堂の勧めに従うという形で、大政奉還を実行しようと決めた。

その決意を読み取って、西が聞いた。

「二院制を日本でと、お望みですか」

慶喜は言葉少なに肯定した。

「そうだな」

「それは、たいへんけっこうだと存じます。でも新しい世を迎えるのであれば、お気をつけいただきたいことがございます」

「どんなことだ?」

「外交です。十四年前に黒船がやって来て以来、御公議は手探りで外交を執り行ってまいりました。初めてのことばかりですから不慣れで、世の不安や混乱を招きました」

「確かに、その通りだ」

「今、日本の外交の現場では、ようやく役人が育ってきています。諸外国の信頼も得られるようになりました。ですから政治の仕組みが、どれほど変わろうとも、外交だけは今のままを、お続けください」

また一から始めるとなると、日本も相手国も混乱するという。

「どうか、外交権だけは、お手放しになりませんように。諸外国からの信用を失えば、たちまち侵略の危機を招きます」

西は先を見越して、なおも助言を続けた。

「もしも内乱の危機が差し迫ったら、どうか各国公使たちを一堂に集めて、局外中立を誓わせてください」

それは外国が内乱のどちらにも味方しないという約束だという。

「条約調印のように絶対的な拘束力はありませんが、道義的な観点からすれば、当然、誓うべきことです。口約束でも、各国公使が揃った場で誓えば、それが相互監視になって、容易には違えられませんので」

「局外中立だな。わかった」

慶喜には何より外交を大事にしてきたという自負がある。だからこそ西の指摘は、心に強く刻まれた。

その日のうちに、とてつもなく重大な情報が、また飛び込んできた。

今日、薩摩藩に討幕の密勅が下され、明日には長州藩にも同じ勅命が届くという。もう薩摩藩邸では出兵の準備が進んでおり、長州藩士も続々と入京中らしい。

もはや将軍として兵庫開港を見届けるのは無理だった。むしろ大政奉還が遅れて、戦闘が始まってしまったら、開港は遠のきかねない。

慶喜は大政奉還を告知すべく、すべての在京の大名家に対して、急いで二条城に集まるよう命令を下した。

集合を待つ間に、慶喜は板倉勝静など老中たちと相談し、大政奉還の意図を書面にまとめて、人数分を書き写させた。口頭で発表するのではなく、誤解のないように書付で確認させることにしたのだ。

そうしているうちに四十藩もの大名や、代理の重臣、そして主だった旗本たちが続々と広間に集まって来た。薩摩藩や土佐藩の家老たちの姿もある。

その中で、慶喜の覚悟を予測できている者は、まずいない。薩摩藩では倒幕の挙兵に野心満々だし、譜代大名たちは薩長討伐の号令を心待ちにしている。敵味方とも戦いを期待していた。

全員が集まり、書面を配付したところで、慶喜は広間の上段に着座した。大名たちが深々と平伏して迎える。それを見渡して声を張った。

「老中からも話があったであろうが、渡した書面の通りだ。大政奉還に異存なき者は、書面に署名した上で退席せよ。写し取りたければ書き写すがよい。何か聞きたい者は、この場に残れ。私が直接、答える」

譜代藩や旗本の中には、すすり泣く者もいたが、たいがいは大慌てで別紙に書き写す。それを、ふところに収め、署名を終えるなり、後方の外様藩から、ひとりふたりと様子を見ながら立ち上がり、そそくさと広間から出ていく。

質問のために残ったのは六名。薩摩藩、土佐藩、宇和島藩などの重臣たちだった。彼らにとって大政奉還は思いもかけなかったことであり、慶喜の覚悟を、直接、確認したかったらしい。

「誠に、よろしいのですか」

確認されるなり、慶喜の迷いが消え、清々しいほどの思いで告げた。

「明日、私が参内して、政権を帝にお返しする。書面の通りで間違いはないと、それぞれの主人に申し伝えよ」

六人は、いっせいに平伏するなり、おのおのの藩邸へと一目散に帰っていった。

これで討幕の密勅は無駄になった。討つべき幕府がなくなるのだから。今なお出兵の準備に猛り立つ薩摩藩邸では、仰天するに違いない。慶喜には、それが愉快だった。

豪華絢爛な大広間に目を向けた。慶喜のいる上段のすぐ下に、老中たちが居残っているだけで、それ以外は誰もいない。金箔貼りの襖に囲まれた大空間は、ひっそりと静まり返っている。

慶喜の心に、ある感慨が湧いた。

日本の武家政権は源頼朝に始まり、鎌倉幕府は九代で終わった。室町幕府は足利尊氏に始まり、十五代まで続いた。

その中で、この京都二条の地に最初に武家の城を設けたのは、室町幕府十三代将軍だった。その後、形を変えながら、織田信長や豊臣秀吉へと引き継がれた。最終的に今の形にしたのは徳川家康だった。

家康は将軍宣下を受けた際に、建てたばかりの二条城で祝賀を執り行った。広間に大名たちを集めて、徳川幕府の始まりを華やかに披露したのだ。

そして今、慶喜が同じ城の広間に大名を集め、幕府の終焉を告げた。江戸幕府も室町幕府と同じく、十五代でついえたのだ。

「終わったな」

慶喜がつぶやくと、老中たちが泣いた。

この日のために将軍になった。でも実際に成し遂げてみると、達成感よりも寂しさや哀しみが勝る。

亡き父、斉昭に聞いてみたかった。これでよかったのでしょうかと。武田耕雲斎にも確かめたかった。これでよかったのだなと。


翌十四日、参内して大政奉還を願い出た。朝廷から許可が下りたのは、さらに翌日の十月十五日だった。ただし将軍職には留まれという。本来の将軍の役目である軍の掌握は、このまま続けよという意味だった。

だが徳川の家臣たちが、いきり立った。会津藩も納得しない。かつて盟友だった薩摩藩が、長州との密約に転じたことを恨み、もはや一戦交えなければ収まりがつかない。

慶喜は危うさを感じて、大政奉還から九日後、将軍辞職も願い出たが、なおも許されなかった。

ただし外交面では、将軍として兵庫開港を見届けられるという利点もあった。外国奉行も配下の役人たちも、よく働き、開港準備は着々と進んでいた。西周が指摘したように、この体制だけは、まだ手放せなかった。

十章　漆黒の海

兵庫開港を翌日に控えた十二月六日の夜、中根雪江（なかねゆきえ）という福井藩士が、人目をはばかりつつ二条城を訪ねてきた。黒書院に百目蠟燭（ろうそく）を灯して招き入れると、春嶽の使いできたという。

いかにも温厚そうな顔立ちで、話し方も穏やかだ。直情家の春嶽には、うってつけの家臣だった。

「近いうちに大変なことが起きますので、それを、お知らせにまいりました」

慶喜は冷静に聞き返した。

「王政復古か」

「すでに何か、お聞き及びでしたか」

「いや、何も。ただ、いつかはと思っていた」

「さようでしたか」

中根は黒書院の下段から、しっかりと慶喜の顔を見上げて言った。

「兵庫開港によって、上さまが力を盛り返すことを、薩摩も長州も恐れています。それで開港が成され次第、御所に兵を入れて、若き帝を思うがままに操るつもりです」

八月十八日の政変と禁門の変の二度、長州藩は御所の制覇を試みた。そして今、三度目をねらっているという。今度は薩摩藩という大きな味方を得た上で。

「どこから、その話を？」

「土佐藩です。薩摩は土佐に、王政復古の仲間に入れと誘いをかけたそうです。それを土佐の重臣が内々に、わが殿に知らせてまいりました」

慶喜は黙ってうなずき、中根は真剣な表情で話を続けた。

「もし上さまが、薩長に先んじて、御所に兵を入れられるのであれば、わが藩も土佐も、お味方いたします」

薩長による御所制圧を、春嶽は防ごうとしていた。土佐の山内容堂も、慶喜の挙兵を待っているという。

「もちろん会津も桑名も、お味方に加わりましょうし、勝利は固いと存じます」

桑名藩主である松平定敬（さだあき）は、会津の容保の実弟だ。三年前から京都所司代を務め、兄弟で連携して京都の治安に努めており、そのための軍勢を京都藩邸に置いている。

ふと慶喜は気になって聞いた。

「薩摩の目論見は、イギリスにまで伝わっているのだろうか」

「それは、ないと思います。日本の混乱を外国にもらすほど、薩摩も愚かではございますまい。外国に知られたくないからこそ、兵庫開港までは動かずにいるのでしょうし」

慶喜は、なるほどと思った。中根が膝を乗り出した。

「少なくとも諸外国が挙兵に加担することはございません。ですから薩長よりも先に、ぜひ上さまが御所に兵を」

即座に否定した。

「いや、兵を出す気はない」

中根は驚いて目を見開き、それから信じがたいという顔で聞いた。

「なぜでございます。この機を逃せば、上さまは蚊帳の外になりかねません」

慶喜は平然と言った。

「蚊帳の外でよい。そのために大政奉還したのだ」

「でも、そうなると、わが藩も土佐も、薩長に加担せねばならなくなります」

「そうすればよい」

「されど」

「もう都を戦火にさらす気はない。戦わずして、新しい世を迎えられるのであれば、何よりではないか」

「ですが戦わねば、臆病者と、そしられかねません」

「覚悟の上だ」

きっぱりと言い切ると、中根は、なおも戸惑い気味ながらも、乗り出した膝を元に戻した。

「そこまで、お覚悟を決めておいででしたか」

しばらく黙っていたが、丁寧に両手を前についた。

「かしこまりました。わが殿には、仰せの通りを、お伝えします」

せっかくの心遣いを拒んだことで、春嶽が落胆するかと思うと、心が痛かった。

十二月七日の深夜、また渋沢喜作が息せき切って、二条城に駆け込んできた。今度は嬉しい知らせだった。

「兵庫が無事、開港いたしましたッ」

開港を見届けるよう、あらかじめ慶喜が命じておいたのだ。そのため歩兵の精鋭部隊を連れて、大坂から軍艦で往復し、京都まで駆け戻ってきたのだった。

慶喜は胸の高鳴りを抑えて聞いた。

「どのような様子であった?」

喜作は興奮気味に答えた。

「まるで祭りのような騒ぎでございました。西洋人はシャンパンの栓を、ぽんぽんと抜き、日本人は酒樽の鏡開きで祝いました。西洋人たちは割り振られた敷地に、それぞれの国旗を立てて盃を交わし、歌う者や踊り出す者もいて、大喜びでございました」

「そうか。船は来ていたか」

「はい。御公儀の軍艦も、外国の軍艦も商船も集まって、港に錨を下ろしております。外国船は帆柱と帆柱の間に万国旗を張り、次々と祝砲を放って、轟音が響き渡りました」

　実に華やかだったという。

「成島さまも本当に嬉しそうで、配下のお役人方は嬉し泣きしておいででした」

　成島とは外国奉行の成島柳北だ。馬のように顔の長い旗本だが、頭の回転が速い。開港まで難問続きだっただけに、喜びはひとしおに違いなかった。

　慶喜は喜びと同時に、一抹の寂しさをかみしめた。できることなら自分も、その場に駆けつけたかった。開港場を守る幕府艦隊の勇姿も、この目で見たかった。

　でも自分が動けば、大軍が付き従う。今の状況では、大軍の移動は暴発を招きかねない。どうあっても兵庫まで祝いに行くのは、諦めざるを得なかった。

　ひとつひとつ成すべきことを果たし、自分の手の中は軽くなっていく。それは寂寥を伴う達成感だった。

開港二日後の十二月九日には、二条斉敬のもとから、大慌てで知らせが駆け込んできた。いよいよ王政復古だと、慶喜は感づいた。

その日の午前中に朝議が開かれ、長州藩の入京が認められたという。だが昼前に二条斉敬が屋敷に戻るなり、薩摩と福井、土佐の藩兵が御所になだれ込んだ。入京を認めたばかりの長州藩兵も加わっていた。その状態で、王政復古の大号令が発せられたという。長く続いた幕藩体制が解体され、幕府以前の朝廷政治が復活する形で、新政府が発足したのだ。将軍職はもとより、関白も廃止されたという。

翌十日、春嶽が二条城を訪れ、慶喜に正式に通告した。昨夜、新政府の最初の御前会議が小御所で開かれたという。いつも帝が大名と謁見する場所だ。

春嶽は目を伏せて告げた。

「小御所会議で、徳川どのの辞官納地が決まった」

内大臣の官職と、四百万石の直轄地を返上せよという。慶喜は実収入が二百万石に過ぎないことを打ち明け、春嶽は新政府に伝えると約束して、御所に戻っていった。

この件が二条城内に広まると、徳川の家臣たちの怒りが沸騰した。彼らの言い分としては、官位は朝廷から賜ったものだから、朝廷の都合次第で返上はありうるが、納地は理不尽だという。幕府直轄地は、そもそも徳川家康が合戦で勝ち取ったものであり、朝廷からの預かりものではないと主張する。

しかし水戸の尊皇の観点からすれば、皇国日本は全土が帝のものだ。それは慶喜の心には染み込んでいるが、急に説明しても理解はされにくい。

とにかく武力で目にもの見せてやるという怒声が、二条城内に満ちた。いくら薩長軍が連合したところで、旧幕府側の軍事力に及ばない。会津や桑名の軍勢も加わる。

しだいに二条城から脱走する者が現れ始めた。そのため慶喜は、老中の板倉勝静を呼んで命じた。

「このままでは御所や薩摩藩邸を襲う者が出かねない。とりあえず全軍で大坂城に移ろう。これ以上、脱走を出さぬように、まずは大坂城に立てこもると申し伝えよ」

二条城は京都の町中にあり、堀の幅も申し訳程度だし、軍勢が集まる広場も狭い。一方、大坂城は鉄壁の守りを誇る、まさに合戦のための城だ。ここに立てこもれば、港も掌握できるし、兵糧の補給に困らない。だいいち大坂の米倉を押さえて、京都への米の輸送を止めることもできる。都の命綱を握るも同然の城だった。

そのため家臣たちは大坂城で臨戦態勢に入ると思い込んだ。いまだに禁門の変の時の「権現さまの再来」という評判を信じていた。

慶喜は奥におもむいて、お芳と侍女たちに告げた。

「ここを引き払って、大坂城に移る。おそらく戻ることはないゆえ、都に家のあるものは帰るがいい」

侍女たちは、もともと公家の出だが、急に帰れと言われても戸惑いが先に立つ。それでも、お芳が気丈に諭した。

「あたしは何でも自分でできるから。みんな、おかえり。これから何が起きるかわからないし、上さまの足手まといになるわけには、いかないから」

若い侍女たちは実家に帰ったものの、古参の者は、どうしてもと大坂城に同行することになった。

十二日夜、大軍は松明を掲げ、粛々と京都の町を後にした。会津藩も桑名藩も従った。

慶喜が大坂城に移った理由は、味方の暴発を防ぐほかに、各国公使への対応があった。今の状況では内乱の危険は高まるばかりで、西周が勧めた局外中立を、公使たちに誓わせなければならない。

まずはフランス公使、ロッシュの意見を聞きたくて、十三日に軍艦を兵庫沖に遣わした。いまだ幕府艦隊は大坂湾に留まり、兵庫沖や天保山沖に投錨している。

翌日、ロッシュが、さっそく大坂城に駆けつけた。慶喜は腹を割って話そうと待っていたが、イギリス公使のパークスまでついて来てしまった。

通詞の塩田が慶喜に耳打ちした。

「パークス公使が割り込んできたのです。ロッシュ公使は迷惑しておいでです」

慶喜は即座に相談を諦め、パリ万博や弟の昭武のことなど、当たり障りのない会話を、ロッシュと長々と続けた。

するとパークスが明らかに苛立ち始め、話に割り込んできた。京都でクーデターが起きたようだが、これから、どうするつもりかと聞く。

やはり薩摩藩から、話が漏れているに違いなかった。ここで内乱の危機だと気づかれたら、間違いなく介入される。慶喜は腹をくくって、一芝居打つことにした。

「都の権力争いは、昨日今日、始まったことではなく、ペリー来航の頃から始まっている。このたびも、その続きでしかない。ただ、あまりに繰り返すので、ともかく距離を置くことにして、私は大坂城に移ったのだ」

京都への米の供給などの点で、こちらが圧倒的に優位だと話した。また外交体制は今までと変えるつもりはないから、何も心配しなくていいと説明した。

「しかし各国公使たちは心配であろうから、一堂に顔を合わせて、私から説明しよう」

するとロッシュが早い方がいいからと、明後日の再来訪を約束し、パークスも同意した。兵庫の開港場にいる各国代表を、すべて連れてくるという。

約束の十六日、六カ国の代表が大坂城に集まった。以前に食事をともにした広間へ、全員を招き入れてから、慶喜は老中と右筆を従えて入室した。

全員が立って迎える。慶喜は椅子を勧める前に、自分自身も立ったまま、あえて険しい表情で挨拶をした。

「今日は、よく来てくれた。礼を申す」

たちまち張り詰めた雰囲気が広がる。すぐに本題に入った。

「今日、集まってもらったのは、ほかでもない。ここで約束をしてもらいたいのだ」

それぞれ通詞の訳を聞いて、誰もが何ごとかと身構えた。

「さほど難しい約束ではない。国際倫理上、当然のことだ」

慶喜は一同を見まわしてから続けた。

「これから日本のどこかで、日本人同士の戦いが起きるかもしれぬ。その時に、どこにも味方せぬと誓ってほしい。局外中立だ」

右筆が慶喜の言葉を、一字一句、書き留めていく。

「もし侵略の野心なくば、この場で、たがいに約束してもらいたい」

パークスの表情が変わった。部下のイギリス人外交官たちも耳打ちを交わしている。

慶喜は真っ先にオランダ領事に同意を求めた。

「ポルスブルックどのは、いかがかな」

ポルスブルックは前回の食事会にも出ているし、オランダは日本との長い国交を誇っている。これからも変わらぬ友好を望んでいるはずだった。

案の定、ポルスブルックは右手を胸元まで上げて誓った。すぐに通詞が訳す。

「オランダは局外中立を守ります」

アメリカ、イタリア、ロシアが続いた。

ロッシュは怪訝そうな目を、慶喜に向ける。フランスが幕府に味方しなくていいのかと言いたげだった。

慶喜が深くうなずくと、ロッシュも、ゆっくりと右手を掲げ、塩田が訳した。

「フランスも局外中立を誓います」

残るイギリスに、いっせいに視線が集中した。パークスも当然という顔で誓った。

「イギリスも局外中立を約束しましょう」

すぐに拍手がわく。それが広間全体に広がった。

西周は絶対的な拘束力があるわけではないと言った。今後、もし大きな内乱が長く続くようなことになれば、約束は反故にされかねない。それでも慶喜の心には、今までにない安堵が広がっていた。


それから間もなく、春嶽が大坂城に現れた。朝廷からの使者として、衣冠束帯姿で上座に着き、うやうやしく告げる。

「帝へ徳川家所領より、二百万石の所領を返上せよ」

今年の秋に収穫した米が、大坂の米倉に眠っている。それも、すべて差し出せという。

だが夜になって軽装に着替えると、春嶽は、いつもの口調に変わった。

「許せ。二百万石に減額するだけで、精一杯だった」

薩長は額面通り、四百万石を差し出させろと、強硬な態度だったという。

「なぜ中根雪江の勧めを断った？　なぜ事前に王政復古を止めなかった？　こうなるのは、わかっていただろうに」

「なぜかと問われれば」

慶喜は頬を緩めた。

「水戸で育ったからかもしれぬ」

「水戸か」

春嶽は、わかったような、わからないような顔をした。

「これから、どうする？」

「何も考えておらぬ。ただ、どうやって家臣を鎮めるかを、これから考えねばならぬ」

今年の米まで渡してしまったら、旗本や与力同心たちへの扶持米(ふちまい)が消える。彼らは正月も越せなくなり、猛反発は避けられない。

慶喜は額に手を当てた。

「すべての米を取り上げるというのも、薩長の罠(わな)なのだろうな。こちらから討って出るように、仕向けているのだろう。このままでは、向こうから攻撃する大義名分がないし」
　春嶽は苦々しげに答えた。
「その通りだ。そんな卑怯なやつらの味方をしているかと思うと、自分自身が嫌にな
る」
「まあ、福井の家中を守るためだ。私など、もう徳川の家中を守れぬ」
「されど、日本は守ったではないか」
　さらりと出た言葉だったが、思いがけないほど慶喜の心を揺さぶった。そこまで理解
してくれていたのかと。
　春嶽が宙を見つめてつぶやいた。
「いっそ薩長と一戦交えて、戦火が広がらないうちに、江戸に引くか」
　慶喜は目を伏せた。
「そうなると、朝敵の汚名をきるのだな」
　以前の長州藩と同じ立場になる。朝廷から入京を禁じられて、国元である江戸に追放
されるのだ。それ自体は受け入れられないことはない。
　ただし朝敵の汚名に抵抗がある。思えば今までに、さんざん汚名はきた。仮病は装っ
たし、嘘もついた。「二心殿」とも呼ばれた。でも水戸で育った身としては、朝敵だけ
は耐えがたい。

だいいち一戦交えてしまえば、いよいよ家臣はいきり立つ。戦火を広げないで引くなど、至難の業だ。さらに江戸まで追討されたら、受けて立たないではすまなくなる。

黙り込んでしまうと、春嶽が言った。

「とりあえず二百万石の納地は呑んで、新政府に従う姿勢を見せてくれ。そうすれば私が、そなたを新政府の議定に推す」

徳川家が一大名として、新政府の議会に参加できるようにするという。

「領地も米も、できるだけ返してもらえるよう頑張る。とにかく二百万石もの所領を持っている限り、薩長から危険視され続ける。いったん手放してくれ」

これもまた春嶽の心遣いであり、今度こそ拒むべきではなかった。

「わかった。辞官納地は慎んでお受けしよう。ただし諸藩からも、それぞれ所領を差し出さなければ、収まりがつかない」

そうしなければ家臣を抑えられそうにない。春嶽は少し自信なさげに言った。

「そうだな。都に戻って提案してみる」

そして、また言葉に力を込めた。

「まだまだ薩長の罠は仕掛けられる。朝敵になるのが嫌なら、挑発には乗らぬことだ」

かろうじて家臣たちを抑えているうち、慶応三年の師走が過ぎていった。しかし年も押し詰まった二十八日、にわかに大坂城全体が騒がしくなった。

板倉勝静が御座所に駆け込んできて、慶喜に告げた。

「江戸で騒ぎが起きたようです」

薩摩藩の江戸屋敷を、幕府方が焼き討ちしたという。

ことの発端は、江戸市中で頻発した放火や強盗事件だった。明らかにその犯人である浪人たちが、三田にある薩摩藩邸に出入りしているのが発覚した。そこで幕府方が下手人の引き渡しを求めたが、応じないので、大がかりな焼き討ちに出たという。

藩邸にいた薩摩藩士たちは逸早く抜け出し、品川沖に錨を下ろしていた薩摩軍艦に逃げ込んで、そのまま出航しようとした。

それを幕府軍艦の回天丸が追いかけ、羽田沖で砲撃戦になった。しかし薩摩軍艦が決死の体当たりを仕掛け、結局は逃げられてしまったという。

鹿児島まで逃げ帰るとしても、いったん大坂湾に入り、瀬戸内海を通るのが一般的な航路だ。そこで回天丸が連絡を兼ねて、大坂まで敵艦の探索に来たという。

その話が知らされるなり、城内が一挙に騒然となったのだ。もはや江戸では薩摩とは手切れになっており、こちらでもと興奮状態に陥った。

だが江戸の薩摩藩邸に、放火や強盗の犯人が出入りしていたという時点で、挑発の疑いが濃い。それなのに焼き討ちに出たということは、完全に薩摩の思う壺だ。

それからも次から次へと、慶喜のもとに報告が来る。話を聞いている間に、ドーンという砲音が響いた。何度も響き渡る。急いで調べさせると空砲で、大坂城内のあちこちで、歩兵たちの実戦演習が始まっていた。

板倉が早口で言う。

「そのまま勢いづいて、城外に飛び出していく者もおります。戻るよう命じても、耳を貸さず、手がつけられません」

慶喜はみずから外に出た。玄関を出るなり、目を血走らせて走りまわる者たちがおり、小銃の発射音が続けざまに聞こえてくる。

広場に出てみれば、あちこちに陣取って檄を飛ばす集団がいた。誰もが鉢巻姿で、袖をたすき掛けにして股立を取り、今にも出陣という勢いだ。

慶喜は声をからして解散を命じた。すると、いったんは静まるものの、また別の一角で騒ぎが始まる。とうてい興奮は収まらない。ふいに背後で大声が上がった。

「腰抜けの将軍を斬って、都に討って出ろおおおッ」

一瞬で緊張が高まり、周囲の小姓たちが刀の柄に手をかけて、すばやく後ろを振り返った。

慶喜は厳しく制した。

「抜くなッ」

銀色の抜き身が現れれば、いよいよ刺激する。過激な大声に続く者は、さすがにおらず、慶喜は足早に御殿の中に戻った。

すると今度は容保が駆け寄ってきた。

「どうか、新選組に伏見奉行所を、お任せください。都に向かう脱走者がいれば、片端から止めさせますので」

京都の南に位置する伏見は、京都と大坂を結ぶ交通の要所であり、幕府の奉行所が置かれている。

「新選組自体が勝手な真似はすまいな」

慶喜が問うと、容保は深くうなずいた。

「命令には絶対服従の者たちですので、間違いはありません。かならず脱走を取り締まります」

荒っぽい腕自慢の集団だけに、役には立ちそうだった。

「わかった。新選組を伏見奉行所におもむかせよ」

夕暮れを迎える頃、慶喜は天守台に登った。年末の北風が冷たい。板倉は狙撃されると案じながらも、小姓たちと一緒についてきた。

大坂城も二条城と同じく、落雷で天守閣が焼失して以来、再建はされず、石垣の天守台だけが残っている。ただ規模は二条城よりも、はるかに巨大だ。

石垣の南の際に立つと、本丸などの御殿や広場が一望にできる。敷地のあちこちで巨大な焚き火が燃え盛り、朱色の炎が鮮やかだった。その周囲を、大勢の人影が取り囲み、なおも騒ぎ立てている。戦いに逸る蛮勇を、どう押し留めればいいのか。もはや慶喜には知恵が浮かばない。

天守台の北端に立てば、眼下は段丘だ。急勾配の石垣が築かれ、階段状に曲輪が設けられている。さらに下には、谷底のように深い内堀が横たわり、橋の向こうに、また曲輪があって、外堀へと続いていく。

外堀の北には寝屋川、さらには淀川と幾重にも河川が流れ、そこから上流に向かえば伏見へ、下れば河口から天保山沖に出る。堀も川も夕日を受けて、水面が銀色に輝いていた。

大坂城は水による守りの城だ。土木普請や築城に優れていた豊臣秀吉が、考え抜いた造りで、たとえ敵に囲まれても、船を使えば内堀からでも海に出られるし、いくらでも兵糧や武器弾薬の補給ができる。

慶喜は思いをめぐらした。どうにかして家臣たちを、ここから川船に乗せて海に運び、軍艦に乗り換えさせて、江戸に引くことはできないかと。

いっそ春嶽が言ったように、薩長軍と一戦を交えてから撤兵するか。それが可能なら、もはや自分が朝敵の汚名をきてもいい。ただし戦火が、どこまで広がるか、それが危ぶまれてならない。

それなら、戦いが抑えられなくなった時点で、自分が腹を切ったら、どうなるだろうか。徳川慶喜は朝敵になる前に死を選んで、潔いと惜しまれるかもしれない。

その時点で家臣たちは、意気消沈して戦いをやめるのか。それとも自棄になって、大将のいない戦いに挑み、犬死にしていくのか。

戦国の頃なら、大将が死ねば敗北が確定し、家中は離散するしかなかった。でも今の様子では、そうはいかない。さっき聞いたばかりの大声が、棘となって心を刺す。

「腰抜けの将軍を斬って、都に討って出ろおおおッ」

いっそ望み通り、全軍を率いて都に上り、薩長を相手に暴れまわろうか。雄々しく、死を恐れぬ武士らしくと、誘惑にかられる。

だが、すぐに頭を横に振った。そんな短慮に出れば、日本に新しい時代は訪れない。混乱の先にあるのは、外国からの侵略であり、日本という国の滅亡にほかならない。

豊臣秀吉の家系は、たった二代で絶えた。それも秀吉が建てた、この大坂城で。戦乱の世が終わり、徳川家康によって秩序の新時代が開かれたことに、気づけなかった結果だ。

やはり今は何としても内乱を防いで、徳川家を縮小し、一大名として新時代を迎えなければならない。もう幕府の時代は終わったのだ。

そこまでは確信しているのに、慶喜には具体策がわからない。眼の前の広場で燃え盛る朱色の炎を、どう消したらいいのか、当惑ばかりが先に立つ。自分自身が情けなかった。

背後で板倉が声をかけた。

「上さまが決断なされたら、それがどんな形であろうとも、私は全力で支えます。ですから思うように、なさいませ」

それに答える言葉さえ慶喜にはなかった。


それから老中たちと、今後についての相談が深夜までかかった。話は堂々巡りで、何ひとつ決まらない。

慶喜は疲れ切って、お芳のいる奥の間に帰った。心配そうな顔を見るなり、お芳にすがるようにして倒れ込んだ。

「大丈夫?」

ふたりで、もつれ込んで崩れ落ちながら、そう聞かれた。男たちの前なら虚勢を張るのに、お芳には本音が出る。

「もう駄目だ」

畳の上に大の字になった。

「江戸で挑発に乗った。それが、こっちまで飛び火したのだ。誰も彼も目を血走らせて、薩長を討ての一点張りだ。私の言うことなど、誰も聞こうとしない」

お芳は今までの経緯も心得ている。行儀悪く寝転がった慶喜のかたわらに、横座りになった。こんな時には伝法な口調に戻る。

「みんな、大馬鹿野郎ばっかりなのさ。慶喜さんの本心なんか、わかりゃしないんだから」

肯定されて、つい胸が熱くなる。

「その通り、大馬鹿野郎ばかりだ。このままでは、日本中が敵味方に分かれて、国が滅びるまで殺し合うぞ」

お芳は慶喜の羽織の紐を、もてあそびながら言った。

「そんな大馬鹿野郎たちのために、慶喜さんは、いつもいつも命を削るような思いをして。なのに報われなくて」

慶喜は、つい甘えが出て、心にもないことを言った。

「お芳、私は死のうかと思う」

お芳は首を横に振った。

「ううん、死んだら駄目」

かすかに声が潤んでいる。

「慶喜さんは死んじゃいけない」

「それなら、どうする？」

「万策きわまった時にはね、逃げるんだよ」

「逃げる？」

「江戸の芝居じゃ、たいがい、そういう筋書きになってるんだ」

横になったまま見上げると、お芳は泣き笑いの顔になっていた。

「あたしと手に手を取って、恋の道行きってわけじゃないけど」

慶喜も笑った。

「そうか。お芳と逃げるか」

「ううん、あたしは置いてけぼりでいいの。慶喜さん、ひとりで逃げて」

「いや、逃げるなら一緒だ。ふたりでパリに亡命しようか。ロッシュなら手配してくれるかもしれない」

夢のようなことを口にしているうちに、慶喜は半身を起こした。

「前にも約束したたな。パリに行こうと」

「その代わり、都に連れてきてくれた」

慶喜は苦笑した。

「そうだな。でも都には来れたが、いいことなど、ひとつもなかった」

お芳は声の調子を上げた。

「だったら逃げちゃえばいい。パリまでじゃなくても、江戸まで軍艦に乗って。死ぬつもりなら、いっそ逃げて」

「総大将の敵前逃亡か。悪くないな」

冗談で返して、ふと本気になった。もし自分が逃げ去ったら、いったい家臣たちは、どうするかと。

死ぬよりは、ましに思えた。薩長と一戦、交えた後で、総大将が突然、江戸に帰ってしまったら。まず総崩れにはなる。

これから江戸城に立てこもるとか、江戸で軍を立て直すとか、言い置いていけば、総崩れの後に、江戸まで追いかけては来まいか。そうすれば慶喜の望み通り、軍を引ける。

そこまで考えて空想を打ち切った。そうするためには朝敵の汚名の上に、逃げた将軍という烙印(らくいん)まで押される。まして歴史に刻まれるのだ。徳川将軍家にとって許されない汚点になる。

それでも甘い夢に引きずられる。

「お芳」

両手をつかみ、正面から顔を見つめた。

「もしも、逃げる時は一緒だ。いいな」

大混乱は続き、気がつけば慶応四年が明けていた。慶喜三十二歳の春の嵐が吹き荒れる。

元日に奏聞書という書状を突きつけられた。容保が声高に言う。

「ここで泣き寝入りすることは、ございません。とにかく薩摩の横暴を、帝に訴えるべきです」

弟の桑名藩主、松平定敬も同調する。

「上さま、どうか、ご署名を」

手に取って読んでみると「臣慶喜、つつしんで先月九日以来のご事態を恐察したてまつり候えば」から始まり、慶喜が朝廷に対して、薩摩の挑発を訴えるという形式で書かれていた。先月九日とは王政復古の当日だ。

あれから薩摩が操った放火や強盗事件は、江戸市中のみならず、幕府直轄地の長崎や関東各地でも起きていたと判明した。

奏聞書には、その首謀者を引き渡してもらえるよう、御沙汰をお願いしたいと綴(つづ)られている。さらに、この申し入れを聞き届けていただけない場合には「やむをえず誅戮(ちゆうりく)を加え申すべく候」と締めくくってあった。

その後には五項目が箇条書きにされていた。おおむね薩摩が年若い帝をかどわかして、勝手放題にしていると非難する内容だ。

容保が促した。

「どうか、ご署名を」

慶喜の前に置かれた硯と筆を見つめた。

これほど広範囲で挑発を繰り広げているところを見ると、まず間違いなく首謀者は薩摩藩の重臣だ。とうてい引き渡されるはずはない。だとすれば「やむをえず誅戮を加え申すべく候」が現実になる。要するに、これは薩摩に対する宣戦布告文も同然だった。

定敬も声を高める。

「上さまは薩摩の横暴を、見過ごすおつもりですかッ」

慶喜の脳裏には「逃げる」という言葉が焼きついている。

二十八日の回天丸入港以来、連日、出陣だ、いや籠城だとせっつかれ、眠れない夜が続いている。しだいに朝敵も逃げた将軍という烙印も、どうでもよくなってきた。ただ全軍を江戸に引かねばという思いだけは保っている。いざとなったら自分が逃げればいいのだと、もはや半分は自棄だった。

「ご署名を」

もういちど促され、しっかりしなければと思うものの、頭のどこかが朦朧（もうろう）としている。

そのまま筆をとって、紙面の左端に、慶喜と走り書きした。

そのとたんに容保が叫んだ。

「討薩の表が下されたぞッ」

いまだぼんやりした頭ながらも、慶喜は思い知った。今の今まで奏聞書だったものが、たった今から討薩の表と変わり、京都への行軍の大義名分として扱われるのだと。

その日から慶喜は風邪と称して、奥から出なかった。もう何も関わりたくない。奏聞書を京都に運んだか否かも知らなかった。


一月三日の朝、春嶽の使者として、また中根雪江が京都から駆けつけてきた。慶喜は身なりを改めて会った。

中根は前回と同じく、穏やかな口調で話す。春嶽は、なんとか内乱を避けようと、新政府の中で懸命の工作を続けているという。

「その結果、前にお約束した通り、上さまには議定という役に、就いていただくことになりました」

議定は四侯会議の四人と、公家十人とで構成されており、そこに慶喜を迎えるという。四侯会議は単なる諮問機関だったが、議定は新政府の政策を決定する正式議会だ。

慶喜としては今さら久光と対峙する気はない。だが中根は懸命に訴えた。

「どうか議定を、お引き受けください。そのために、どうか軽装にて、ご上洛くださ
い」

　軽装とは武装するなという意味だった。

「ここに来る途中、伏見の奉行所を新選組が占拠していて、通るのに手こずりました。

あれは、まずいと存じます」

　当初は脱走者の取り締まりが目的だったが、今や新選組の守る伏見奉行所は、薩長攻
撃の最前線に変わっていた。その辺りは慶喜には、もうどうにもできない。

　中根が帰るのと入れ替わりに、容保と定敬が飛び込んできた。

「薩摩の首謀者の引き渡しについて、中根どのは、どう仰せでしたか」

　慶喜は首を横に振った。

「その代わり、私を議定にとの仰せだ。そのために軽装で上洛せよと」

　容保は、すがらんばかりの勢いで言った。

「武装せねば無理です。もう敵は伏見と鳥羽方面に下って来ております」

「いや、上洛するなら、軽装でなければならぬ」

「そんなことをすれば、上さまは都に入る前に、薩長に殺されるか、人質に取られるか、
どちらかでしょう。これは罠です」

　春嶽自身は本気だとしても、たしかに薩摩が仕掛けた罠かもしれなかった。主君の身

柄が奪われたら、徳川勢は取り返すために、戦端を開かずにはいられない。

「されど上洛せよとのご命令に、従わぬわけにはいかぬ」

「ならば、上さまが無事に都に入れるように布陣だけでも、させてください。薩長軍と出会っても、けっして手出しは致しません」

だが敵から攻撃されたら、当然、報復に出る。もはや手切れは近い。慶喜は覚悟を決めなければならなかった。

短く命じた。

「わかった。布陣せよ」


その日、容保は伏見、定敬は鳥羽で先陣を務め、旧幕府軍も続いた。当然のように薩長軍とぶつかり、戦闘に至ったものの、敗北を喫した。

会津藩は、ここ数年に及ぶ京都守護職に、藩費をつぎ込んでおり、いまだに洋式軍備に手がまわっていなかった。加えて特に武芸に優れた藩なので、槍や刀に頼る意識が高く、それも銃砲の導入をはばんでいた。

一方、薩摩はイギリスから新型武器を仕入れており、勝負にならなかった。結局、味方は大坂城に敗走したのだ。

それから容保と定敬は、慶喜に出陣を強く求めた。総大将が戦場に出るか出ないかで、味方の士気は大きく変わる。それに旧幕府陸軍は新型銃砲を備えており、本気で立ち向かえば、たちどころに薩長軍など蹴散らせるはずだった。

だが慶喜は、また風邪がぶり返したとして応じなかった。

それでも反撃を望む声は、日増しに高まる。六日の朝、慶喜は密かに逃走準備を始めた。筋書きは詳細に練ってある。

まずは板倉を呼んで命じた。

「この城も、どうなるかわからない。目立たぬように内堀に船を入れて、お芳を開陽丸へ移してくれ。その後、船は内堀に戻しておけ。船頭や漕手を含めて、十人ほどが乗れる船がよい」

板倉が了承すると、今度は成島柳北を呼んだ。馬のように顔の長い外国奉行だ。

「今、天保山沖には、どこの国の軍艦が投錨している?」

成島は即答した。

「アメリカ軍艦がおりますが」

「ならば、その艦長に伝えてくれ。内密の話があるゆえ、今宵、軍艦を訪ねると。その際に英通詞がひとり要る。そなたも同行せよ。この話は、ほかには知られてはならぬ」

成島が立ち去るなり、慶喜は奥におもむいて、お芳に告げた。

「今夜、城を出て江戸に向かう。そなたもだ」

「本当に私なんかが一緒でいいの？」

慶喜はうなずいた。

「板倉が船を手配するから、先に開陽丸に乗っていよ。ただし」

「ただし？」

「江戸に着いてから、私の身は、どうなるかわからない」

これ以上、朝廷に対して弓引くことはできない。恭順しろと言われれば恭順するしかないし、江戸を開城しろと命じられたら、城から出ていくだけだ。切腹や打首はもとより、味方からの暗殺さえも覚悟している。

「江戸に着いたら、そなたは辰五郎のもとに帰れ」

「もしかして」

お芳は、とぎれとぎれに聞いた。

「それが、今生の、別れに、なるの？」

慶喜は目を伏せて首を横に振った。

「わからない。先のことは、何も」

お芳を江戸城大奥に入れるつもりは、当初からない。だとすると住まいさえないのだ。

するとお芳は、すっと背筋を伸ばした。

「わかった。私のことは気にしないで。足手まといになるつもりはないから。一緒に逃げてくれるだけで嬉しいから」

残っている侍女たちは、すべて京都の実家に帰すという。

「すまない」

今は、その気丈さがありがたかった。


その夜、慶喜は側近の若年寄に、さり気なく言った。

「敗北が続くようなら、いっそ江戸に帰って、次を考えるという手もあるな」

これが伝言のつもりだった。慶喜が再起を図るつもりで、江戸に引いたと思わせておかなければならない。

それから軍関係の重臣たちを集めた。板倉と若年寄、陸軍奉行、軍艦奉行などとともに、容保と定敬の兄弟が顔を揃えた。

またもや容保から反撃を求められて、慶喜は胸を張って言い放った。

「わかった。明朝、私自身が出馬する。皆々、準備にかかるがよい」

若年寄や陸軍奉行が城内に伝えるなり、あちこちから雄叫び(おたけび)が上がった。容保と定敬も、すぐに下がろうとするのを、慶喜は押し留めた。

「板倉と、その方らは待て」

そこに成島柳北と英通詞を呼んだ。通詞は立石斧次郎(たていしおのじろう)という若い男だった。

慶喜は集まった五人に告げた。

「これからアメリカの軍艦に乗り込む」

容保が驚いて聞いた。

「今からですか。何のために？」

慶喜はすばやく周囲に目を配ってから、声をひそめた。

「ここでは詳しくは話せぬが、かならず明日の出陣には支障なきように戻る。京都守護職と京都所司代が、アメリカ人の艦長に顔を見せることが大事なのだ」

まったくの作り話だったが、あたかも、ふたりの実績が信用になって、アメリカ軍艦を味方に引き込むかのように話した。

だが容保が疑問を口にした。

「なぜアメリカ軍艦などを頼るのですか。こちらには開陽丸があるのですから、薩摩の軍艦が束になっても、ひと捻（ひね）りでしょう」

慶喜は、もうひとつ嘘を重ねた。

「実は開陽丸も、ほかの艦も、薩摩と通じている気配が濃い。城内にも間諜（かんちょう）が入り込んでいる。それゆえ油断できぬ」

容保も定敬も、なおも不審顔を見交わしている。

慶喜は、かまわずに五人を引き連れて御殿を出た。敷地の端の石段を下って、内堀に用意してあった船に乗った。

船頭は外堀を経て、寝屋川から大川へと漕ぎ出し、満々たる淀川を下って天保山沖へと出た。漆黒の海面が広がり、風が潮の香りを含む。

投錨中の軍艦は船縁（ふなべり）にランプを並べており、はっきりと国旗も見分けられる。星条旗を掲げるアメリカ軍艦に横づけし、甲板から下ろされた梯子（はしご）を、ひとりずつ登った。

甲板まで登りきると、艦長が笑顔で待っていた。すでに成島から話は通してある。容保と定敬が登ってくる前に、慶喜は通詞の立石を介して頼んだ。

「事情があるので、今夜ひと晩、泊めて欲しいと、艦長に伝えよ」

すると艦長は大歓迎で、慶喜には貴賓室を、ほかの五人には上級士官用の個室を用意してくれた。

慶喜は容保と定敬を紹介してから、ふたりに言った。

「ちょっと込み入った話になるゆえ、用意してくれた部屋で待っていよ」

ふたりが去ってからは、艦長と当たり障りのない話をした。それから貴賓室に移り、板倉と成島を呼んで、すべてを打ち明けた。

「明日、開陽丸に乗り移って江戸に向かう。これは内乱を防ぐための最後の手段だ」

ふたりとも薄々、感づいていたらしく、取り乱すことなく話を聞いた。

それからふたりに、今夜、この軍艦に泊まる理由を、二点、説明した。

まず容保と定敬兄弟を連れ出すために、もっともらしい口実が必要だったこと。ふたりを大坂に残すと、薩長とぶつかるのは明白であり、何が何でも同行しなければならなかった。

もうひとつは、慶喜たちが姿を消したら、きっと今晩中に開陽丸に問い合わせが行く。もし自分たちが直接、開陽丸におもむけば、たちまち逃走が発覚する。そのため、ひと晩は行方をくらませておく必要があった。

話をしている最中に、貴賓室の扉が開いて、容保と定敬が顔を出した。

「何をしているのですか。アメリカ人との相談が終わったのなら、早く戻りましょう」

慶喜は首を横に振った。

「少し話がこじれて、明朝、もういちど艦長と話すことになった。出陣には間に合うようにするから、今夜は、ここで泊まるしかない」

ふたりは早く城に戻りたがったが、アメリカ人には言葉が通じず、直接、訴えられないので、どうすることもできない。

翌朝、軍艦備えつけのボートを降ろして乗り込んだ。立石が英語で「開陽丸に向かってくれ」と漕手に指示し、ボートは日の丸を掲げた巨大艦に近づいた。さすがに容保も定敬も変だと気づいた。

「なぜ開陽丸に？　敵に通じているのではないのですか」

慶喜が黙っていると、いきなり容保が怒鳴り出した。

「たばかったのですね。何か変だとは思っていたのですが」

信じがたいという様子で、顔が青ざめている。

「もしや、江戸に逃げ帰ろうとでも？」

なおも黙り込んでいると、いよいよいきり立った。

「私は断じて江戸になど行きません。船を戻せッ。今すぐ陸に戻るのだッ」

立石は戸惑い顔を慶喜に向ける。訳していいのかと目で聞いていた。慶喜は首を横に振った。容保には言葉が壁になって、どうにもできない。

開陽丸に横づけすると、慶喜は真っ先に梯子を登って、すばやく甲板に躍り出た。前将軍の突然の登場に、士官たちが目を瞠る。

慶喜は、後から登ってくる容保と定敬を指さして、士官たちに命じた。

「会津と桑名は敵に通じたッ。鍵のかかる船室に閉じ込めておけッ」

ふたりが甲板に姿を現すなり、いっせいに士官たちが取り囲み、有無を言わせず船内に連行した。

すまないと、慶喜は心の中で詫びた。でも今、大きな内乱を防いで、外国の侵略から日本を守り通す方法は、これしかない。逃げるという卑怯な方法を使って、徳川慶喜は日本を守るのだ。それが最後の将軍に課せられた使命だと信じた。

蒸気軍艦は罐に火を入れてから、大量の湯を沸かし、蒸気をたくまでに時間がかかる。そのために出航が手間取った。

その間、板倉と成島と三人で、陸上と連絡を取らせないように見張り続けた。

八日朝、ようやく開陽丸が錨を巻き上げた。大坂湾を出て、紀伊半島沿いを南下し始めてから、慶喜は初めて貴賓室に向かった。

金色の真鍮製の丸取っ手をまわし、扉を押し開けると、そこには、怯えきったお芳が立っていた。慶喜だと気づくなり、そのまま体をぶつけるようにして抱きついてきた。

「怖かった」

耳元で涙声で言う。

「慶喜さんに何かあったんじゃないかって、心配で心配で」

「遅くなって悪かった」

背中を抱きしめて気づいた。お芳は懐かしい黄八丈の小袖を着ていたのだ。体を離して言った。

「江戸の女に戻るんだな」

お芳は手の甲で、あご先の涙をぬぐった。

「そうだよ。あたしは、もう、将軍ご側室のお芳の方さまじゃあ、ないんだから」

もういちど頬をふき、笑顔を作った。

「江戸までは何日？」

「天気に恵まれれば三日だ」

「大嵐でも来ればいいのに。できるだけ長く、ふたりで一緒にいたい」

あと三日。三日後には別れが待っていた。


お芳の願いがかなったのか、三日目は風向きが悪く、開陽丸は八丈島近くまで流された。そのために一日、余計にかかった。

八丈島が近いと聞き、お芳が自分の小袖を見てつぶやいた。

「この着物の故郷まで来ちまったね」

それでも一月十一日の早朝には、幕府艦隊の母港である品川沖に帰着した。

慶喜は別れ際に、お芳に言った。

「すまぬが先に下船する。後から上陸できるよう、船の者に頼んでいくが、ひとりで浅草まで帰れるか」

お芳は鼻先で笑って強がった。

「見くびってもらっちゃ困るよ。あたしを誰だと思ってるんだい。ちょっとは江戸で知られた新門辰五郎の娘なんだからね」

そして息を吸い込むと、明るい声で言った。

「あたし、一生、自慢してやる。あたしは最後の将軍さまの想い人だったって」

言葉尻が涙声になっていた。

慶喜は、お芳の姿を忘れまいと、正面から顔を見つめた。

それから未練を断ち切って、大股で扉に近づくと、真鍮の丸取っ手をつかんで勢いよく引いた。そして船の狭い廊下に出て振り返った。

お芳は立ったまま、ぽろぽろと涙をこぼしていた。愛しくて駆け戻りたい衝動を、かろうじてこらえ、ゆっくりと木製の扉を閉じた。

扉と枠の隙間が細くなっていき、お芳の姿が隠れていく。そして扉は閉じ、慶喜が手を離すと、かちゃりと音がして、丸取っ手が回転した。

十一章　江戸開城

　開陽丸は品川沖で錨を下ろすと、甲板から付属のボートを下ろした。容保と定敬は監禁から解放され、不機嫌ながらも慶喜とともに乗り込んだ。

　凪の海面に朝靄(あさもや)がたなびく中、誰もが黙り込み、オールが水をかく音だけが響く。目指すは汐留(しおどめ)の浜御殿だ。

　浜御殿は、もともとは将軍家の別邸で、歴代将軍が船遊びをする際などに用いられた。だが近年は船遊びどころではなくなり、幕府の海軍基地が置かれている。

　海岸沿いの石段から上陸すると、まだ朝が早すぎて人影がない。慶喜は物心つく頃から、行く先々で誰かに迎えられた。誰も待っていない状態は初めてだった。

　敷地の外れに武家長屋があり、通詞の立石が声をかけに走った。早春の海辺の朝は、真冬のように寒い。震えながら待っていると、武家長屋から男たちが飛び出してきた。

　立石が駆け戻ってきて言う。

「お目見得以下の者しかいないので、誰も対応できないと申しております」

板倉が苛立たしげに命じた。

「ならば、お城に使いを出して、迎えに来させよ。それと焚き火だ。寒くてたまらん」

薪が広場に持ち出されて、火がつけられた。すぐに周囲を取り囲んで暖を取った。

手をかざして炎を見つめていると、さすがに情けなさが込み上げる。これでよかったのか、いや悪いはずがないと、肯定と悔いが心の中で交錯する。

そうして迎えを待っているうちに、表門の方から馬が駆け込む音がした。振り返ると、焚き火から少し離れた場所で、勝海舟が鞍から飛び降りるところだった。

海舟は、ゆっくりと近づいてきて言った。

「鳥羽伏見の負け戦は、こちらに知らせが来ました。それで逃げていらしたのですか」

言葉が刺々しかった。海舟と会うのは、長州征討の停戦交渉以来だ。あの後、停戦の勅命が出て、海舟の手柄はだいなしになってしまった。それを今も恨んでいるらしい。

「これから、どうなさるおつもりですか」

慶喜は答えなかった。すると、いよいよ言い立てる。

「軍勢は、どうなさったのですか。大坂に置き去りですかッ」

非難は予想していたものの、さすがに腹が立ってくる。逃げなければならなかった事情など、おまえにわかるかと怒鳴り返したい。

その時、立石が表門の方から走ってきて言った。

「お迎えが来ました」

見れば塗駕籠が、こちらに向かってくるところだった。

江戸城に入れば、こんな罵倒は嫌というほど浴びせられるに違いない。それを覚悟して、塗駕籠に乗り込んだ。

それからも怒濤（どとう）のような日々が待っていた。城に入ると、すでに一月七日に慶喜に対して、朝廷から追討令が出されたと聞いた。

長州征討の逆で、諸藩がいっせいに江戸に攻め入ってくる。長州藩なら取り囲まれただけで、恐れ入って降伏したが、膨大な家臣を抱える徳川家では、それでは収まらない。大坂城での悪夢が、また繰り返される。とにかく追討だけは阻止しなければならない。

そのために、まず大奥に出向いて、和宮との面会を願い出た。新政府との仲介役ができるのは、もはや帝の叔母に当たる和宮しかいない。

だが朝敵とは会えないと、けんもほろろに断られてしまった。こういう時のための公武合体ではないのかと、慶喜は腹立たしかった。

とはいえ和宮にも、京都からついてきた侍女たちがいる。この際、自分たちは朝廷方だと、はっきりさせておかなければ、新時代には生き残れない。朝敵とは会えないというのも道理ではあった。

ならばと狙いを変えて、天璋院との面会を、ふたたび大奥に申し込んだ。天璋院は将軍継嗣問題の際に、島津斉彬が大奥に送り込んだ一橋派の切り札だ。慶喜を将軍にするだけのために、病弱で先のない十三代将軍家定に、わざわざ嫁いできたのだ。その点に一縷の望みをかけた。

すると会ってもらえることになり、慶喜は大奥の面会用の広間で、上座の天璋院と対峙した。包み隠さず事情を打ち明け、薩摩藩との仲介をして欲しいと頼んだ。

だが天璋院は気の毒そうに答えた。

「できることは何でも致しましょう。でも私が、こちらに嫁いできてから、もう十二年も経ち、実家とは疎遠になっています」

それに久光とは国元にいた頃から、反りが合わなかったという。

「もし軍勢が迫ってきたら、薩摩の大将あてに手紙くらいは書きますが、おそらく大将の名前さえ、わからないと思います。私より和宮さまの方が、お役に立てるはずです。なんとか会っていただけるよう、私から説得してみましょう」

天璋院は、てきぱきと話す。いかにも頭の回転が速く、島津斉彬が切り札にしただけのことがある女性だった。

すると翌日、和宮から会うという知らせが来た。慶喜は勇んで大奥の広間に出向いた。和宮は小柄な皇女だった。孝明天皇の妹にあたり、どことなく面影が似ている。慶喜は朝廷に弓を引かないために、全軍を置き去りにして江戸に戻ったと、ありのままに語った。

「これから勅使が穏やかに江戸に来てくだされば、私は喜んで城を明け渡します。どうか江戸を攻めないでいただきたい。徳川家を一大名として残していただきたい。それを朝廷に、お伝えください」

するると和宮が聞いた。

「そのために、お腹を召しても、よい覚悟ですか」

慶喜は言葉に力を込めた。

「もちろん、切腹は覚悟の上です。私の命と引き換えに、徳川家が助かるのであれば本望です」

嘘いつわりのない気持ちだった。和宮は、ほっそりとした顎を引いて、うなずいた。

「わかりました。侍女に手紙を持たせて、都まで使いさせましょう。私が嫁いできたのは公武合体のためでしたけど、上手くいきませんでした。以来、私は何のために嫁いできたのかと、空しい思いを抱いてきました。でも今、徳川のために働けるのでしたら、嫁いだ意味があったかもしれません」

慶喜は望みが通るようにと願いつつ、一礼して、和宮が上段から去るのを待った。

その頃から、天保山沖や兵庫沖にいた幕府艦隊が、次々と品川沖に帰ってきた。大坂に残った旧幕臣を満載しており、続々と上陸して江戸城に入ってくる。

主だった譜代大名や旗本を大広間に集めて慶喜は評定を開いた。すると徹底抗戦論ばかりが勢いづく。フランスの軍事支援を受ければ、勝利は硬いと主張する者もいる。そんなことは前からわかっており、慶喜には、今さら受け入れる気など、さらさらない。

片端から抗戦論を退ける中で、勝海舟の主張が心をとらえた。

「上さまが朝廷に弓引かぬおつもりでしたら、それを通されたら、よろしいかと存じます」

浜御殿とは打って変わった態度だった。

御座所に呼んで詳しく話を聞くと、横浜と箱根および碓氷峠（うすいとうげ）の関所警備だけは、きちんとすべきだという。横浜は、この混乱に乗じて、外国からの侵略の隙を作らないため。関所は抗戦派に奪われないようにするためだという。新政府の軍勢が来た時に、すみやかに関を通せるようにしておかなければ、そこから戦闘が始まる。

理にかなった策ながらも、つい険を含む言い方になった。

「浜御殿での態度とは、ずいぶん違うものだな」

すると海舟は臆する様子もなく答えた。

「板倉どのから、上さまのお覚悟を伺いました。江戸に引くことが、内乱を防ぐための最後の手段だと」

海舟は国際事情に通じている。だからこそ内乱の怖さも、充分に理解していた。

慶喜は、その場で海舟を陸軍総裁に抜擢した。そして板倉たちは老中の任を解き、それぞれの国元に帰した。旗本以下だけを残し、徳川家という組織を、できるだけ小さくしたのだ。

だが、なおも容保が徹底抗戦を訴える。

「将軍家の命令には、絶対服従が会津の家訓です。どんな厳しい戦場でも、ためらいません。どうか先陣を、お命じください」

「絶対服従ならば、恭順せよという命令にも従ってもらいたい。そのつもりで大坂から連れ帰ったのだ」

すると容保は畳を拳でたたいた。

「なぜ、薩摩の悪行を見過ごしにするのですか。私には許せません」

会津藩は幕府に絶対服従だからこそ、幕府の正当性を貫きたがっている。その思いは理解できるものの、これも今さら受け入れられない。

慶喜は突き放すように言った。

「それほど戦いたければ、勝手に迎え撃つがいい。ただし国元でだ。今すぐ会津に帰れ」

するとと容保は席を蹴って立ち、足早に御座所から出ていった。京都でともに戦った同志と、とうとう袂(たもと)を分かったのだ。慶喜は情けなさと申し訳なさをかみしめた。

そうしている間に、和宮の侍女一行が京都へ旅立った。難しい役目ではあるが、禁裏の女たちは江戸城の大奥と同じく、意外な力を持っている。そこを利用して、いい返事を持ち帰ってもらいたかった。

女たちの一行と入れ替わるようにして、京都から新しい知らせが届いた。有栖川宮が東征大総督に任じられたという。徳川家を討つための総大将だ。

有栖川宮は和宮の元許婚であり、慶喜の母方の縁戚でもあるが、以前から過激な攘夷派だ。近頃では長州藩擁護に徹している。江戸への征討には、和宮を取り返すという大義名分もある。

その後も京都から知らせが相次ぎ、東征大総督の下に先鋒隊(せんぽうたい)が配されたという。先鋒隊は主要街道ごとに組織され、それぞれが江戸に向かって進軍してくる。その道中で、幕府の支配から離れて新政府に従うよう、地元を説得する役目だ。そうして地ならしをしたうえで、東征大総督の有栖川宮が最後に京都を出発するという形だった。

各先鋒隊の中でも最重要が、薩摩藩が務める東海道先鋒隊で、西郷隆盛が参謀だった。すでに東海道沿いの大名家を、次々と新政府に従わせているという。

そんな進軍の知らせを受けて、勝海舟が慶喜に言った。

「上さまがお城にいる限り、先鋒隊を迎え撃ちたがるやつらが出てきます。ですので、お城から出られる方が、よろしいかと存じます。先鋒隊に対しても、家臣に対しても、恭順の姿勢を示される必要がありましょう」

だが城を出るとなれば、最後まで責任を取れなくなる。

「そなたに後を任せてよいのか」

海舟は小さく、でも自信ありげに答えた。

「命をかけて、無事に開城いたします」

慶喜は今もって海舟を好きになれない。薩摩に通じているという噂もある。でも、だからこそ先鋒隊と交渉ができる可能性もある。

「もうひとつ、そなたに頼んでおかねばならぬことがある」

「何でございましょう」

「責任は私が負う。ほかの者に腹を切らせてはならない」

大将が生き残らなければならないのは、子供の頃から教えられてきた。でも慶喜がここで生きながらえたら、今までのことが、すべて保身のためだったと見なされる。それなら潔く切腹して果てたかった。

「田安家の亀之助(かめのすけ)を徳川家の養子に迎えて、家督を相続できるよう、朝廷に願い出てもらいたい。一大名として生き残れるように」

田安亀之助は、まだ六歳だが、この難局を乗り越えさえすれば、子供の当主のほうが、むしろ新政府に警戒されないですむ。

海舟は神妙な様子で答えた。

「できるかぎり努力します」

慶喜は寛永寺に移ることにした。

将軍家の菩提寺は、上野の寛永寺と芝の増上寺の二ヶ所だ。寺が力を持ちすぎないように、歴代将軍の墓所は二分されている。大坂城で没した家茂が増上寺に埋葬されており、順番でいけば、慶喜の菩提寺は寛永寺だった。

慶喜は退城前に、主だった家臣たちを集めて、今までの事情と開城の覚悟を語った。

「皆々の憤慨は、いわれなきものではないが、ひとたび戦争になれば、インドや中国の轍を踏む。あえて言う。暴動はならぬ。これに従わぬ者は、もはや徳川の家臣ではない」

城から出る際には、渋沢喜作が一橋家以来の歩兵三百人を率いて、慶喜が乗る塗駕籠の警護についた。上野まで送り届けた後は、彰義隊という独自の部隊を結成し、寛永寺の護衛として居残った。

寛永寺は上野の山すべてが境内だ。不忍池の反対側、もっとも奥まった北側に大慈院がある。その一室で、慶喜は自主的に謹慎生活に入った。かつてと同じように、雨戸の隙間に細竹をかまして、わずかな明り取りにし、薄暗い座敷で日を過ごした。

考えても仕方ないことが頭に浮かぶ。まだまだ江戸城では、大混乱が続いているに違いない。さぞ海舟が脱走者に手を焼いていることだろう。でも、もう、ここまでは何も聞こえてこない。

その時、雨戸の明り取りの隙間で、影が動き、外から声がした。

「ごめんなんして」

新門辰五郎だと気づいた時には、雨戸が一枚、開いて、懐かしい顔が現れた。久しぶりに明るい声が出た。

「辰五郎、よく来たな」

「へえ、どこだって行きますよ。ちょっと前に大坂城にも、ひとっ走り、行ってきたとこです」

見れば一橋家の馬印を肩にかついでいた。慶喜は驚いて聞いた。

「それを、どうした?」

「ちょいと話が長くなるんでね、順繰りに話さしてもらいますよ」

地面に立てた馬印を手で支えたまま、縁側に腰かけた。

「三田にある薩摩さまのお屋敷で、暮に大きな火事があったのは、聞いておいででしょう。それが御公儀の焼き討ちで、これっきり薩摩の手切れだって大騒ぎになって。こりゃ慶喜さんの一大事だってんで、子分を連れて大坂まで駆けてったら、慶喜さんは江戸に帰った後で。お城に、これが残ってたんですよ」

初めて慶喜が上洛した際に、辰五郎たちが誇らしげに行列の先頭に打ち立てた、一橋家の馬印だ。敵の手に渡っては一大事と、急いで持ち帰ったという。

「それは、ありがたかった。馬印のことなど、考えも及ばなかった」

「もう、今の時代にゃ、馬印なんて古風なもの、流行らねえのかもしれませんけど、あっしらの纏より大事な気がして、放っとけなくてね」

「いや、恩に着る」

礼を言う一方で、さっきから気になっていたことを聞いた。

「お芳は、無事に帰ったか」

辰五郎は笑顔になった。

「元気に帰ってきましたよ。大坂から軍艦に乗せていただいたって、大威張りでね」

「そうか。元気なら、よかった」

「まあ、時々は、ぼんやりもしてますけどね」

お芳を思うと、心が痛い。

「けど、あいつは慶喜さんの足手まといには、なりたくねえって。その心意気だけは、わかってやってくださいやし」

慶喜は小さくうなずいた。

「お芳の先行きのことは、あっしが何とかしますから、くれぐれも、お気になさらないでください」

どこかに嫁にやるという意味だった。それも寂しかったが、お芳の幸せを考えると任せるしかない。

「もうひとつ、ちょいと物騒な話を耳にしたんですけどね」

「どんなことだ？」

「このお寺に火を放って、慶喜さんの身柄を奪おうってやからが、いるらしいんですよ」

脱走した旧幕臣たちが、もういちど慶喜に指揮を執らせようとしているという。

「それで、慶喜さんさえかまわなけりゃ、あっしの子分たちを、ここに寄越したいんですけどね。火付けのやり口は、たいがい心得てますんで、見張っときますよ」

彰義隊では、そこまで手がまわらないという。慶喜は、なるほどとうなずいた。

「それなら来てくれ。寺を焼くわけにはいかぬ」

辰五郎は自分の胸を拳でたたいた。

「任せてくださいやし。それじゃ、これは、お寺に預けておきます」

金扇の馬印で庫裏の方を示した。それから、いつものように首の後ろに片手を当てて、腰をかがめた。

「じゃ、あっしは、これで」

慶喜は心残りを口にした。

「お芳に、よしなに伝えてくれ」

お芳と出会えてよかったと言いたい。でも口にはできなかった。代わりに辰五郎が言った。

「あいつは、慶喜さんに出会えて、本当によかったって、そう言ってますよ」

それで、かろうじて本心が出た。

「私も、だ」

辰五郎は少し洟をすすると、また腰をかがめて去っていき、慶喜は雨戸を閉めた。

薄暗くなった部屋で、閉めたばかりの戸板に背を預けて立つ。女々しいとは思うものの、お芳の笑顔がまぶたによみがえり、涙がこぼれた。

三月十五日に海舟がやってきて、うやうやしく告げた。

「昨日、芝の薩摩屋敷におもむきまして、江戸を攻めぬと約束させました。そのうえで開城の条件を新政府側に伝えました」

交渉相手の西郷隆盛は、おおむね納得しており、朝議にかけるためにいったん京都に持ち帰ったという。

「薩摩は勢いに乗っていますし、西郷が承諾したことが、都でひっくり返されることは、まずないと存じます」

海舟はふところから書付を取り出して読み上げた。

「ひとつ、脱走兵などの暴発は、できる限り、こちらで鎮圧する。ひとつ、武器軍艦はまとめておき、寛大な処分が下された後で、引き渡す。ひとつ、江戸城は引き渡しの後、田安家に返却を願う」

城の返却については、どうなるか定かではないが、とりあえず要求として出したという。海舟は読み上げを続けた。

「ひとつ、城内居住のものは城外に出て謹慎。ひとつ、徳川家臣の中からは命にかかわる処分者は出さない」

慶喜はほっとした。どうしても自分以外に腹を切らせたくはない。

「最後は上さまの処遇ですが、水戸での謹慎と決まりました。この件がくつがえることは、まずございません」

慶喜は耳を疑った。

「謹慎？　切腹ではないのか」

「その点、少し西郷と揉(も)めましたが、こちらの申し出を承諾させました」

「助命を願い出たのか？　私が責任を負うと申したであろう」

「上さまが腹を切られるとなると、家臣どもが黙っておりません。今、かろうじて抑えているのが、すべて無駄になります」

慶喜は投げやりに言った。

「いや、逃げた主君の命など、誰が惜しむものか」

「いいえ、上さまは、けっして命が惜しくて逃げられたわけでは、ございません。先だっても申し上げた通り、その点は承知しております」

「いや、そなたがわかっていようと、いまいと、逃げたこと自体、どう考えても姑息だ」

後ろめたさがないわけではないし、釈明する気もない。

海舟は淡々と続けた。

「大坂から密かに引かれたことを知るものは、ごくわずかです。生き残る方が、おつらいでしょうが、徳川家存続のために、どうか耐えてくださいませ」

慶喜には、もう何も言えなかった。

四月十日、再び海舟が訪れた。

「明日、お城を明け渡します」

東海道先鋒隊の一部が入城するという。

「どうか夜明け前に水戸へ旅立たれますよう」

「わかった」

「ここから常陸の国境までは、渋沢喜作が歩兵を連れて、護衛を務めます」

新門辰五郎の配下の者たちも、同行を願い出ているという。

「国境には、水戸からお迎えが来ているはずですので、そこで、お引き渡しになります。それと、もうひとつ大事なお知らせが」

「何だ?」

「五日ほど前に、水戸のご当主さまが、ご病気でお亡くなりになったそうです」

慶喜は思わず顔を伏せた。鶴千代麻呂、七郎麻呂と名乗っていた頃から、ただひとり心を通い合わせた五歳上の兄だ。

水戸では武田耕雲斎らの処刑後も、激しい藩内抗争が続いていた。慶喜は江戸に逃げ帰って以来、混乱の中でも兄が気がかりで、藩として朝廷寄りの立場を貫けと助言した。

それを受けて慶篤は、藩内の門閥派を刷新した。そして三月には、自身が小石川の江戸藩邸を出て、国元に移った。その頃から寝込みがちだとは聞いていた。藩内の抗争に心身ともに疲れ果てたのだ。

慶喜としては水戸で謹慎するに当たっては、やはり同腹の兄を頼りにしていた。それが三十七歳の若さで亡くなるとは。衝撃で言葉もない。

海舟が遠慮がちに言った。

「出発の際には、くれぐれも目立たぬように、お願いいたします」

今や寛永寺には、彰義隊と新門辰五郎の子分のほかに、恭順策に従わない旧幕臣や、譜代の藩士たちが続々と集まってきていた。

寺は寝泊まりする場所には困らないし、僧侶たちは幕府の復活を望んで、彼らを歓待して飲み食いをさせる。辰五郎の組の者たちは規律を守っているが、わけのわからない、ならずものたちも加わり始めていた。

出発の際に、そういった連中に見とがめられたら、妨害されかねない。そのために慶喜は早めに身のまわりの品をまとめた。

そして夜明け前の、まだ真っ暗な中、塗駕籠に乗り込んだ。寛永寺の裏門から出て、ひっそりと水戸に向かう。予定通り、彰義隊の中から一橋家以来の歩兵三百人と、辰五郎の組の子分たちが護衛として同行した。

慶喜は狭い駕籠の中で、年月が戻っていくような感覚を覚えた。思えば物心つく頃から水戸で育ち、十一歳で一橋家に入り、二十三歳から二十六歳まで謹慎生活を送った。そして三十歳で、徳川宗家と将軍家を継いだ。

それが江戸に帰ってきた時は、将軍ではなく、徳川宗家の当主になっていた。寛永寺で過ごしたのは二ヶ月足らずではあったが、一橋家での謹慎を思い出させた。そして今、水戸に戻ろうとしている。子供の頃のように、何も持たない身になって。

広大な関東平野を北東に進むと、利根川から先が常陸国になる。渡し船の乗り場で、水戸藩の役人と藩兵が待っていた。

喜作や辰五郎との別れ際に、慶喜は塗駕籠から降りて言った。

「このままでは、上野の山は脱走者の根城になって、先鋒隊の標的になってしまう。そなたらは上野に戻ったら、すぐ彰義隊を解散せよ。もう私の警護は不要なのだから」

するると喜作が苦しそうに言う。

「その点は心得ており、前から解散を提案してまいりましたが、彰義隊は三千人にまで膨れ上がり、もう言うことを聞かぬ者ばかりになってしまいました」

配下を持て余す苦悩は、慶喜も嫌というほど知っている。

「ならば、ここまでついてきた三百人を率いて、そなたは飯能に引くがいい。そして地元の寺に世話になって、新政府の措置を待て」

飯能は一橋家の領地であり、かつて、お芳と出かけようと夢見た地でもある。

「一橋家以来の歩兵隊と申せば、地元では悪くは扱うまい。上野に残る者たちは無頼の徒として、もう関わってはならぬ」

「かしこまりました」

そして喜作と辰五郎に礼を言った。

「世話になった」

さらに歩兵や子分たちに向かって声を張った。

「そなたらにも世話になった。達者で暮らせ」

男たちが洟をすすって別れを惜しむ。

慶喜は水戸からの迎えと共に、利根川の渡し船に乗り込み、塗駕籠も別船に載せられた。船着き場の杭を、船頭が櫂で押すと、たちまち船は川面に出ていく。

幅広の利根川を渡る間、男たちは見送り続け、岸辺から離れようとしなかった。向こう岸に着いて、たがいの姿が小さくなっても、なお立ち去らない。

慶喜は後ろ髪引かれる思いを断ち切って、ふたたび塗駕籠に乗り込んだ。

水戸では弘道館の一隅に、急ごしらえの離れ家ができており、そこでまた、細竹を雨戸にはさむ日々が始まった。

弘道館で武芸に励む少年たちの声が、風に乗って聞こえてくるのが、わずかな慰めになった。

暗い暮らしの中にも、水戸藩内の不穏な空気は伝わってきた。新藩主は昭武に決まったという。渋沢栄一らと渡欧中だが、急ぎ帰国を促したのだ。しかし帰ってきたら、すぐさま抗争に巻き込まれそうで、慶喜は、まだ歳若い弟の行く末を案じた。

時折、江戸の状況も耳にした。あれから渋沢喜作は彰義隊から離れ、振武軍と称して飯能に引いたという。

上野の山に残った彰義隊は、新政府軍の総攻撃を受けて、あっというまに敗走した。しかし振武軍も無事ではいられなかった。彰義隊の敗北に巻き込まれて、飯能で新政府軍の攻撃を受け、やはり逃走したのだった。喜作は戦死の知らせこそないものの、行方はわからなくなった。

ほっとする知らせもあった。徳川宗家の存続が許されたのだ。御三卿の田安家から、六歳の亀之助が当主として迎えられ、家達と名を改めて、駿河遠江七十万石へ移封になったという。駿河遠江は家康ゆかりの地であり、二百万石の三分の一が返ってきたのは、慶喜としては納得すべき結果だった。

夏になると、慶喜の身柄が駿府に移されることになった。あまりに水戸が不穏で、危険になったのだ。

水戸城の外堀である那珂川を川船で下ると、河口の那珂湊に旧幕府軍艦が待っており、そこから駿河国の清水港まで運ばれた。

駿府城下には駕籠で移動し、常盤町の宝台院で、ふたたび謹慎生活に入った。面会は制限されたものの、皆無ではなく、世の中の動きを知ることはできた。

翌八月には旧幕府艦隊が脱走した。海舟が新政府と交わした降伏条件には、武器弾薬と軍艦の引き渡しがあった。しかしオランダ留学から帰国した榎本武揚が、恭順策に納得せず、一部の旧式艦しか引き渡さなかった。そして主要艦隊を率いて北に向かったのだ。

さらに翌月になると、慶応四年は明治元年に改元され、まもなく新政府軍による会津総攻撃の知らせが届いた。容保は一時、恭順の姿勢を示した。しかし新政府軍は江戸で空振りした闘志を、すべて会津に向けたのだ。

これに対して、彰義隊の残兵や新選組や脱走者たちが、続々と会津に集結した。その結果、最大の激戦地となり、会津藩は満身創痍(そうい)で降伏したのだ。容保の助命は聞き届けられ、家老が責任を負って切腹した。

会津は幕府への絶対服従を家訓にしていた。結果として会津藩は、幕府という主人を救うために、藩として切腹役を果たしたのだと、慶喜は頭が下がる思いだった。

十一月になると、昭武一行がパリから帰国したと聞いた。そして師走の二十三日、渋沢栄一が宝台院に訪ねてきた。

慶喜が着流しのまま、薄暗い座敷に出ていくと、栄一は息を呑んだ。二年前に別れた時には、慶喜は将軍になったばかりだったが、その落差に驚いたらしい。

同情されるのも不本意で、ヨーロッパの話を促した。すると栄一は律儀に言った。

「西洋の話は山ほどございますが、まずは会計報告を」

そういって差し出された帳面に、慶喜は、ざっと目を通して言った。

「そなたの会計に間違いはあるまい」

「それでしたら、ひとつ、お願いがございます。お暇をいただきとうございます」

「暇を？　何を始めるのだ？」

「水戸にまいります。昭武さまが水戸の藩主になられるに当たって、私を召し抱えたいと仰せなので」

渡欧中の栄一の働きぶりを、昭武が見込んで、側近に迎えたいというのだ。だが慶喜は即座に止めた。

「それは許さぬ。そなたが水戸に行けば、まちがいなく殺される。新藩主の側近など、妬まれて、かならずや奸臣扱いされる」

平岡円四郎と原市之進の轍を、栄一に踏ませたくはなかった。

「されど、昭武さまが」

「昭武のことは水戸で面倒を見る。それより、そなたは何のために渡欧した？　新しい世の中に役立つことを、学んでこいと申したであろう。その成果はどうした？」

栄一は気まずそうに答えた。

「上さまより、お命じいただいた人減らしの受け皿は、しっかり学んでまいりました」

「ならば、それを実行せよ。むざむざと水戸で殺されたら、渡欧させた意味が失せる」

栄一は叱責を受けて、すっかり縮こまってしまった。慶喜は言いすぎたかと、ふたたび促した。

「して、その受け皿とは、どんなものだ？」

するとと栄一は、ぽつりぽつりと話し始めた。

「ぜひとも日本に根づかせたい新しい商法です。浪人になって資金がなくても、西洋の商人のように誇り高く働けます」

まずは豪商たちから金を出させ、それを元手に会社を立ち上げる。その一方で、金はないが、熱意と、少しばかりの教養のある者を、社員として集める。そして社員を働かせて、給金を支払いつつ、できるだけ利益を出して、最初の出資者たちに分配するという。

「西洋では、すっかり定着しておりますので、日本でも上手くいくと存じます」

慶喜は身を乗り出した。

「素晴らしい策ではないか。もっと詳しく話せ。どんな仕事をするつもりだ？」

「まずは紙を作る会社を、立ち上げたいと存じます」

紙を安く大量に作れれば、本や帳面ができて、教育に貢献できるという。

「それから絹の製糸場です。長年にわたって西洋では、蚕の病気が蔓延していますので、質の高い製品を大量に作れば、いくらでも輸出できて、きっと貿易の稼ぎ頭になります」

慶喜は、そういえばと思いだした。

「製糸場はフランスが手を貸したいと申していたぞ。蒸気機関を備えた製糸場だ。フランスで聞かなかったか」

「耳にしました。横須賀の造船所と同じように、フランス政府が手助けしたいとのことでした。興味はありますが、それは新政府の官営事業ですし、私などが関わるものではないと存じます」

栄一は少人数で会社を立ち上げ、そこからは社員たちに任せて、規模を大きくしていきたいという。

「ひとつ会社が軌道に乗ったら、また次へ次へと、民間の新会社を作っていきたいのです。さすれば大勢が働けますので」

慶喜はなるほどと思った。確かに栄一は大きな組織よりも、小さい集団の方が手腕を発揮する。

「私の水戸行を、お許し頂けないとのことですので、こちらのご城下で、お役に立てるような会社を、やってみようと存じます」

慶喜は即座に了承し、海舟に相談するように勧めた。

すると年明け半ば、また栄一が現れて、城下の紺屋町に商法会所を開いたと報告した。もともと駿府は幕府の直轄地だけに、老舗の商家が多く、どこも鷹揚で、出資に応じてくれたという。

移住した旧幕臣には帰農する者も多く、特に遠江で大規模な茶園を開拓し始めた集団がいた。茶も生糸と同様、輸出品として期待が高い。

栄一は農家で生まれ育った経験から、土壌の改良が必要だと見抜いた。そこで東京に出て鰊粕など肥料を大量に買い付けて、帰農した者たちに払い下げた。

すると茶園では一番茶、二番茶、三番茶と、続けざまに良質な茶葉が採れ、秋には田畑が大豊作となった。それを換金し、帰農した者だけでなく、出資した商家も充分な配当を得た。商法会所は素晴らしい滑り出しを見せたのだ。

九月には慶喜の謹慎が大幅に緩和された。常盤町の宝台院を出て、栄一の商法会所の近くで、代官所だった建物に住めるようになった。

栄一は大興奮で祝いに駆けつけた。そのうえ渋沢喜作の消息がわかったという。

「箱館で生きておりました」

喜作は飯能での敗走の後、北に向かい、会津でも戦ったという。その後、榎本武揚が率いる旧幕府艦隊に合流し、箱館の五稜郭を拠点に蝦夷地開拓を目指したのだ。

だが今年五月、新政府の攻撃に耐えきれず、五稜郭は開城。降伏した幹部の中に、渋沢喜作の名前があったという。

「そうか、喜作が生きていたか」

慶喜は感無量だった。鳥羽伏見の戦いから始まった内乱が、全国規模に発展することなく終結したのも、ありがたかった。いよいよ新時代に踏み出せる予感がある。

だが温暖な駿府にも、本格的な寒さが到来する頃、渋沢栄一が肩を落として現れた。

「新政府から出仕命令が下りました」

税制が、米の年貢から現金納入に切り替わるため、その仕事を命じられたという。

「私は税のことなど、まったくわかりません。まして役人など向きません」

確かに栄一は幕府の役人も務まらなかった。

「以前から商法会所にも、いろいろ横槍が入っておりました。新政府は徳川家が力を盛り返すのを恐れているのです」

慶喜は、さもありなんという気もしたが、栄一には頑張らせたかった。

「そなたは、この城下で終わる男ではない。むしろ東京に出て新政府に勤めてみよ。嫌になったら辞めればいいが、いちどでも新政府に勤めた経歴は、きっとそなたの信用になる。それから紙や生糸や、いろいろな会社を立ち上げればよいではないか。それが当初からの夢だったのであろう」

栄一は口をへの字に曲げてうなずき、不本意ながらも東京へと旅立っていった。

すると商法会所は、たちまち崩壊した。鷹揚な老舗商家も、栄一が去ったとたんに事業を信用できなくなり、目の色を変えて資金を回収し始めたのだ。

慶喜は渋沢栄一という男の底力を、改めて見直した。あの福々しい丸顔だからこそ、人の信用を得られるのだ。これからも、その信用で活躍するに違いなかった。

十二章　シャンデリア

麻布坂下町界隈を、ドイツ製のダイムラー車が、けたたましいエンジン音をかき立てながら走る。

慶喜は後部座席のガラス窓越しに、ひとりの若い娘に目を留めた。年甲斐もないとは思いつつも、つい断髪の白髪頭を振り向かせて、遠のいていく娘の後ろ姿を目で追った。

娘が着ていた小袖に心惹かれたのだ。鮮やかな黄色の地に、茶色の格子が配された黄八丈で、昔、お芳が着ていたものと似ていた。

「御前、もしや、お気に召した女でも？」

隣に座った渋沢栄一が、つられて背後を振り返っている。

娘の姿が見えなくなって、慶喜が前に向き直ると、栄一も座り直して聞いた。

「東京に引っ越されたのを機に、新しい側女でも置いてはいかがですか」

明治維新から三十年間、慶喜は静岡で暮らし、去年、巣鴨に転居したばかりだ。

慶喜は苦笑した。

「そなたとは違うわい。そうそう側女など増やせるか。もう六十二だぞ」

「いやいや、まだまだ、お盛んでしょう」

かつての慶喜は真面目一辺倒だったが、今では、こんな軽口もたたける。

慶喜は静岡で側室との間に、何人もの子を設け、早世した子も少なくなかったが、十三人が成人した。

その中で跡継ぎは、十六歳になった慶久(よしひさ)と決めている。眉目秀麗、頭脳明晰、手先は器用。そのうえ性格がよくて、慶喜のいいところだけ似たと言われる七男だ。

その時、運転手が前の座席から声をかけた。

「急坂を登ります。少し、やかましくなりますが、ご勘弁ください」

言い終えないうちに、座席の背もたれに背中が押しつけられ、ダイムラーの騒音が、いよいよ高まる。

栄一が、坂道の左側に連なる海鼠塀(なまこべい)を指さして、騒音に負けじと声を張った。

「ここですよ。新しい有栖川宮邸。昔は南部さまのお屋敷だったらしいんですが、三年前に先代の宮さまが亡くなられて、今の殿下に代替わりしてから買われたんです」

先代の宮とは、かつて和宮の婚約者だった有栖川宮熾仁親王であり、殿下と呼ばれる現当主は、その弟の威仁(たけひと)親王だ。慶喜は今日が初対面になるが、年齢は三十代後半で、相当な美男だと聞いている。

慶喜は海鼠塀を眺めながらつぶやいた。

「まったく有栖川宮さまのところは、織仁（おりひと）親王だの、幟仁（たかひと）親王だの、熾仁親王だのと、字面の似た名前ばかりで、親戚ながら、いまだによくわからぬ」

慶喜の母は、有栖川宮家六代当主、織仁の娘だった。慶喜の兄嫁も、有栖川宮家の出で、八代目の幟仁の娘だ。和宮の許嫁だった熾仁親王は、明治維新後に斉昭の娘と結婚した。有栖川宮家と水戸徳川家では、何重にも婚姻を交わしており、親戚として特に縁が深い。

「まあ、似たような名前といえば、こちらも慶篤だの、慶勝だのと、慶ばかりだがな」

慶喜の冗談に、栄一が笑う。栄一は壮年に至って、いよいよ福相に磨きがかかった。話しているうちに、ダイムラーが坂道を登り終え、運転手が左にハンドルを切る。ようやく平坦な道に変わり、ほどなくして有栖川宮邸の正門に至った。門番が洋風の門扉を開いて、中に招き入れる。

中には日本家屋と洋館が並んでおり、洋館の車寄せのところに、洋服姿の男が立っていて、手招きしていた。

栄一が慶喜の耳元に顔を近づけて言った。

「親王殿下ですよ」

威仁親王みずから出迎えとは、慶喜は内心、驚いたが、よく見ると、たしかに並外れた美男だった。慶喜の若い頃は、切れ長の目に特徴があったが、有栖川宮威仁親王は大きな二重まぶたで、洋風な顔立ちだ。

ダイムラーが停車し、運転手が降りて後部扉を開けた。慶喜が降りると、目の前に威仁親王が立っており、さわやかに挨拶した。

「初めてお目にかかります。威仁です。よく、おいでくださいました。お待ちしておりました」

慶喜は久しぶりに緊張感を覚えた。親戚とはいえ、相手は宮家の当主であり、丁寧に挨拶を返した。

「お招き、ありがとう存じます。徳川慶喜でございます」

そのまま玄関に導かれる。

大きな木製の扉は、すでに全開にされており、中では、ほっそりとしたドレス姿の女性が立って待っていた。

「慰子でございます。ご足労いただきまして、ありがとうございます」

加賀前田家から嫁いできた妃殿下だった。にこやかに右手を差し出す。

慶喜が握手に応じると、後から入ってきた栄一にも握手を求める。夫婦でイギリスで長く暮らした経験があり、洋式のしぐさが馴染んでいた。

慶喜は紋付袴姿だが、栄一は仕立てのいい背広の上下で、片手に山高帽を持ち、小脇にステッキをはさんで握手に応じている。こちらも若い頃にパリ万博で渡欧した筋金入りだ。

洋館のもっとも奥まった場所が、南西向きのテラスになっていた。眼の前の下り勾配には、冬枯れの森が広がり、木々の間から、坂下の池が垣間見えた。

暖かい日差しに満ちたテラスに、シャンパンが持ち込まれ、改めて挨拶を交わしながら、四人で乾杯した。威仁親王が穏やかな口調で話す。

「ずっと、お目にかかりたいと思っていました。亡き兄も本当は、お会いしたかったと思います」

慶喜はシャンパンを口にしながらも、わずかに違和感を抱いた。先代の有栖川宮に対しては、いまだに反感が心の底に淀んでいる。慶喜が三十年も暮らした静岡から、ようやく東京に引っ越してきたのも、有栖川宮が亡くなったと聞いたからだった。

幕府崩壊時、有栖川宮は東征大総督を務めただけでなく、江戸開城後に会津征討総督になった。いわば会津を完膚なきまでに、たたきのめした張本人だ。

会津藩は京都守護職当時、長州藩士や藩とつながりの深かった浪士たちを、何人も斬った。それで恨みを買い、会津攻めで仕返しをされたのは否定できない。

それにしてもと慶喜は思う。幕府は二度にわたる長州征討を、ごく穏便に収めた。有栖川宮にしても会津に対して、もう少しやりようがなかったのかと、いまだに憤りを捨てられない。

そんな思いを読み取ったのか、威仁親王が少し申し訳なさそうに言った。

「信じていただけないかもしれませんが、兄は会津攻めを悔いていました。子ができなかったのも、たくさんの会津人を見殺しにした報いではないかと、気にしておりました」

先代有栖川宮には正室との間にも、側室たちとの間にも、子は恵まれなかった。そのために弟の威仁親王に跡を継がせたのだ。

「松平容保どのにも、いつか会って謝りたいと申していました。でも意地っ張りなところがあるので、ずるずると先延ばしにして、気づけば容保どのに先立たれてしまい、それも悔いておりました」

慶喜にも東京に来たら会いたいと、何度も言いながら、機会のないまま、本人が他界してしまったという。

「兄の思いをお伝えしたくて、今日、こうして来ていただいた次第です」

威仁親王はシャンパングラスに目を落とした。

「私は会津に別邸を建てたいと思っています。磐梯山(ばんだいさん)や猪苗代湖(いなわしろこ)が見える場所に。そこに足繁(あししげ)く通って、会津の鎮魂に務めたいのです」

慶喜としては先代への反感は、おいそれとは消せないものの、威仁親王の純粋な思いは、受け入れられそうな気がした。

それから豪華なシャンデリアの下がる主食堂に移り、西洋式の昼食をともにした。和気藹々の食事がすんで、珈琲が出る頃、また威仁親王が改まって言った。

「今日、来ていただいたのには、もうひとつ大事なことがあるのです」

慶喜は珈琲茶碗を受け皿に戻した。

「どのようなことでしょう」

「帝が謁見を、お望みです」

さすがに息を呑んだ。幕府崩壊時に幼帝と呼ばれた天皇も、もう四十代後半のはずだ。それが慶喜に会いたいとは、何の用かと、つい身がまえる。

「実は帝も、気にかけておいでなのです。幕府崩壊の時のことを」

「滅相もない。そのようなことを気にかけていただく謂われは、ございません」

「いいえ、謁見しなければ、帝は気がすまないと仰せで」

そこまで言われたら、断れる立場ではない。慶喜は口を閉ざした。

帰りのダイムラーの車中で、栄一が言った。

「威仁親王は、ご自身のご令嬢を慶久さまに嫁がせたいと、お望みです」

いよいよ驚く。慶喜の跡継ぎ息子に、宮家の姫を降嫁させようとは。

「何を申す？　そのようなことを、お受けできるはずがないではないか」

「なぜ、いけませんか」

「逆賊という思い込みを、婚姻によって取り除きたいと、威仁親王はお考えなのです」

「いや、それは無理だ。かならずや横槍が入って、その令嬢に失礼なことになる」

　この件ばかりは受けるわけにはいかなかった。いろいろ驚くことがありすぎて、思わず愚痴がこぼれ出た。

「東京は面倒だ。やはり静岡から出てこなければ、よかったかもしれん」

　東京に出たのは、先代の有栖川宮の死去もあったが、慶喜自身、六十歳を過ぎて、健康に不安を抱き始めたからでもあった。少しでも体調を崩すと、わざわざ東京から医者が駆けつける。それが面倒だった。

　思えば静岡での暮らしも悪くはなかった。家康が隠居城とした駿府の城下で、自分も死ぬまで隠居生活を続けようと、覚悟を決めていたのだ。

　渋沢栄一が新政府に出仕したのが明治二年十一月で、翌年初夏には静岡藩の音頭取りで、旧幕臣たちによる山百合の採掘が行われた。野生の株を土付きで横浜から輸出すると、欧米の園芸家に高値で売れるという。

「どうか、御前も、お出ましください。皆々の励みになりますので」

藩の役人に頼まれて、慶喜も鍬を持って山に入った。これが意外に面白かった。勘の悪いものは一本も見つけられないが、慶喜の行く先々に可憐な百合の花が咲いていた。

これを機に山歩きが面白くなった。そこで旧幕府陸軍の銃を一本譲ってもらい、地元の猟師に基本だけを習って、狩猟をたしなんだ。特に猪肉は、よく血抜きすれば美味で、豚肉好きな慶喜の口に合った。

魚釣りにも凝った。手先が器用なので、自分で細竹を切って釣り竿や浮きから作った。それを安倍川の河原に持っていって、糸を投げると、そこそこ釣れた。もっと釣りたくなり、道具や餌を、とことん工夫した。

漁師船にも乗せてもらい、投網も手がけた。当初、投げる際に、ぱっと広げるのが難しかった。そのため屋敷に帰ってから、自分で薄布におもりを縫いつけて、ひとりで稽古を重ねた。すると次に乗船した時には、空中で見事に広がった。

漁師たちが呆れ顔で言う。

「慶喜さんにゃ、かなわねえだよ。何やっても、上手くやるだし、しょんねえだ」

地元の人々は気性が穏やかで、親しみを込めて「慶喜さん」と呼んでくれる。それも気に入っていた。

気候が温暖のため冬場でも出かけられるし、雄大な富士山が望めるのも魅力だった。雨降りの日には碁盤に向かい、絵も描いた。かつてのような面倒に、いっさい関わらずにすむのが、ありがたかった。幕末に何もかもやり遂げたという感があり、若くして楽隠居で、いっこうにかまわない。

京都時代に、江戸に置き去りだった美賀子は、紺屋町の代官屋敷に入った時に呼び寄せた。相変わらず親しくもないが、特に角突き合わせることもなく、淡々と同じ屋敷で暮らした。

すると一年もしないうちに、美賀子が言った。

「お子ができへんのは、私が悪いように言われますし、ご側室を置かはったら、いかがですか。旗本の娘で、ちょうどええ娘がいてはるそうですし」

もはや美賀子とは男女の仲に戻れないと、たがいに諦めていた。そこで勧められるままに会ってみると、候補者がふたり来ていた。どちらか気に入った方を選べという。

慶喜の好みを知る者が世話をしたのか、ふたりとも、どことなくお芳に似ていた。お芳のことは、あれからも未練を引きずったが、風の便りに、すでに町方に嫁いで幸せに暮らしていると聞いていた。

ただ、ふたりの候補者のうち片方を断ると、本人からも親からも恨まれそうで面倒になり、ふたり揃って側室に迎えた。

明治四年の夏には長男が、秋には次男が相次いで生まれたが、どちらも一年足らずで早世した。翌年には三男が生まれたものの、この子も育たなかった。

その頃、廃藩置県が行われた。大名による統治がなくなって、知事は新政府から派遣されてくることになった。静岡藩も静岡県に変わり、九歳になっていた家達は、東京の千駄ヶ谷に屋敷をかまえて、家臣ともども移っていった。

駿府城は空になり、城下の賑わいも消えた。慶喜は謹慎が完全に解除されたわけではないために、ひとりで残った。いくら居心地がよくても、取り残される寂しさは否めなかった。まして城下の子供たちが元気に走りまわるのを見ると、わが子が育たないのが寂しかった。

次に生まれた四人目が女児だったので、思い切って商家に里子に出してみた。すると、すくすくと育った。以来、子供が生まれると、次々と町方に里子に出した。

引き取る頃には、すっかり駿河弁に染まり、色黒で骨太な子供になっていたが、慶喜は満足だった。思えば庶民が好きだったのだ。新門辰五郎も、お芳も、渋沢栄一も、渋沢喜作も。

あれから結局、栄一は新政府でも力を発揮し、フランスの支援を受けて富岡製糸場を立ち上げた。明治六年には新政府を退官し、銀行を設立して、念願だった製紙会社も始めた。一方、喜作は横浜で生糸貿易に携わっている。

栄一は会社が軌道に乗ると、慶喜に株を譲り、配当で暮らしが立ちゆくようにしてくれた。

その後、謹慎は完全に解除されたが、東京に移る気は失せていた。以前は旧幕臣たちの手前、何かと遠慮があったが、経済的に頼らずにすむようになって、いよいよ気が楽になった。

新政府の役につかないかという誘いも、一度ならずとあったが、応じる気はなかった。自分は人との関わりが下手なのだと、今では自覚している。何もかも自分でやってしまい、人に任せられないのだ。

だが安倍川の河原で、ひとりで清流を眺めていたりすると、ふいに迷いがよみがえることがあった。京都での判断は間違っていなかったのかと。どれほど年月を経ようとも、それは心の隅にひそみ続け、何の前触れもなく顔を出した。

それを忘れたくて、横浜から輸入自転車を取り寄せた。持ち株が大きく値上がりした時に、一部を手放して買ったのだ。そして嫌な感情が湧くと、急いで自転車にまたがり、全速力でペダルを漕いだ。

その後も写真機を手に入れ、あちこちを撮影して歩き、屋敷に戻っては現像と紙焼きに熱中した。慶喜の多趣味は、過去との戦いの武器だった。

明治十年四月になると、母の吉子が静岡まで訪ねてくると連絡があった。もう七十四歳になっていたが、水戸家の女駕籠に乗ってくるという。

慶喜は自転車で、清水の東に位置する興津まで迎えに出た。かれこれ十四、五年ぶりの再会だった。

　駕籠から出てきた母は、薄くなった白髪を短く切り揃え、顔にはしわが刻まれていた。体も、ひとまわり小さくなっていた。それでも品のよさと京言葉は変わらない。再会が嬉しくてたまらないという笑顔で話す。

「鹿児島で戦争が起こりましたやろ。それ聞いたら、急に心配になってしもうて」

　二ヶ月前に西南戦争が勃発していた。首謀者となった西郷隆盛は、かつて東海道先鋒隊の参謀として、勝海舟と江戸開城の交渉をした相手だ。

　吉子としては、息子が巻き込まれそうな気がして、一念発起して長旅に挑んだという。

「もう私も歳やし、今のうちに会わんとと思いましてな」

　話すうちに、たちまち年月が戻り、親しみが増した。

　慶喜は紺屋町の屋敷に母を泊めて、撮りためた写真を見せては、子供のように自慢した。そして、ちんまりと可愛らしい吉子の姿を撮影した。浅間神社や三保の松原なども案内した。

　夕食を共にしていた時に、吉子がしみじみと言った。

「あなたは歴代の将軍の中で、権現さまと同じくらい立派なことをしやはりました。権現さまは二百五十年も合戦のない世を作らはりましたけど、あなたも大きな合戦をせえへんで、新しい世の中に引き継がはったんですから。あなたが権現さまの再来ゆうのは、ほんまやと思います。何ごとも始めるよりも、終える方が難しいし。こないに立派な息子を持って、母は心から誇らしいし、亡き父上も喜んではりますえ」

そして予定の滞在を終え、名残惜しげに、東京へと帰っていった。

それが今生の別れと覚悟していたが、幸運にも、その後も会う機会に恵まれた。母と熱海で落ち合って、湯治を楽しんだこともあったし、病気と聞いて、慶喜の方から見舞いに出かけたこともあった。それが初めての東京行きになり、以降は米寿の祝いにも出向いた。

「こないに立派な息子を持って、母は心から誇らしいし、亡き父上も喜んではりますえ」

会うたびに、そう繰り返した。そして明治二十六年一月末、吉子は九十歳で天寿を全うした。五十七歳になっていた慶喜は、母の葬儀で二十六年ぶりに水戸におもむき、初めて父の墓参りも果たした。

慶喜は墓前で、両親が誉めてくれていると信じつつも、迷いや悔いはなおも心の隅にひそみ続けた。

翌年には美賀子も静岡で亡くなった。そして慶喜は六十一歳で、とうとう東京巣鴨に居を移したのだった。

天皇との謁見は、意外に早く、有栖川宮邸訪問の翌月に実現した。

江戸城は宮城（きゅうじょう）と呼ばれ、昔、西の丸があった場所に、和洋折衷の宮殿が建っていた。

その一室で、慶喜は陪食の栄に浴した。

かつて孝明天皇とは御簾越しに、衣冠束帯の正装で対面した。床に大きな段差があったし、帝とは一定の距離を保っていた。

だが今回はシャンデリアの下で、軍服姿の天皇とドレス姿の皇后とともに、ごく親しく食卓を囲んだ。供されたのは和食で、天皇は、たびたび箸を止めては話をした。

「維新の時、まだ朕（ちん）は十七で、いろいろな事情が、よく呑み込めていなかった。だから、そなたが大坂城から消えた時に、薩摩や長州のものたちと一緒に笑ったものだ。怯えて尻尾を巻いて逃げたと」

だが、その後、山岡鉄舟（やまおかてっしゅう）が侍従を務めた。勝海舟が開城交渉をするより先に、西郷隆盛のもとにおもむいた旧幕臣だ。

「鉄舟は誠実な男で、朕に問うた。最後の将軍は、本当に腰抜けだったのだろうかと。あの混乱の時期に、先帝の深い信頼を得て、将軍を任されたほどの男が、ただ怯えて逃げるものなのかと」

そこで天皇は初めて気づいたという。

「あの時、そなたが姿を消したからこそ、都は戦火をまぬがれたのだ。都どころではない。日本中が大乱から救われた。しかし今もって、それに気づかぬ者が、あまりに多い。だからこそ今日、こうして食事を共にした」

天皇が会食するほどの価値のある人物だと、天下に示したいという。

慶喜は、そこまで理解され、配慮されたのかと感無量だった。さらに驚いたことに、皇后が手を伸ばして、慶喜の杯に酌をしたのだ。慶喜は恐縮するばかりだった。

そんな様子に天皇が目を細めた。

「近いうちに爵位を授けよう。それに、いつの日か、そなたの家系や会津の娘を、皇室に迎え入れたい」

孫か、もしかしたら曽孫（ひまご）の代になってしまうかもしれないし、皇后は無理かもしれない。でも少なくとも宮家の妃として迎えたいという。

「それによって、はっきり示したい。幕府にも会津にも落ち度はなかったと」

驚くことの連続で、慶喜は言葉もない。

「いろいろ、うるさいことを申す者もいる。それを黙らせるためにも、まずは、そなたの家と有栖川宮家とで縁を交わしてもらいたい」

宮家の血筋が入れば、孫子の代で、皇室に迎えやすくなる。そのために息子の慶久と、有栖川宮家の令嬢との縁談をまとめよというのだ。

帰宅するなり、慶喜は万感の思いを日記にしたためた。かつては毎日のようにつけていたが、上野の寛永寺で謹慎した際に、すべて燃やしてしまった。最後の将軍となった自分の記録は、かならずや後世に残る。だからこそ自己弁護を残したくなかったのだ。

以来、三十年ぶりの日記だった。わずかな行数で、詳しい話題には触れなかったが、陪食の卓についたこと、皇后が手ずから酌をしてくれたことなどを記した。

とうとう迷いも悔いも消えた。子供の頃から勤皇少年だった慶喜にとって、心に深く強く刻み込まれた負の感情は、天皇でなければ取り除くことができなかったのだ。

水戸の方角を向いて、つぶやいた。

「父上、母上、不肖の息子が、とうとう晴れの日を迎えました」

さらに声を大にして叫んだ。

「耕雲斎、見てくれたかッ。私の晴れ姿をッ」


明治三十五年、慶喜は六十六歳で公爵に列せられた。華族の最高位だ。陪食から四年がかかった。その間、なお反対の声が根強かったのだ。

授爵の祝いに、渋沢栄一が現れて言った。

「とうとう御前の名誉回復がかないました。それを後世に伝えたいので、伝記を書かせていただきとうございます。そのために幕末のお話を、聞かせてはいただけませんか」

慶喜は承諾しなかった。やはり自己弁護はしたくなかったし、話せば誰かが悪者になる。公表しようとすれば、横槍が入るのは明らかだった。

それまでも、さんざん新聞や雑誌の記者などから取材を申し込まれたが、すべて断ってきた。自分の行動が理解されにくいのは自覚している。微妙な部分で曲げて書かれそうで、それも嫌だった。

だが慶久と、有栖川宮家の實枝子との婚約が整うと、また栄一は勧めた。

「ご子孫のために、何が史実だったのか、残してさしあげてはいかがですか。今のままでは、せっかくの公爵家なのに、子々孫々まで肩身の狭い思いをなさいましょう」

話の聞き役や記録係など、四、五人の旧幕臣で慶喜を囲み、何度も会合を重ねて、きちんと文章にまとめたいという。

そこまで言われると心が揺れたが、まだ関係者は健在で、差し障りが大きかった。

栄一は丸顔をほころばせて言う。

「それに近頃は旧幕臣たちも、いろいろな昔話をしております。御前が開陽丸で江戸にお帰りになった際に、船室から子供の声が聞こえてきて、不審に思っていたら、実は女の声だったとか」

お芳の声が外に漏れていたとは、慶喜は苦笑するしかない。

「そんなことまで話す者がいるのか」

「ご側室を置き去りにしなかったとは、御前も女には案外、お優しいのですね」

いよいよ苦笑いで誤魔化した。

栄一もひと笑いしてから、ふいに真面目な顔に戻って条件を出した。

「では百年は公表しない約束で、お話だけ記録させていただくという形は、いかがでしょうか」

慶喜は熟考の末に承知した。旧幕臣たちの会合は昔夢会と名づけられた。

慶久と實枝子が結婚に至ったのは、昔夢会が始まった翌年だった。

同じ年に威仁親王は会津の猪苗代湖畔に、天鏡閣という洋館の別邸を建てた。将軍家にも会津藩にも落ち度がなかったことを、そんな形で天下に示したのだ。

そして三年後、慶久と實枝子の間に女児が生まれ、威仁親王が喜久子と名づけた。慶喜は、皇室の菊の御紋を意識した命名と気づいたが、ほかに知られることはなかった。

昔夢会は年に数回ずつ開かれた。慶喜の記憶は鮮明だったが、当時の事情に詳しい関係者を呼んだり、諸藩の記録や公家の日記などで裏づけを取りながら、本格的な聞き取り調査になった。

記録係は、話した通りを文章に起こし、毎回、間違いがないか、発言者それぞれに確かめた。慶喜は、ところどころに付箋をつけ、朱を入れて返した。

それを記録係が清書して「昔夢会筆記」と題をつけた。さらに会の参加者たちが手分けして書き写し、手元で保管した。火事で焼失しないようにと、複数冊を作って分散させたのだ。

それをもとに、渋沢が「徳川慶喜公伝」という長編の評伝を書き始めた。「昔夢会筆記」は会話文だし、京都のことから、急に水戸の子供時代に戻ったりと、話が行ったり来たりする。栄一は時系列を整え直し、時代背景なども加えて、読みやすいようにまとめ直したのだ。

渋沢は「徳川慶喜公伝」の草稿も、こまめに慶喜のもとに届けた。これも目を通して返却した。そんなやり取りを繰り返しているうちに、年月が過ぎていき、渋沢が言った。

「昔夢会を始めた頃と比べて、世間の様子も変わりましたし、百年という縛りは緩めても、よろしいのではございませんか」

慶喜は昔夢会で話し始めて以来、さほど差し障りはない気がし始めた。すべて事実であり、どこからも文句を言われる筋合いはない。むしろ百年後、関係者が死に絶えてから公開するのも、一方的で姑息な気がした。

それに近年、日清戦争と日露戦争が続いたのも気になっていた。かつて慶喜が望んだように、天皇の下で日本陸軍と日本海軍がまとまった。それ自体はよかったが、強大になった軍事力にものをいわせて、対外戦争に踏み出そうとは予想していなかった。

今は戦勝を重ねているが、何ごとも成功より失敗にこそ学ぶべき点がある。ならば歴史的な失敗と見なされる幕府崩壊の事情を、世間に示すべきだと、慶喜は考えを改めた。

「そうだな。『昔夢会筆記』は内輪の史料だが、渋沢、そなたの書いたものの方は、世に出してもよいかもしれぬ」

それからも昔夢会は回を重ね、「徳川慶喜公伝」の執筆と校正も着々と進んでいった。

そんな大正二年十一月中旬、慶喜は風邪をこじらせて寝込んでしまった。もう七十七歳で、いよいよかと覚悟を決めた。

見舞いに来た渋沢が言う。

「お元気になってくださいませ。昔夢会は、まだまだ続けとうございますし、『徳川慶喜公伝』も最後まで、お目通しください」

昔夢会は十七回まで続いていた。しかし慶喜は横たわったまま力なくつぶやいた。

「さすがに、もういけぬ」

「いいえ、『徳川慶喜公伝』が世に出て、御前の評価がくつがえるのを、ぜひとも、ごらんください」

「そなたの尽力は、ありがたいが」

慶喜は前からの思いを口にした。

「薩長新政府は、下積みの武士から身を起こした者ばかりだ。世の中、それにならって、誰も彼も出世を目指す。やはり私の本心など、誰にもわからぬであろう」

少年時代から徹頭徹尾、尊皇方だったし、出世欲にも保身にも無縁だった。目指したのは大きな内乱を起こさず、諸外国の侵略を招かないことにつきた。

「徳川慶喜公伝」にしても、慶喜に都合のいいように書かれていると、うがった見方をされるのは覚悟の上だった。

「でも、理解されずともよい。そうなっても、そなたは腹を立てるな」

すると栄一は丸顔を、ゆっくりと横に振った。

「すぐではないかもしれませんが、かならず御前の本心は理解されます。日本が豊かな国になって、日本人が品位をわきまえるようになれば」

口元を引き締めて言う。

「そんなふうに日本が豊かになれるよう、これからも私は努めてまいります。そんな日が来ると信じて、『徳川慶喜公伝』を書いているのです」

これまでに渋沢栄一は、何百もの株式会社を立ち上げ、大企業へと発展させてきた。それによって日本は豊かになりつつある。慶喜とは別の方法で、栄一は日本を守っていた。

慶喜は、かすれ声でつぶやいた。

「栄一、これからも、頼むぞ」

大正二年十一月二十二日、徳川慶喜は生涯を閉じた。

その十五年後、昭和天皇の弟である秩父宮に、会津松平家から勢津子という令嬢が嫁いで、皇族に加わった。

さらに二年後、同じく昭和天皇の次弟、高松宮に、慶喜の孫娘である喜久子が嫁いだ。

幕末の慶喜の行動が、いっそう肯定された形だった。

だが徳川慶喜の本心は、今もって理解はされていない。

解説

村井重俊

神戸市の湊川神社は「楠公さん」と呼ばれ、南北朝時代の忠臣、楠木正成を祀っている。後醍醐天皇を助け、ライバル足利尊氏を苦しめたが、「湊川の戦い」で戦死した。その終焉の地に建立され、神戸市民に愛されている「楠公さん」。必見ポイントといえば、なんといっても正成の墓だろう。

室町期は地元の人が細々と祀り、「太閤検地」でその存在が確認され、江戸の元禄時代に急に注目を集めることとなる。

正成を大いに評価する人物が現れたのである。「黄門様」と呼ばれた二代水戸藩主の水戸光圀だった。光圀が編纂した『大日本史』では南朝を正統とし、正成を熱烈に賞讃した。光圀は家臣を湊川に派遣して墓碑を建て、

「嗚呼忠臣楠子之墓」

と、題字も自分で書いている。

「我が主君は天子なり。今将軍は我が宗室なり」

と、光圀は常々いったという。

この朝廷重視のスタンスは代々、水戸藩に受け継がれ、幕末の九代藩主、斉昭の時代に一気に先鋭化する。

ときに「黒船」の時代を迎えていた。

斉昭は海防の必要性を強調し、幕府の軟弱な外交方針を痛烈に批判した。高名な家臣の藤田東湖らが唱える「尊王攘夷思想」は全国に波及、多くの若者たちを刺激する。当時のベストセラー、頼山陽の『日本外史』もこの立場を踏襲した。尊王攘夷を体現した日本史上の人物といえば、正成になる。

正成の人気はさらに沸騰し、墓はさながら志士たちの〝聖地〟となった。

吉田松陰、桂小五郎、高杉晋作、西郷隆盛、大久保利通、横井小楠、新島襄ら、幕末維新のオールスターが次々とこの墓を詣でている。墓の裏面の銘文は明の遺臣、朱舜水が書いたが、亡国の忠臣の思いが世相とマッチし、銘文を印刷した拓本が飛ぶように売れた。誰もが尊王、勤王に異存はない。

こうした尊王攘夷の、いわば〝卸問屋〟である水戸藩のプリンスとして、徳川慶喜は生まれる。『最後の将軍』（文春文庫）で、司馬遼太郎氏は冒頭に書いている。

〈人の生涯は、ときに小説に似ている。主題がある。徳川十五代将軍慶喜というひとほど、世の期待をうけつづけてその前半生を生きた人物は類がまれであろう。そのことが、

かれの主題をなした〉

期待が人生の「主題」とは、なんとも厄介なテーマを背負ったことになる。

最も期待したのは父の斉昭だった。

激しいパーソナリティもあり、その持論は幕閣では重んじられず、慶喜の成長に期待をかける。眉目秀麗で、英気もあると見込み、英才教育を施した。御三卿の一橋家の養子とし、やがては将軍にと期待した。

これに有力諸藩が同調する。

島津斉彬（薩摩）、山内容堂（土佐）、さらに親藩の松平春嶽（越前）、老中の阿部正弘らが、慶喜を将軍にするために勝手に尽力した。さらには、全国の〝志士〟たちも、見知らぬ慶喜を「救国の英雄」とし、活躍を期待した。正成の墓前で涙を流し、攘夷を誓い、その指導者としての慶喜の姿を夢見た青年たちもいただろう。

こうして慶喜は幕末のアイドル（偶像）となった。何を考えているのか、その実力はどうなのか。実体は謎に包まれつつ、期待だけが高まっていく。

◇　◇

大阪経済大学の特別招聘教授、家近良樹氏も、著書『幕末維新の個性1　徳川慶喜』（吉川弘文館）のなかで、慶喜の出自を強調する。

父は斉昭、母は有栖川宮織仁親王の娘、吉子である。幕府と朝廷のトップに属する家柄の血を受けたことが、その後の人生を決定づけたと、家近氏はいう。
〈慶喜は、はるか後年（明治四十年）にいたって、次のようなエピソードを口にした。それは、二〇歳の時に、父斉昭が徳川光圀以来の家訓として、たとえこれから幕府に背くことがあっても、絶対に朝廷に対してそうあってはならないと申し聞かせたというものであった（『昔夢会筆記』）。この有名なエピソードが、慶喜の創作でなかったとしたら、ここにはすでに慶喜の複雑な将来が予見されていたといえよう〉

アンビバレンツな運命を背負ってきた将軍について、家近氏は書く。
〈これ以上、研究されつくしたかのように見える人物もそうはいないだろう。別の表現をすれば、手垢のついた人物ということになる。だが、それに反して、驚くほど慶喜に対する評価はいまだに確定していない〉

好評価から挙げれば、早くに幕府の崩壊を見通すなど、先見の明がある。大政奉還により、戦争を回避できた。明治以後の繁栄は慶喜の深慮のおかげである……。

まるで評価しない人もいる。優秀だが腰が引けた男だ。主張をすぐ変える。大坂城から逃げ帰るのはひどい。あれほど尽くした会津を見捨てて薄情だ。単なる弱虫じゃないか。

良くも悪くも慶喜は、人々の感情を突き動かす存在であり続けてきた。この慶喜について、なぜ作者の植松さんは書こうと考えたのか。どういう視点で書くことで、植松さんは慶喜に近づこうとしたのか。植松さんに聞いてみた。

「幕末史のど真ん中ですね。これまでも脇役としては何度も書いてきました。『最後の将軍』を読んでいたので、書くつもりはなかったんです。司馬氏があれだけ書いてしまえば、書きようがない。でも渋沢栄一のことを考えているうち、気が変わりました」

渋沢栄一は慶喜の忠実な家臣だったが、もともとは尊王攘夷に若き血を燃やした志士である。高崎城の焼き討ちを狙った倒幕派だったが、慶喜の家臣となった。

「渋沢が佐幕に転身したと捉えるのはどうも違うと考えました。なぜ慶喜の家臣になったかというと、慶喜を幕府の人間とは見なかったんじゃないでしょうか。そう考えているうちに、慶喜は最初から最後まで朝廷方だったんじゃないか、幕府方だったことはなかったとさえ思うようになりました。保身の人とか、二心殿とか、いろいろ言われていますが、それとは違う慶喜が書けるかなと」

植松さんはデビュー以来、約二〇年で四五作以上の作品を世に残してきた。歴史に埋もれた存在を主人公にした作品もあれば、誤解されがちな人物を主人公にすることもある。

佐賀藩主、鍋島直正（閑叟（かんそう））もそのひとりだろう。西洋文明の受容に邁進（まいしん）、優れた人材を輩出させた名君だが、政治的なスタンスが同時期には理解されず、不気味な存在とされた。その直正が主人公の『かちがらす　幕末の肥前佐賀』（小学館文庫）を書き、佐賀の多くの人が喜んでくれた。

「『こういう小説をずっと読みたかった』と言われ、うれしかったですね。直正はずっと幕府方なんですね。それは勤王の志があるから、幕府を守り立てたに過ぎない。帝が幕府に頼むよといっているのだから、それを助けるのが勤王である。これが鍋島の考え方で、幕府が政権を手放してはじめて、朝廷に従うようになった。日和見をしていたわけじゃない。慶喜は朝廷から禁裏御守衛総督を命じられ、摂海防禦指揮という役割を賜った。このときは誇らしかったと思います。孝明天皇を守る『禁門の変』では生き生きと活躍した。その行動の原点には常に勤王がある。そんなにわかりにくい人物とは思いません」

私は週刊朝日編集部で「司馬遼太郎シリーズ」を担当し、司馬作品の舞台になった土地を訪ね歩いている。薩摩、長州、土佐を歩けば、長岡、庄内、会津も歩く。会津の〝穏健派〟の長老に、慶喜について、戊辰一五〇年の思いを聞いたことがある。

「会津人としては薩長憎しはあるけれど、戦いだから彼らにも一分の理はある。向こうには関ヶ原の恨みがあり、徳川憎しがある。こちらは、藩祖保科正之が家訓を定め、徳川宗家のためには命をかけて尽くせと言い続けた藩です。衝突は仕方がない」

そして、突き動かされるように続けた。

「大久保、西郷は明治維新を革命と捉え、結末として慶喜の首をはねることを目的にした。それを逃げ、会津を犠牲にしたのが慶喜になる。いろいろ画策したのは勝海舟でしょう。松平春嶽なんて何が四賢侯だと思う。殿様を追い込み、京都の守護職に担ぎ出した張本人ですから。会津人としてはこの三人には好感が持てない。慶喜が内乱を避けたために、日本は外国の植民地にならなかったという人もいるけど、会津にとっては関係ない」

その語気の鋭さにたじろいだ。慶喜に対する感情が渦巻いているようだった。植松さんには『会津の義　幕末の藩主松平容保』（集英社文庫）という著書もあり、会津人の思いも十分承知されているだろう。しかし、慶喜と容保について、今作品でも立場の違いを冷静に書いている。

「慶喜と容保はずっと一緒に仕事をしてはいたけれど、まるでベクトルが違う。容保は藩是もあって、幕府に一途なんです。幕府があってこその勤王であり、慶喜は主筋であり、忠義を尽くす対象です。しかし慶喜の忠義は朝廷に向けられていた。幕府に対する忠義はそもそもなかったんでしょうね」

植松さんは、外交にかける慶喜の思いを書きたかったともいう。

「外圧と内圧の間で幕府は倒れていく。外交からみた慶喜が書けるなと思いました。諸外国と朝廷、幕府、諸藩との間で、彼はもがき続けます。将来の日本を見据えて、兵庫開港問題を解決する。フランスとの連携を強調した小栗上野介をしりぞけています。一国に過度に依存しすぎるのが危険だと、慶喜は思いとどまった。つねに次の時代を見ていて、先を読む。そういう人は孤独ですね」

本作では慶喜の孤独を救う役割として、江戸っ子の新門辰五郎、その娘お芳が登場する。お芳は側室となり、京の二条城にも同行、苦悩する慶喜を精神的に支え続ける。冷静な慶喜だが、ときにはお芳に、

〈私は駄目な男だ〉

と、幾度となく愚痴をこぼす。

明治に入ってからも静岡で暮らす毎日のなか、

〈ふいに迷いがよみがえることがあった。京都での判断は間違っていなかったのかと〉

と、揺らぎを感じてもいる。

植松さんの作品に共通する優しいまなざしが慶喜にも注がれている。

慶喜は政治家であり、すべてを語ることなく世を去った。孤独を恐れない男だったと思うが、当然、迷うこともあっただろう。そんな弱気な慶喜がさりげなく描かれ、読んでいて不思議なほどに新鮮さを感じた。

（むらい・しげとし　編集者）

本書は、集英社文庫のために書き下ろされた作品です。

植松三十里の本

ひとり白虎　会津から長州へ

白虎隊で唯一蘇生した貞吉。会津を奪われ行き場を失った彼を、楢崎頼三が長州へ誘う。敵地で生きようともがくが……。幕末維新から明治を生きた誇り高き男を描く、感涙の歴史巨編。

会津の義　幕末の藩主松平容保

松平容保は家老たちの反対を押し切って京都守護職を拝命するも、薩長から朝敵の汚名を着せられて……。幕末から明治維新の動乱期、信義を貫いた武士の波瀾万丈の生涯を描く。

集英社文庫

集英社文庫

徳川最後の将軍 慶喜の本心

2021年7月20日 第1刷　　定価はカバーに表示してあります。

著 者 植松三十里

発行者 徳永 真

発行所 株式会社 集英社
東京都千代田区一ツ橋2-5-10 〒101-8050
電話 【編集部】03-3230-6095
【読者係】03-3230-6080
【販売部】03-3230-6393(書店専用)

印 刷 株式会社 廣済堂

製 本 株式会社 廣済堂

フォーマットデザイン アリヤマデザインストア　　マークデザイン 居山浩二

ISBN978-4-08-744280-9 C0193